Autor: J.C.Salmerón
Título: El Misterio
Colección: Las Runas Olvidadas
Cubierta: J.C.Salmerón
Maquetación: J.C.Salmerón
Corrección: A.Obiols

Código Safe Creative: 1312119560634
ISBN: 978-84-616-7864-8

Para
Sofía, que tu sabiduría ilumine siempre mi camino.
Y para nuestro hijo
Roger, que me enseñó que no hay nada imposible.

Las Runas Olvidadas
El Misterio

J.C. Salmerón

Agradecimientos.

Agradezco en primer lugar, la infinita paciencia de familiares y amigos, que han soportado estoicamente mis largas ausencias. A ellos también les agradezco sus valiosos consejos y su sabia experiencia, sin los cuales jamás hubiese aprendido tanto.
Quiero agradecer a mis padres, su cariño, temple y sabiduría. A mi madre, le agradezco de una forma especial que un buen día decidiese escribir su primer libro, abriendo así un nuevo mundo para todos nosotros. A mi hermano Jordi, su don de gentes, del que tengo mucho que aprender. A mi hermana Cristina, por su inestimable ayuda, por seguir los pasos de mi madre y ampliar los horizontes de todos. A mis tías, Teresa, Angels, Vevi, Lidia y María, por leer mí libro y matizar todo lo que era áspero a la vista del lector. A mis primos en general, con los que he pasado muchas aventuras, y en especial a mi primo Albert por tener la paciencia de leer, corregir y ayudarme a que mis manuscritos tuvieran una mejor silueta. Y por último, y no menos importante, a mi amigo Toni, sin el cual, posiblemente, este libro nunca se hubiese formado en mi mente. A él le agradezco su amistad ante todo, sus partidas de rol en mi local de ensayo y sus infinitas historias sobre lugares y personajes lejanos. A todos los que no he nombrado también les agradezco algo...eso seguro.

Contenido

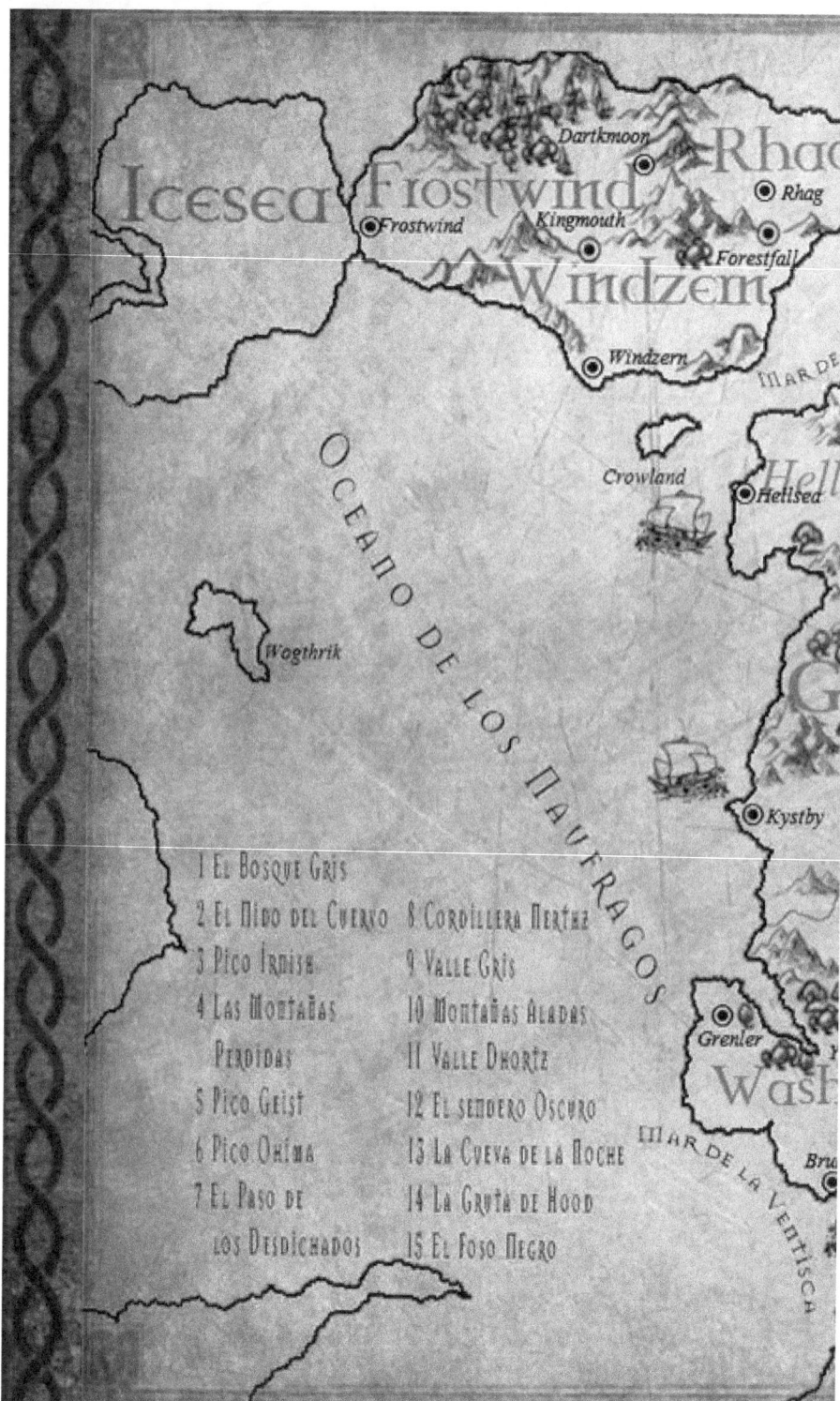

Icesea   Frostwind

Frostwind

Dartkmoon

Rhag

Rhag

Kingmouth

Forestfall

Windzern

Windzern

Mar de

Crowland

Hell

Hellsea

Oceano de los Naufragos

Wogthrik

G

Kystby

1 El Bosque Gris

2 El Nido del Cuervo   8 Cordillera Nerthe

3 Pico Irnish   9 Valle Gris

4 Las Montañas   10 Montañas Aladas

    Perdidas   11 Valle Dhortz

5 Pico Geist   12 El sendero Oscuro

6 Pico Ohma   13 La Cueva de la Noche

7 El Paso de   14 La Gruta de Hood

   los Desdichados   15 El Foso Negro

Grenler

Wash

Mar de la Ventisca

Bru

Capítulo 1

Una flecha surcó el aire traspasando la garganta del iluso soldado que cayó a plomo sobre sus rodillas.

—¡Grover! —exclamó un joven soldado zarandeando el cuerpo sin vida de su compañero—. ¡Señor, el enlace ha caído! —exclamó este mirando al capitán que parecía tener la mente en otro lugar.

El capitán se giró con cara de pocos amigos blandiendo su espada en alto y voceó:

—¡Ya están aquí! ¡Disparad! Esta vez parece que va en serio, ¡Agáchate zoquete si no quieres quedar como ese pobre desdichado! —exclamó el curtido capitán.

—¡Atacad bravos soldados! ¡Por el rey!

Los fuertes gritos del capitán se escucharon en todos los rincones del batallón, haciendo que el silencio de la noche se tornara estruendo por los cientos de voces que se alzaron al unísono tras esa orden en medio de la oscuridad.

—¡Fuego! —gritó el capitán bajando su espada. En ese instante un mar de resortes, chirriantes quejidos de cadenas y cuerdas se escucharon. Eran las demoledoras catapultas de la sexta sección arañando el oscuro cielo con enormes bolas de fuego que sobrevolaban sus posiciones a escasos codos de distancia.

—¡Arqueros!

—¡Preparados capitán! —respondió un joven teniente, mirando fijamente al capitán.

—¡Disparad, no dejéis ni un bárbaro en pie!

El campo de batalla, después de los incesantes disparos de las enormes catapultas, se iluminaba con macabros destellos de destrucción y dolor arropados por un millar de voces agonizantes.

—¡Tú, muchacho! ¡No te quedes como un pasmarote! ¿Cómo te llamas? —inquirió el capitán clavando su mirada en el joven soldado, que le miraba sobrepasado por el dantesco espectáculo.

—Jack Malow, señor.

—Ahora tú serás mi enlace. Informarás al puesto de mando que el enemigo ha abierto una brecha en nuestras líneas.

—¡A la orden, capitán!

El capitán escribió con presteza unas palabras sobre un maltrecho pergamino salpicado de sangre.

—Espero que seas más ágil con tus piernas que con tu lengua y que lleves esto veloz como el viento.

—Sí, capitán. Soy muy rápido, señor.

Jack estaba completamente superado por todo aquello, aunque su semblante no reflejaba miedo alguno. Cualquiera al verle, hubiese pensado que era un novato, quizá recién llegado de alguna aldea remota por su juvenil aspecto, aunque, por entonces, llevaba varios años en el ejército.

—¡Rápido muchacho! ¡A qué demonios esperas!— exclamó el capitán propinando un empujón al joven Jack entre uno de los ataques.

El joven corrió tanto como pudo, haciendo que sus exhalaciones en aquella fría noche hicieran salir pequeñas nubes de vapor, mientras su corazón retumbaba con fuerza en sus oídos, y los músculos de todo su cuerpo se tensaran como la cuerda de un arco antes de soltar el proyectil haciendo del peligroso trayecto un escueto momento hasta el puesto de mando.

—¡Alto!, ¿quién va?—gritó uno de los centinelas, que apuntaba su lanza a la posición de Jack.

—Soldado Jack Malow, con un mensaje urgente— exclamó este, haciendo que una voz ronca saliera del interior del puesto de mando gritando:

—¡Dejadlo pasar!

Tras esa orden el centinela apartó su lanza y el joven llegó hasta la puerta del puesto de mando.

—A ver, ¿qué traes?, y ¿para quién es?

—Es un mensaje del capitán Jenkins.

—De acuerdo, dejad pasar al muchacho y que espere ahí—el ayudante del capitán se acercó a dar novedades.

—Capitán, un mensajero.

—¡Que pase!, ¡por los dioses!, puede ser importante.

—Sí, capitán—el ayudante se giró y miró a Jack— ¡tú!, muchacho, rápido pasa, el capitán te espera.

Jack entró a toda prisa en la cámara del capitán, se acercó y se cuadró delante de él, haciendo entrega del escueto mensaje.

—Vaya…, es del capitán Jenkins, el flanco Este está teniendo muchos problemas. ¡Ayudante! Que avisen al cuarto regimiento para que acuda en su ayuda y haz que venga el teniente Roubers.

—Sí, señor.

—¡Lo quiero aquí de inmediato!—El ayudante del capitán salió del puesto de mando como si le ardiesen las botas.

—Bien, soldado… ¿cómo es que el capitán Jenkins te ha enviado a ti de enlace?

—Capitán, su enlace fue alcanzado por una flecha y murió.

—Comprendo… ¡Acabas de ascender! ¡A partir de ahora serás cabo!

—Gracias, capitán.

El joven Jack Malow sabía que a más rango mayor era la probabilidad de que le mataran, pero pensando en la comida de la tropa aceptó.

—Cabo Malow, ve de nuevo a informar a tu capitán y dale esto.

—¡Sí capitán, ahora mismo!

El recién ascendido a cabo partió como alma que lleva el diablo en busca de su capitán, contemplando el horror de la batalla en todo su esplendor: decenas de soldados muertos e incesantes y cruentas reyertas de combate.

Poco después en la tienda del capitán:

—Se presenta el teniente Roubers.

—Teniente, usted y sus hombres acudirán en ayuda del capitán Jenkins, ¿comprende?

—Sí, señor.

El teniente agrupó a sus hombres con presteza y salieron en ayuda del capitán. Entretanto, el joven Malow atravesaba como podía él solo el campo de batalla.

—¡Maldita sea mi suerte! —refunfuño el joven Jack, intercambiando algún que otro espadazo con el enemigo. Por suerte, los soldados del teniente Roubers no tardaron demasiado en llegar a su altura y escoltar al cabo junto con el teniente Roubers, de camino al puesto del capitán Jenkins.

—Muchacho, en poco rato llegaremos al puesto del capitán.

—Eso espero, teniente.

—Jajajaja, tranquilo eso está hecho.

Después de recuperar parcialmente el flanco, llegaron al puesto del capitán.

—Señor, se presenta el cabo Jack Malow.

—Vaya, muchacho, en dos o tres viajes más tendré que cuadrarme ante ti —comentó, aunque el humor ácido del capitán Jenkins, no hizo sonreír lo más mínimo la faz al joven Malow—. Cabo, tengo otra misión para ti. ¡Acércate! —Jack se acercó con presteza al capitán.

—¡A sus órdenes, mi capitán! —el capitán cogió la solapa del joven y en ella, clavó una insignia.

—Con esto tienes garantizada buena bebida, una comida caliente al día y paso libre por todo el batallón, ¿entiendes?

—Creo que sí, capitán.

—¡Ahora sí!—Exclamó—. Ya eres todo un cabo. Y tu nueva misión será ir hasta el destacamento Oeste, al otro lado del río Verdanisse e informar de nuestra situación y los cambios que se van a producir. Aquí está el documento—comentó con prisa el capitán—. Una cosa más, procura llegar de una pieza o tu paga de cabo se la tendré que dar a otro, ¿entiendes?

—Sí capitán, llegar sano y salvo a mi destino y entregar las órdenes.

—Perfecto. Puedes irte—respondió el capitán Jenkins con voz recia.

Ahora Jack tenía serios problemas, ya que gran parte del río Verdanisse estaba tomado por el enemigo los terribles bárbaros.

—¡Maldita sea! ¿Porque estaría yo ahí en ese momento?—refunfuño para sí mismo el joven, cuando una voz se escuchó a su espalda saliendo de entre las defensas.

—¡Eh tú, zoquete! ¿A dónde vas?

El muchacho, que estaba hecho un manojo de nervios, se giró indignado, apretó los puños y fijó su mirada sobre el soldado con intención de darle una buena tunda de palos. De repente reconoció la cara sonriente de su amigo.

—¡¿Brian?!

—¡Jajajaja!, Jack Malow.

—¡Maldito bribón! Iba a darte un buen puñetazo, ¡caradura!

—¡Vaya muchacho! ¡¿Eres cabo?!

—Sí. Para ti, cabo Malow.

—Ni lo sueñes zoquete ¡jajajaja! ¿A dónde demonios vas por ahí?

—Tengo que entregar esto al otro lado del río Verdanisse, en el destacamento Oeste.

—¿Quieres compañía?, aquí no me echarán en falta.

—De acuerdo, pero será peligroso, ¿realmente te la quieres jugar conmigo?

—¿Con quién crees que hablas, zoquete?, ¿acaso no recuerdas nuestros días de caza?

—Cómo podría olvidar el espectáculo que diste cuando te perseguía aquél viejo oso...

—Sí, ya veo, sólo recuerdas las cosas humillantes aunque, si mal no recuerdo, luego el que corría junto a mi eras tú, jajajaja.

—Dejemos el tema.

—Mejor... ¿vamos o no?

—Vamos, pero con mucha cautela.

—Sí. Más que cautela, amigo, pasaremos por al lado del ejército bárbaro.

—¡Por eso mismo! ¡Maldita guerra!—exclamó Jack Malow.

La noche era tan cerrada, que apenas podían ver dónde ponían los pies. De tanto en tanto, el cielo se iluminaba a causa de las andanadas de las catapultas, momento que aprovechaban para situarse y buscar algún improvisado refugio.

Después de una semana y un par de escaramuzas acompañadas de un buen rato de peligro, consiguieron llegar hasta la ubicación del destacamento Oeste. Jack hizo el santo y seña, oyéndose por respuesta una férrea voz preguntando:

—¿Quién va?

—Cabo Malow, portando un mensaje del capitán Jenkins.

—Salid despacio y sin hacer tonterías—dijo la voz.

Salieron ambos con cautela de entre los matorrales.

—¡Acercaos!

—Buenas, traemos un mensaje urgente para el capitán Jeremy.

—Pasad, el capitán os recibirá en breve.

Se giró y entró con prisa en la tienda del capitán:

—¡Capitán! Un soldado con un mensaje urgente.

—¡Hazlo pasar botarate! ¿A qué esperas?

—A la orden capitán—respondió el soldado encaminándose a la puerta.

—¡Vosotros dos! ¡Entrad!

Jack y su amigo entraron con presteza al interior de la tienda del capitán y se cuadraron.

—Se presenta el cabo Malow, señor.

—¿Y este quién es?

—Soldado Brian, señor.

—Bien. ¡Venga entrégame ese mensaje!—exclamó el capitán alargando su mano.

—A ver...—El capitán lo leyó con presteza.

—Vaya muchachos, esto supondrá un cambio de planes para vosotros—dijo, mientras el cabo Malow y su amigo abrían los ojos como platos.

—¡Intendente!—gritó súbitamente el capitán, sacando de sus cavilaciones a todos los de la tienda.

—¡A sus órdenes capitán!

—Dales comida y que luego se presenten ante mí. ¡Retírense!

—Sí, capitán—respondió el intendente cuadrándose ante él.

—¡Vosotros dos, por aquí!

—¡A sus órdenes!—respondieron Jack y Brian casi al unísono.

Los tres salieron de la tienda. Mientras los muchachos seguían al intendente, éste con sus palabras confirmó sus peores temores.

—Vaya, hoy no estáis de suerte.

Parece que os espera una buena después de cenar.

—Qué suerte la nuestra, Malow.

—Sí Brian..., ya veo. Parece que hoy no está de nuestra parte—respondió Jack con un amargo sarcasmo.

—Los últimos que salieron de aquí, no los volvimos a ver. Bueno..., no quiero desanimaros—comentó el intendente.

—¿A dónde se dirigían esos mensajeros?

—Pues la verdad es que no lo sé, pero creo que se dirigían más allá del pico Resther.

—Eso está en dirección al paso del Noreste, ¿verdad?

—Bastante más allá.

—Quizá se encontraron con los bárbaros. Hace unas tres semanas nos atacaron.

—Ah, claro, vosotros venís del fortín de Rubertfold.

—Así es.

—Quizá tengáis razón y los pobres mensajeros no llegaron hasta allí.

—Sí, eso debió ser.

—¿Por cierto, cuanto lleváis en el ejército? No os había visto nunca por aquí.

—Yo llevo cinco años, desde los dieciséis.

—¿Y tú, cabo?,

—Yo llevo lo mismo. Pero lo cierto es que los ataques nunca habían sido tan cruentos como hasta ahora.

—En eso llevas toda la razón. Mas aceptad un consejo de mi parte, amigos: comed todo lo que podáis y llenaos los bolsillos hasta rebosar, porque si se tuercen las cosas…quién sabe cuándo volveréis a tener ocasión de comer algo.

—Gracias intendente, eso haremos.

—De nada muchachos, me habéis alegrado el día, por lo menos tengo la certeza de que aún hay esperanza fuera de estos muros. Nos vemos en un par de horas.

Los jóvenes amigos se dieron un buen festín y tal como les había aconsejado el intendente, se llenaron los bolsillos de comida.

—¿Adónde crees que nos enviarán ahora?

—No tengo ni idea, espero que no sea a un sitio peor.

—Eso espero también.

—No te preocupes Brian, pronto lo sabremos.

—Sin duda alguna… El intendente viene por ahí— comentó Brian indicando con un gesto al intendente.

Los dos resoplaron desanimados. El momento de paz resultó demasiado corto para sus maltrechos pensamientos y la recuperación física… casi inexistente.

—Amigos, es la hora. Vamos a ver qué quiere el capitán de vosotros.

—Sí, vamos—

Los tres recorrieron el trecho que les separaba del puesto del capitán, cabizbajos y sin articular palabra.

—Señor, los mensajeros están aquí.

—Que pasen.

—Entrad. Suerte amigos—dijo el intendente despidiéndose de ellos.

—Gracias intendente—respondieron los dos y entraron en la tienda con el miedo calado hasta los huesos.

—Tengo una misión para vosotros. Como veo que conocéis bien el terreno os enviaré a dar un rodeo por las montañas—dijo el capitán con un gesto pícaro encajado en su cara. Aquellas palabras confundieron a los dos jóvenes momentáneamente.

—¿Rodeo, señor?—preguntó Jack casi de forma instintiva.

—¿Es que vas a repetir todo lo que diga? ¡Por los dioses! ¡Sí, un rodeo! Pasareis por detrás de nuestras líneas hasta el paso del Noreste. Por el camino informaréis al capitán Jenkins. Aquí no hemos tenido demasiado movimiento desde hace dos semanas y mucho me temo que las tropas barbarás se estén reagrupando, en fin... no es de vuestra incumbencia, solo debéis entregar el mensaje a Jenkins y él os dará nuevas órdenes.

—Sí, capitán—respondieron simultáneamente y cuadrándose de forma casi mecánica. Los dos jóvenes salieron de la tienda del capitán aliviados.

—¿Has oído eso Malow?, lejos de la batalla... muy lejos.

—Un poco de suerte al fin, aunque eso nos llevará más de una semana.

—Sí, lástima que no sea por más tiempo, estoy harto de esta guerra.

—Yo también Brian... yo también.

Los amigos emprendieron una nueva ruta para regresar al fuerte. La suerte estaba echada. Si se alejaban demasiado del camino podían ser interceptados por alguna patrulla de exploradores bárbaros y si se acercaban demasiado a sus líneas el ejército podría descubrirlos.

Muy lejos de querer ser descubiertos, los muchachos tomaron la ruta del pino quemado, un tanto pintoresca, alejada de la amarga batalla.

—¡Por fin! Un poco de paz y tranquilidad.

—Ojalá no tuviéramos que volver, Malow.

—Sí... ojalá, pero el capitán espera que llevemos a cabo nuestra misión —comentó entre dientes Malow.

El paso por aquel lugar fue bastante lento. El camino cruzaba varios terraplenes y algún que otro desfiladero bastante escarpado.

—¡Mira, Brian! —exclamó Malow señalando a lo lejos una línea oscura que se parecía a un camino de hormigas.

—Lo veo, ¿qué será eso?

—Te diré lo que parece, el ejército bárbaro se retira hacia el Este.

—¡Es imposible!

—Imposible no sé... pero que se está agrupando en el Este, eso es seguro.

—Parece que son cientos, quizá miles de soldados.

La perspectiva que tenían los dos muchachos desde el pico Irnish, al Oeste del paso, era inmejorable ya que el día era soleado y la ausencia de niebla les daba una panorámica perfecta y una clara ventaja.

—Vamos a informar de esto, ¡rápido!

—Sí, Brian, tendremos que ser muy rápidos, ahora nos toca a nosotros marcar la diferencia.

Al atardecer del día siguiente llegaron al puesto de mando que se había instalado en el fortín de Rubertfold y momentos después estaban de nuevo ante el capitán Jenkins.

—Cabo, llegas justo a tiempo.

—Aquí tiene señor.

—Déjame ver qué noticias me envía el capitán de la zona Oeste.

El capitán abrió apresuradamente el mensaje y lo leyó con presteza.

—Ya veo... Los bárbaros se están movilizando hacia el Este. Esto nos va a causar más de un problema— murmuró el capitán.

11

Éste fijó su mirada sobre Jack, pensativo, mientras cogía de la mesa un oscuro vaso del que emanaba un fuerte aroma a licor. Suspiró y se lo bebió de un solo trago.

—Bien hecho muchachos, ¿algo más?

—Así es, señor.

—¡¿Ah sí?! ¿De qué se trata? —inquirió el capitán.

—Por el camino pudimos observar al ejercito bárbaro replegarse hacia el Este, sin embargo nos extrañó un detalle...

—¿Qué detalle es ese, cabo?

—Al principio no le dimos importancia, pero...

—¡¡¡Por los dioses, Malow, suéltalo de una maldita vez!!!

—Sí, capitán... ¿Para qué replegarse tan al Este? Todos sabemos que la única forma de salir de aquí es por el paso de Icebern. ¡No tiene sentido!

—Cabo Malow, creo que estás dispuesto a hacer carrera en el ejército y que tienes razón. Te daré la oportunidad de que tú y tu amigo lo investiguéis. Descansad y mañana, junto a un par de soldados más, iréis a despejar esta incógnita. Ahora retiraos.

—Sí, capitán.

—¡Ah, por cierto! ¿Alguno de vosotros sabe algo de mapas?

—No señor, pero conozco el terreno como la palma de la mano, al igual que mi compañero.

—¡Excelente! Mañana al amanecer os quiero en la puerta de la tienda. Aseaos, comed y descansad todo lo que podáis.

—¡Sí capitán! —respondieron.

Se fueron a toda prisa. Los días anteriores apenas habían probado bocado y sus estómagos rugían como dos bestias enfurecidas. Acabada la cena un teniente entró por la puerta de la taberna.

—¿Esta aquí el cabo Malow?

—Sí, teniente—respondió Jack incorporándose acompañado en el gesto por su compañero Brian—. Se presenta el cabo Malow.

—Acompañadme, el capitán quiere hablar con vosotros.

Los tres salieron de allí con presteza en busca de la tienda del capitán. A varios codos de distancia se podía oír al capitán maldiciendo:

—¡Maldita sea! hace días que se envió aviso a los jinetes de la guardia del rey. ¿Cuándo piensan acudir a la batalla?... maldita suerte la nuestra. ¡Retírate!

—A sus órdenes, señor—respondió una voz tenue.

Del interior de la tienda salió un jinete con un pergamino en la mano, se montó con presteza en un caballo y salió al galope, mientras los dos jóvenes esperaban frente a la tienda del capitán. Entonces, el teniente se adentró en ella.

—Capitán, aquí están el cabo Malow y el soldado Brian.

—Bien, hazlos pasar.

—Vosotros dos, pasad, el capitán os espera.

Los dos jóvenes entraron en la tienda y se cuadraron ante él.

—Espero que hayáis tenido tiempo de recuperar fuerzas. Saldréis de inmediato. Una vez más, el mordaz humor del capitán aterrorizó a los dos jóvenes.

—Aunque... si respondéis bien a unas preguntas..., quizá me lo piense mejor.

—¡Capitán!

—¡¿Sucede algo que deba saber, Malow?!— preguntó el curtido capitán fijando su mirada en el rostro de los dos jóvenes, apretando los dientes.

—¡No, capitán!

13

—Así me gusta. Acercaros y echad un vistazo a esto—los muchachos, atemorizados por el semblante del capitán, se acercaron con cautela—Mirad, esto es un mapa de la zona—Los dos observaron el mapa con interés—¿Entendéis algo de lo que pone en él?

—Sí, capitán, creo que es bastante fácil.

—¡Malow, no dejas de sorprenderme! ¿Dónde estamos nosotros?

—Aquí, capitán.

—¿Y dónde se dirigían las tropas que vistes?

—Más o menos aquí.

—Acércate, cabo Malow—El capitán le retiró la insignia de cabo de la solapa y le puso otra—Ahora, tienes el rango de sargento, has superado la prueba... ¡tú!—Dijo el capitán señalando a Brian—Ahora, serás su cabo, acércate—El muchacho, con más miedo que otra cosa, se acercó hasta el capitán y este le puso la insignia de cabo que acababa de retirar del joven Malow—. ¿Os ha quedado claro?

—Sí, capitán, claro como el agua.

—Así me gusta..., ya me parecía a mí que ascenderías en el ejército, Malow.

—Gracias, capitán—respondió el joven con aplomo, aunque por dentro temblaba de nervios. Si en ese instante hubiera creído en su sentido común, a esas horas estaría perdiéndose por las montañas, pero su sentido del honor se lo impedía.

—Salid de aquí y volved al alba como habíamos quedado.

—Sí, capitán—Los muchachos salieron de allí, pero unos codos más allá, las piernas les temblaban como hojas marchitas en un árbol.

—Malow, ahora eres sargento.

—Sí. Y tú, cabo, no lo olvides.

—¿Cómo podría olvidar la cara del capitán?, pensaba que nos iba a rebañar el cuello allí mismo.

—¡Por los dioses, no me lo recuerdes!, vámonos a descansar, presiento que este viaje no será fácil.

—No lo creo, Malow, nos envía a la boca del lobo, ¿sabes?

—¡Callá! Cogeremos una buena borrachera y mañana será otro día.

—Amigo, es la mejor idea que has tenido desde hace semanas.

—¡Vamos!

Los dos compañeros saciaron su sed hasta caer borrachos encima de la mesa hasta bien entrada la madrugada. A la mañana siguiente el dolor de cabeza les hizo recordar lo que estaban a punto de hacer, encaminándose ambos hacia el puesto de mando.

—Señor, se presenta el sargento Malow.

—Pasa Malow.

—El joven sargento entró en la tienda del capitán.

—¡Capitán!—dijo el muchacho cuadrándose ante el capitán.

—Descansa muchacho, aquí tienes los mapas, quiero que marques en cada uno de ellos todo aquello que te resulte extraño, hace dos meses que no recibimos noticias de esa zona—dijo el capitán y señalo un punto en el mapa.

—Nuestros hombres, deberían estar allí. Tu misión será ver si están o no en ese punto, cuántos son y si pueden presentar batalla.

—Comprendo señor, contactar con ellos.

—Sí, y no solo eso… si están allí, quiero que se replieguen hasta aquí y se reúnan con nuestro batallón. ¡Intendente!—gritó el capitán de repente y unos pasos apresurados se escucharon fuera de la tienda.

—Señor, a sus órdenes.

15

—Quiero que entregues víveres y todo lo que puedan necesitar al sargento y sus acompañantes.

—A la orden capitán—respondió el intendente, que tras el saludo de rigor se alejó a toda prisa.

—Estos son los soldados que tendréis a vuestro cargo.

Un par de soldados, que estaban un poco más allá, se acercaron cuadrándose ante el joven sargento.

—Vosotros dos iréis con el sargento Malow.

—A la orden, señor.

—Buena suerte, Malow.

El capitán, alargó su mano y el joven Malow se la estrecho con fuerza.

—Cuídate y vuelve pronto.

El joven Jack le dio las gracias por aquellas palabras de confianza y el grupo entero se cuadró con orgullo ante el capitán.

—Poneros en camino lo antes posible.

Los cuatro se giraron y fueron en busca del intendente.

—Aquí tiene sargento, cuatro mochilas bien provistas y un buen surtido de provisiones.

El grupo cogió las cosas y partió, abandonando el fortín antes de que los primeros rayos de sol hicieran acto de presencia.

—Soldados, ¿cómo os llamáis?—inquirió Brian.

—Yo soy Gilmer, señor.

—Yo me llamo Luber, señor.

—Él es el sargento Malow y yo soy el cabo Brian.

—Señor, si no es mucho preguntar, ¿podría decirnos a dónde nos dirigimos?

Jack lo miró de reojo y dijo:

—Aún no. Cuando estemos más lejos.

Los dos soldados se quedaron perplejos por la respuesta del joven sargento, pero siguieron caminando hasta bien entrado el medio día.

—A ver, soldados, quiero que las cosas queden claras y no haya mal entendidos: primero lo de señor no está hecho para mí, segundo, sólo soy uno más, tercero, no hagáis tonterías de las cuales todos paguemos las consecuencias, ¿entendéis?

—Sí, señor.

—¿Qué narices acabo de decir Gilmer?

—Nada de señor.

—Exacto, ¿tienes algo que añadir Luber?

—No Malow, claro que no.

—Antes me habéis preguntado a dónde vamos... pues bien, nos dirigimos al Este del valle de Arnéss, para encontrar a unos soldados que no han dado muestra de estar vivos.

—Entonces, ¿es una misión de rescate?

—No pareces muy listo —dijo Brian mirando a Luber.

—¿Cómo narices quieres que rescatemos a alguien nosotros cuatro?

—No vamos a rescatar a nadie, solo observaremos. Si no cometemos errores, podremos cumplir la maldita misión y regresar al fortín.

—No le fallaremos Malow.

—Eso espero, porque esos bárbaros no se andan con chiquitas y no me gustaría tener que dar parte de vuestras muertes.

El grupo cogió confianza después de la explicación de Malow. Los días se amontonaban a sus espaldas, hasta que alcanzaron su objetivo, un punto en el que se suponía debían encontrar a sus compañeros, el destacamento quinto del batallón.

—Por aquí parece que no hay ni un alma.

—Es cierto Brian, lástima.

El sargento anotó en el margen del mapa el estado del campamento y que no había nadie con vida.

—Malow, quizá hay alguien escondido por los alrededores.

—No lo creo, los bárbaros han limpiado el lugar, ni siquiera están ellos.

—Habrá que continuar caminando, esto es realmente extraño, desde hace un par de días que no escucho ni siquiera la batalla.

—Pensé eso mismo ayer por la tarde Malow. Incluso de noche el silencio es aterrador.

—Dejemos las historias de miedo para los ancianos y sus hogueras. Tenemos que seguir avanzando.

El pequeño grupo, siguió un torturado sendero escondido de cualquier mirada indiscreta, que rodeaba la montaña quebrada.

—Jack, ¿qué piensas de todo esto?

—No sé qué decirte Brian, es muy extraño que no haya nadie, ni cadáveres, ni desertores.

Después de ir con extrema cautela dos días más llegaron al punto más alto del escueto sendero.

—Silencio, agachaos todos—Susurró Jack.

Los cuatro se agacharon y Jack avanzó arrastras hasta el filo del camino, se giró mirándolos e hizo una seña para que todos se acercaran hasta allí.

—¡Maldita sea! ¡Están aquí!—susurró Brian.

—Sí, aquí están y no son pocos, creo que casi todo el ejército bárbaro está reunido en este lugar.

—Eh, muchachos, tenéis que ver esto.

Una larga cola de soldados, pasaba rozando la costa, bordeando las montañas.

—Lo veo, pero… ¿por qué pasan por aquí?

—Gilmer, pasan por aquí porque saben que nadie les espera al otro lado. Hay que volver de inmediato y dar la alarma.

Los cuatro se dieron la vuelta y retornaron por el camino que habían llegado.

—¿Qué pensáis que traman esos malditos bárbaros?

—Está claro... quieren llegar a la capital bordeando el bloqueo de nuestro ejército.

—Hay que darse prisa o no llegaremos a tiempo.

El grupo avanzó con sigilo durante el día y la noche, sólo durmiendo cuatro horas y descansando treinta minutos en las comidas, aun haciendo tal sacrificio, tardaron casi diez días en llegar al fortín.

—¡Ahí está! Malow.

—Sí, lo veo. Recordar, aquí soy el sargento Malow, no vayáis a meterme en un lio.

—Sí, sargento.

Malow hizo el santo y seña.

—¿Quién va?

—Sargento Jack Malow.

Una imponente voz, se escuchó detrás de los soldados.

—¡Dejadlos pasar!, ¡por los dioses!, Malow acérquese, muchacho.

Era el capitán Jenkins, ansioso por saber de los bárbaros.

—¿Has dado con ellos?

—Sí, señor. Con todos ellos.

—Pasa, rápido, explícamelo todo.

—Señor. No hemos hallado señales de vida en el lugar que usted indicó, mi capitán.

—Pobres desgraciados... tenía mucha fe en el joven teniente.

—Sobre el movimiento de tropas del ejército bárbaro, me temo que tengo malas noticias.

—¿Qué quieres decir? hace varios días que no hay ataques en el frente.

—Precisamente se trata de eso, señor.

—¡Por los dioses, Malow! ¡No sé cómo lo haces! ¡Pero tus respuestas me sacan de quicio! ¡Di lo que sea, pero rápido!

—Sí, señor, los enemigos están bordeando la costa y se dirigen a la capital.

—¡Maldita sea Malow, debí darte más hombres! ¡Teniente!

—Sí, capitán.

—¡Rápido, no hay tiempo! coge a cuatro jinetes veloces y cabalga hasta que sus caballos revienten de agotamiento. Da la alarma, avisa que nuestro enemigo se dirige a la capital por el paso del desfiladero Norte.

—¡A la orden capitán!

—¡Y diles, que movilicen todas las tropas, con presteza!

Todos los efectivos del diezmado ejército que había en el paso de los dos picos, fue reunido y dirigido lo más rápido posible a la capital del reino, aunque no tardarían menos de veinte días en llegar hasta allí. El ritmo del trayecto era lento, pero avanzaban según lo previsto.

Al despuntar el alba del decimonoveno día, podían avistar la escena, la ciudad de Skywaveland estaba siendo asediada por el enemigo. En sus poderosos y ancestrales muros se estaban librando duros ataques.

—¡En formación! —dijo un teniente.

El capitán y el comandante se acercaron a las tropas que se asentaban tras una colina fuera de la vista del enemigo.

—Ha llegado la hora. No permitiremos que nuestra capital caiga en manos del enemigo. Nuestras mujeres y niños nos necesitan ahora más que nunca, sé que no me decepcionareis y aunque lucharemos siendo menores en número, presentaremos batalla y venceremos, ¡por Skywaveland! – gritó el comandante.

– ¡Por Skywaveland! – respondió entre ecos el ejército entero.

– ¡Atacad! ¡Atacad hasta que nadie quede en pie! – gritó de nuevo el capitán blandiendo su espada en alto.

– ¡No dejéis ni a una de esas ratas con vida, quien sabe lo que les habrán hecho a vuestras mujeres!

El ejército, tras la consigna, parecía un bloque de guerra que se aproximaba sin piedad al enemigo. El curtido capitán sabía muy bien qué decir para que un desvalido ejército rugiera como una poderosa máquina de guerra. Si no alcanzaban la victoria, Skywaveland estaría perdida.

La desesperación por sobrevivir en la ciudad había llegado a tal extremo, que incluso las mujeres disparaban arcos desde las almenas intentando repeler al invasor.

– Hace casi cuatro meses desde que se mandaron emisarios a Wavsea y seguimos sin tener respuesta alguna – refunfuñó el comandante mirando al capitán.

– Sí. Si por lo menos los jinetes de la guardia de elite del rey, lograran llegar a tiempo..., algo se podría hacer.

– Lo sé comandante, pero hemos de tener esperanza – apuntó el capitán.

Entre tanto, en la comandancia de la ciudad, los altos mandos debatían por qué no habían sido avisados.

– Que el ejército bárbaro se presentase de esa forma tan abrumadora y sin previo aviso, solo puede significar una cosa... ¡el ejército del fortín del paso de los dos picos ha caído! – expuso uno de los comandantes mirando a sus compañeros.

—Sí, ciertamente, eso es lo que debe haber pasado—respondió el otro comandante mirando el mapa del territorio mientras apretaba el dedo índice sobre el paso de los dos picos.

—Sin ese ejército, no podremos hacer frente a un enemigo tan numeroso.

—¡Señor!, los arietes bárbaros han llegado prácticamente a las puertas de la ciudad —exclamó un teniente entrando bruscamente en la comandancia.

—¿Y las defensas de la puerta?

—Han caído señor, nadie queda con vida en ese sector.

—Retírese teniente.

Las condiciones no podían ser peores, varias catapultas habían derribado a primera hora de la mañana un pedazo del muro, allí, la lucha era más cruenta y se intensificaba por momentos. Los cuerpos sin vida de atacantes y defensores se amontonaban en el suelo cubierto de sangre. Nadie podía salvar la ciudad, pensaron los comandantes, pronto seria conquistada.

De pronto, sumidos en el más terrible de los escenarios se escuchó un sonido conocido, era el cuerno de guerra del reino de Skywaveland, que resonaba ante la batalla.

—Al fin, un soplo de esperanza—murmuraron los soldados que defendían los muros de la ciudad con extrema dificultad.

En ese instante, la batalla dio un giro inesperado y empezó a cambiar a favor del ejército del rey y su castigada ciudad. El estruendo de las embestidas de los soldados bárbaros sobre las enormes puertas dejó paso al silencio, el ejército bárbaro se había quedado al descubierto por su retaguardia y de pronto ya no atacaba la ciudad, estaba retrocediendo hacia sus mandos.

—¡Señor, la retaguardia del ejército bárbaro está siendo hostigada por el ejército del fortín de los dos picos!—exclamó uno de los tenientes informando con presteza a los comandantes.

—¡Explícate! ¡Rápido!—Gritó nervioso uno de los comandantes.

—Verá, señor. El comandante de los dos picos, ha llegado desde atrás y lo primero que ha hecho, es embestir contra sus catapultas, apoderándose de ellas.

—¡Increíble! ¡Bendito insensato!—exclamaron los comandantes.

—Señor, creo que va a usarlas para barrer la inmensa tropa de la caballería bárbara.

Los comandantes se apresuraron para ver la estrategia que podría darles la victoria.

Entre tanto, el resto de la infantería arremetió por el centro hasta la puerta Norte de la ciudad. Las tropas barbarás que habían sido cogidas por sorpresa. Intentaron dar media vuelta, pero fue su peor decisión, para cuando se dieron cuenta, yacían muchas bajas entre sus filas y para colmo de sus males, al girar para defenderse del ataque del comandante, dejaron expuesto el flanco Este, justo por donde en ese momento apareció la élite de caballería del rey, los jinetes de Wavsea, causando estragos entre el ejército agresor.

Los imparables jinetes, no descansarían en su lucha hasta exterminar al último invasor en pie, aunque para ello lo tuvieran que perseguir hasta la mismísima frontera del reino.

En la ciudad, Jack Malow, Brian y su grupo, se habían hecho con el control de una taberna y celebraron la liberación de la ciudad de Skywaveland. Horas después, un millar de voces se escuchaban por doquier.

—¡Victoria! ¡Victoria!

23

Después de esta última batalla, sin duda no habría más ataques, los jinetes se encargarían de proteger el reino desde la capital hasta la frontera de las montañas. Las pocas fuerzas enemigas que habían sobrevivido, se batían en retirada. La victoria pertenecía ahora al reino de Skywaveland y su valeroso ejército, la demacrada ciudad viviría un día más para ver florecer su reino en paz.

Entre tanto, en el interior del castillo, el príncipe contemplaba los últimos suspiros de la vida de su padre, el rey Cedrik Esennion, que después del terrible ataque, aún vivía para escuchar los gritos de victoria de su amada ciudad. Tras ellos, dio un último suspiro y su aliento se apagó.

El consejero de la corte, un avaricioso y déspota ser, urdía entre las sombras un maléfico plan para cargar las culpas de todo lo acontecido al príncipe y futuro rey.

El príncipe heredero, Alexander Joseph Esennion, que hasta ese momento había vivido de cerca todo lo sucedido, no deseaba para su pueblo otra guerra y mucho menos una guerra civil por el poder del reino. Por ello, y hastiado por el pesar de la muerte de su padre, decidió entonces que lo mejor para el reino era huir de palacio. Se llevaría consigo sólo lo que más apreciaba en su vida; a su esposa y un par de objetos. A continuación, el príncipe llamó a su ayudante de cámara.

—¡Wood, ven rápido!

—Aquí estoy, mi señor. ¿Qué deseáis?

—Necesito una cosa muy especial. Acércate al campo de batalla y tráeme el uniforme más gastado y sucio que encuentres.

—Sí, mi señor.

El ayudante de cámara, que le cuidó desde su infancia como si fuese su propio hijo, observó apenado el semblante del príncipe y se apresuró a cumplir el encargo. Buscó unos instantes en las afueras de la ciudad y regresó de camino a los aposentos con una armadura, envuelta en mantas, de un capitán que había caído en el combate.

Seguidamente, el príncipe hizo llamar a su amada esposa. Esta llegó a los aposentos del rey y observó el dolor en los ojos de su esposo y sin dilación preguntó:

—¿Qué sucede, amado mío? —ella cogió con ternura las manos del príncipe y esperó una respuesta.

—El rey…, ha muerto.

La mujer agachó la cabeza y dio un fuerte abrazo a su marido.

—¿Qué haremos ahora? —preguntó ella.

—Llevo tiempo pensando en este momento, los rumores en palacio son cada día peores, el consejero trama hacerse con el poder de la ciudad.

La mujer lo miró con lágrimas en los ojos, pero no dijo nada.

—No pude hacer nada por mi padre, pero no dejaré que nada malo te pase a ti. Nos iremos de aquí lo antes posible.

En ese momento llamaron a la puerta suavemente, el príncipe se acercó a ella y preguntó:

—¿Quién es?

—Soy yo mi señor, traigo lo que me pidió.

—Pasa, por favor.

La tensión del momento, podía cortarse con un cuchillo. La puerta se abrió y el ayudante de cámara puso el encargo del príncipe en el suelo.

—Necesitaré algo más de ti, viejo amigo —comento el príncipe.

—Lo que vos deseéis, mi señor.

—Busca con presteza un carruaje, cubierto con una lona, y cuando lo tengas llévalo a la parte trasera, a la entrada de servicio, por donde yo solía salir a jugar en secreto, ¿te acuerdas?

—Perfectamente, en un momento estará listo, mi señor.

—Ve, date prisa Wood, es urgente.

El ayudante de cámara, salió de los aposentos rápidamente para realizar el encargo del príncipe.

—¿En qué has pensado, amado mío?—Preguntó ella muy asustada.

El príncipe, cogió las mantas y se las echó por encima a ella y con el barro de estas, le ensució el rostro. Ella secó sus lágrimas tímidamente observando como el príncipe se ponía la armadura. Cuando terminó, escondió sus ropajes en el armario del rey, cogió una caja con la insignia de su linaje labrado en su tapa y la guardó en una pequeña bolsa, atada a su cintura.

—Este Wood, ha pensado en todo—murmuró el príncipe observando el acertado contenido de la segunda manta. En ella había un casco que le cubría el rostro casi por completo. Se manchó de barro como si acabara de llegar del campo de batalla y esperó al ayudante de cámara.

Un instante después, tras la puerta, una voz dijo:

—Ya está señor.

Era Wood, que ya lo tenía todo listo. Los dos enamorados salieron de la habitación y siguieron por el castillo a Wood, que los llevó sanos y salvos hasta el carruaje.

—Wood, nunca podré agradecértelo lo suficiente—murmuró el príncipe tras un suspiro, entregándole a Wood una bolsa repleta de oro.

—Aún no hemos salido de aquí —respondió éste poniéndose la capa y una manta por encima que también lo cubría casi por completo.

En un instante en el que nadie miraba, los metió bajo la lona del carruaje y salió lentamente por la puerta de la ciudad. Todo el mundo estaba celebrando la victoria y no prestaron la más mínima atención al carro medio destartalado tirado por dos mulas. Pasadas casi cuatro horas, el carro se detuvo.

—Señor, estáis a salvo —dijo Wood.

Los dos enamorados, sacaron sus cabezas de debajo de la lona, miraron a su alrededor y bajaron del carro.

—Gracias, Wood.

—No ha sido nada, mi señor.

—Wood, a partir de ahora, no seré nunca más tu señor, solo seré tu amigo —respondió el príncipe dándole un fuerte abrazo.

Wood se emocionó, cerró los ojos y apretó con fuerza al príncipe, como un padre por la partida de un hijo.

—Usted y su padre, que en paz descanse, siempre me han tratado como amigos. Es lo mínimo que podía hacer por usted, siempre les estaré agradecido por ello, quédese con el carro y con el oro, es más seguro.

—¿Y tú que harás viejo amigo?

—No se preocupe por eso, mi hermano vive a unos días muy cerca de aquí. Además, tenemos la taberna que nos dejaron nuestros padres, ya lo tenía todo planeado cuando salimos de la ciudad. Ha hecho usted lo mejor que podía hacer, el consejero envenenó a su padre...en el castillo todos los sirvientes lo saben. Ulber, vio salir de la despensa al consejero, entró en ella extrañado por su visita y echó en falta el veneno que guardábamos para las ratas de la cocina.

He vigilado todo lo que le he traído a usted y a su señora para que él no tuviese oportunidad de poner nada malo en sus comidas. Después de ver enfermar a su padre y viendo lo codicioso que es el consejero, imagine que la cosa no quedaría ahí.

—¡Gracias una vez más!—dijeron los dos enamorados al anciano Wood, dándole otro abrazo.

El anciano, orgulloso de que el príncipe al que había cuidado toda su vida se salvara de un destino incierto, se alejó con ojos de tristeza y alegría. —Suerte amigos. Que sean muy felices y que tengan unos preciosos hijos y recuerde que en Scorchedland, siempre tendrán un hogar al que acudir.

—Gracias Wood, jamás olvidaré lo que has hecho por mí, quizá algún día volvamos a vernos.

Entretanto en el castillo, el consejero se dirigía a la cámara del rey con una escolta. Su intención era apresar al príncipe con el cargo de traición por la muerte de su padre.

—Mi señor, soy el consejero, he de comunicaros algo—dijo este con voz suave frente a la puerta, esperando la respuesta del rey.

Esperó allí unos minutos y luego entró con cuidado. Abrió la puerta y contempló el cuerpo del rey muerto en su cama.

—¡Guardias, traición!, el príncipe ha matado al rey, ¡buscadlo, rápido!

El consejero ya tenía la excusa perfecta para llevar a cabo su plan, un plan bien urdido desde que tomó la decisión de envenenar al rey y en aquel momento las cosas no le podían ir mejor. Buscaron y rebuscaron durante días por el desconcierto de la batalla, pero no encontraron al príncipe, pues él y su esposa ya estaban muy lejos de allí.

Al cabo de unos meses, el plan del consejero se hizo realidad, su nombramiento como gobernante de la ciudad lo confirmó. Durante casi dos años, los dos fugitivos enamorados, recorrieron aldeas en busca de un lugar sosegado en el que vivir tranquilos. Durmieron al raso, esquivaron patrullas de soldados y mintieron a la gente para no ser descubiertos. Así fue como al final de todo... decidieron regresar en busca de su amigo Wood.

—¿Cuánto tiempo estaremos así?—preguntó ella con tristeza.

—Ya queda poco—respondió—. A estas horas, ese traidor ya debe sentirse seguro en el trono—reprochó seguidamente el príncipe con rabia—. Parece que se prepara una buena tormenta, sube al carro y nos acercaremos a la aldea en la que vive Wood. Recuerda, usaremos nuestros segundos nombres a partir de ahora y para siempre.

—¿Estás segura de que quieres vivir como una humilde campesina?

—Sí estoy contigo, no me importan las riquezas.

El príncipe besó a su mujer en medio de un abrazo apasionado. Unos segundos después, se miraron a los ojos perdidos en un mar de sentimientos. Poco después subieron al carro, momento en el que empezaba el goteo incesante de la lluvia, que se cernía sobre sus cabezas.

—Ponte bajo la lona, no quiero que enfermes. Estamos muy cerca de nuestro destino.

La doncella se acurrucó en el carro cubierta por la lona, que la resguardaba de la lluvia, aunque sólo por unos minutos. La oscuridad del atardecer se apoderaba de la claridad del cielo, mientras avanzaban a paso lento pero seguro por el tortuoso camino.

—¿Elisa, estás bien?

—Sí, aunque me gustaría que dejase de llover.

—A mí también, cariño…, pero quizá sea mejor así, no creo que nadie nos moleste por el camino, con esta tormenta.

—Es cierto Joseph, qué extraño se me hace llamarte así, amor mío.

—A mí también me cuesta, Elisa, pero debes recordar que nunca diremos nuestros primeros nombres, antes o después podrían reconocernos y eso sería nuestro fin.

—Lo comprendo, amado mío. Nunca bajaré la guardia.

—Bueno…, no pensemos más en ello, necesitamos comer algo y calentarnos frente a una hoguera, eso nos vendrá bien.

—Tienes toda la razón, cariño, tengo el frio calado hasta los huesos.

Los dos enamorados intercambiaron una escueta mirada bajo la tormenta, mientras el carro seguía su marcha. Pasadas un par de horas, se podían ver las débiles luces de la aldea de Scorchedland.

—Ya casi estamos y parece que la tormenta se está retirando.

El silencio de la respuesta, hizo que el joven levantase la lona con cuidado, descubriendo a su esposa, que se había quedado dormida.

—Sin duda está exhausta, por el camino y la lluvia—pensó Joseph, que con delicadeza la tapó de nuevo y continúo avanzando.

Capítulo 2

abía parado de llover, pero la noche era fría, húmeda y el barro del camino hacia que llegar a la pequeña aldea de Scorchedland, fuese una tarea ardua y complicada para cualquier alocado viajero que tuviese el valor suficiente de aventurarse en aquellos peligrosos parajes.

Tras la tormenta, la luna brillaba de manera extraña entre los claros de las nubes, como si su luz, fuera más viva que de costumbre. Las estrellas se hacían notar con fuerte intensidad en el negro firmamento, los truenos, ya a lo lejos, aún silenciaban con su retumbar cualquier sonido. Tras un socavón del maltrecho camino, la joven despertó súbitamente.

—¿Qué ha pasado, Joseph?

—¡Vaya, ese agujero no he podido verlo!—susurró el joven, que intentaba sortear sin demasiado éxito las rocas y grietas del camino.

—No es nada cariño, sólo un socavón en el camino.

—¿Ha dejado de llover?

—Sí, y no solo eso, estamos a punto de llegar a la aldea de la que nos habló el viejo Wood.

—Espera, me pondré junto a ti—dijo ella mientras el joven detenía un instante el carruaje.

—So, so. Sí, ponte junto a mí, así entraremos en calor.

Ella se puso junto a su esposo y se cubrieron los dos con una manta más o menos seca.

—Arre, arre.

—¿Estamos llegando? casi no puedo creerlo, después de todo lo que hemos pasado—comentó la joven casi susurrando.

—Detrás de este recodo, está la aldea y espero que la posada no quede lejos.

La pequeña aldea se hizo visible detrás de la oscura curva, tal y como el joven había dicho.

—Es una pequeña aldea, Joseph.

—Así es, amor mío. Cuanto más pequeña, menos gente de la que preocuparnos.

Miraron unos instantes a su alrededor y se encaminaron a la taberna que, por aquel entonces, hacía a veces de posada, aunque no lo era habitualmente.

—Recuerda cariño, nada de nombres y deja que sea yo él hable.

—De acuerdo.

El joven abrió la puerta de la taberna y echó un vistazo, el mal tiempo les había propiciado una llegada en solitario. Los jóvenes entraron en ella y cerraron la puerta tras de sí.

El lugar parecía agradable, al fondo estaba la chimenea, que debido al tiempo estaba encendida y chisporroteaba con ganas. Al verla, los dos se acercaron a ella casi de forma instintiva. Entonces, una voz de carácter se escuchó desde el fondo de la sala diciendo:

—Acérquense a la chimenea amigos, hace una noche de perros.

Después de acomodar a la joven al lado de la chimenea y quitarle el grueso abrigo que llevaba empapado por la tormenta, el joven se despojó de su larga capa y esperó al tabernero.

—Buenas noches señores, mi nombre es Malow, Jack Malow —dijo el tabernero con amabilidad.

—Buenas noches señor Malow, mi nombre es Joseph y ella es mi esposa Elisa. Venimos de muy lejos y estamos cansados, verá,... ¿nos preguntábamos si tendría una habitación para nosotros y algo de comida caliente?

—Por supuesto señor, quédense junto al fuego, enseguida les sirvo un poco de cocido de ciervo, si les apetece, claro está, lo tengo casi a punto, mi tío ha dejado todo preparado antes de retirarse a descansar, ya saben..., cosa de la edad.

—Excelente, sírvanos algo de licor también, para entrar en calor...

—Enseguida señor — respondió Jack alejándose raudo hacia la cocina. Entre tanto, Joseph se aposentaba con su esposa en una mesa cercana a la chimenea.

—Parece que el viejo Wood está descansando, pero en cuanto nos vea se alegrara muchísimo.

—¡Por fin hemos llegado, al fin tendremos la paz que siempre hemos ansiado!—dijo ella. En el semblante de la joven se podía apreciar el dolor sufrido por todo lo sucedido.

—Ahora estamos lejos, muy lejos de todo, ya no suponemos una amenaza para el gobernador, no somos nada. Nuestro linaje ha dejado de existir para todo el mundo, a sus ojos hemos muerto y jamás acudirán aquí para dar con nosotros.

—Espero que los dioses te escuchen, amor mío...ojalá tengas razón.

Al terminar la cena, estaban demasiado cansados como para seguir conversando y decidieron retirarse a dormir, a sabiendas del largo día que les esperaba.

Jack, mientras recogía la mesa, no podía dejar de pensar en la extraña pareja, por cómo vestía la mujer, podía deducir que era una doncella de la capital, posiblemente alguien de una familia bien posicionada, en cuanto a él, Jack había reconocido el uniforme militar, aunque muy desgastado, luciendo en sus mangas los inequívocos símbolos del ejército de Skywaveland. El posadero pensó por un instante que podría tratarse de desertores, pero comprendía que él mismo, hubiese huido en más de una ocasión del horror de la guerra, así que no le dio ninguna importancia.

A la mañana siguiente, el matrimonio se levantó tarde, habían aprovechado para descansar y reponerse. Bajaron al salón de la acogedora posada y se encontraron con el viejo Wood.

—¡Gracias a los dioses!—exclamó el anciano propinando un fuerte abrazo al joven.

Los tres se sentaron en una mesa cerca de una de las ventanas, mientras Jack les llevaba un consistente desayuno..., pan recién horneado, mermelada y unos trozos de carne bien hechos, cosa que agradecieron con una buena sonrisa los dos jóvenes, que ya tenían bastante apetito.

Jack observaba con intriga las atenciones que el viejo Wood prestaba a la joven pareja sin decir palabra mientras atendía la clientela.

La mañana había amanecido soleada, no había ni rastro de las nubes del día anterior, la mujer sostenía las manos de su marido por encima de la robusta mesa de roble.

—Cuéntame Joseph, ¿qué habéis hecho estos dos años?—Preguntó Wood.

—Hemos ido de aquí para allá, viejo amigo, sin rumbo fijo... ya sabes.

—Comprendo. Os aseguro que aquí estaréis tranquilos.

—Eso espero, Wood—respondió Joseph, y una sonrisa apareció en la cara de todos ellos, el anciano se retiró y dejó a solas a la pareja.

—¿Qué haremos ahora? ¿Cómo saldremos adelante?—preguntó ella un tanto nerviosa.

—Por el momento nos alojaremos en la taberna de Wood, él y su sobrino Jack son de máxima confianza. No sé por qué, pero lo cierto es que este lugar me da seguridad. Luego buscare algún terreno donde construir una casa, esta aldea es un buen sitio donde pasar inadvertidos, además, ya has oído ha Wood, aquí estamos seguros, las gentes de esta aldea son humildes y trabajadores, no parecen tener demasiadas noticias del mundo exterior, tengo la esperanza de que juntos empezaremos una nueva vida aquí.

—Espero que sea cierto—respondió ella suspirando.

—Ya verás... no hará falta que nos escondamos más.

El joven se levantó de la mesa y se encaminó hacia a la barra donde estaba Jack y dijo:

—Señor Malow, disculpe.

—Sí, dígame.

—Quisiera hacerle un par de preguntas si no le molesta.

—En absoluto.

—Verá usted, a mi esposa y a mí nos gustaría saber si hay alguna propiedad en venta con tierras por aquí cerca.

Jack le miró interrogante, con la mente puesta en otros asuntos y con un tono despreocupado preguntó:

—¿Perdone, qué decía?

—¿Supongo que se preguntará de qué conozco a su tío? se lo digo porque no para de fruncir el ceño desde que su tío nos dio un abrazo...

—Pues la verdad es que sí, tiene usted toda la razón, aunque eso no es de mi incumbencia.

—Somos conocidos de la capital, ¿verdad Wood?

—Claro que sí, Joseph—confirmó Wood desde la cocina, con voz clara.

—Eso está claro—susurró Jack, pensando que esa respuesta no aclaraba nada sobre la joven pareja—. En fin, déjeme pensar...—Jack se echó la mano a la cabeza y un poco después, dijo:

—Sí señor, ahora recuerdo que hay una bonita propiedad en venta, justo a la salida de la aldea y además, creo que tiene un pozo. ¿Sabes a la que me refiero, Wood?

Su tío no dio respuesta.

—¿Sabe usted, señor Malow, si esa propiedad tiene tierras? —inquirió el joven con atención.

—Por supuesto señor, por aquí todas las propiedades las tienen, es indispensable para vivir en el campo.

—¿No sabrá por casualidad a quién he de dirigirme, para saber el precio?

—Lo cierto es que sí... el viejo Enri le dirá todo lo que necesite saber de él, está deseando venderla, sabe usted... es un poco mayor. La propiedad era de unos primos suyos y se la dejaron en herencia, mi tío podría acompañarle —replicó Jack para ver si esta vez el viejo Wood respondía.

—Ah... comprendo, pero no quisiera molestar mucho a su tío, seguro que tienen ustedes mucho trabajo.

—¡Tranquilo! —exclamó Wood desde la cocina—. Mi sobrino puede encargarse de la taberna sin problemas. Lo cierto es que el viejo Enri me debe un par de favores.

Jack frunció el ceño de nuevo pensando que la sordera de su tío desaparecía en lo que realmente le era de interés.

—De acuerdo entonces.

—El viejo Enri está en la casa con el tejado nuevo, no tiene pérdida y si mal no recuerdo, creo que necesita un carro, quizá pueda usted llegar a algún tipo de trato con él —dijo Wood guiñándole un ojo desde la puerta de la cocina.

—Perfecto amigo Wood, es usted de gran ayuda.

—De nada señor.

—¿Quería usted alguna otra cosa? —preguntó Jack, en un tono más relajado.

—Sí, ciertamente sí… ¿sería usted tan amable, señor Malow, de echar un ojo a mi esposa?, no me gusta dejarla sola, pero necesita descansar, el viaje ha sido muy largo.

Jack cambió su semblante y se sintió alagado por la confianza del joven.

—Comprendo, vayan tranquilos…, suerte con el viejo Enri.

—Gracias señor Malow, hasta ahora.

El joven dio un último vistazo a su esposa y salió con decisión de la taberna, acompañado de Wood.

Aquella mañana después de que se fueran, nadie apareció por la puerta, así que Jack agarró uno de sus mejores licores caseros y se dirigió a la mesa en la que la joven estaba sumida en sus pensamientos.

—Perdone señora—dijo haciendo que la mujer saliera de sus cavilaciones durante un instante.

—Sí, dígame señor Malow.

—Si no le importa, me sentaré con usted un momento.

—En absoluto, siéntese.

Jack dejó sobre la mesa la botella, dos vasos y se sentó con una amplia sonrisa.

—Su marido, antes de irse, me ha dicho que le echara un ojo, espero que no le moleste.

—Por supuesto que no señor, él siempre está preocupado por mí.

—Es normal —dijo Jack mirando por las ventanas de la posada—. Hace un día precioso ¿verdad?

—Sí, ciertamente.

—Y más después de la terrible tormenta de ayer.

—La verdad es que estábamos calados de agua. Por suerte, tenía usted una buena hoguera y su comida caliente nos reconfortó.

—Me alegro. Yo también pasé bastante frio hace unos años ¿sabe usted?

—¿Ah sí? ¿Y cómo fue?

—Pues verá... fue durante la guerra.

—¿Sí? ¿En la guerra contra los bárbaros?

—Efectivamente. Yo, por aquél entonces, había visto morir a muchos amigos, pero las últimas batallas fueron horribles, pasamos frio, hambruna...

—Lo recuerdo—dijo ella agachando la cabeza y mostrando una notable tristeza en su semblante.

Jack abrió la botella y llenó los vasos.

—Bueno... no estropearemos este precioso día con historias tristes.

—No se preocupe, es que durante la guerra vi mucha injusticia y recordarla me hace revivir aquellos momentos.

Jack le dio un trago al licor, ella lo miró e hizo lo mismo.

—Vaya, este licor es delicioso, señor Malow.

—Gracias señora—dijo Jack observando la faz de ella. En un instante, las mejillas de la joven estaban cogiendo un color rojizo.

—Parece que su bebida me ha hecho desterrar el poco frio que aún tenía en el cuerpo.

—Jajajaja. ¡Sí, eso parece!

—¿Quiere usted contarme más cosas del frente?

—No. No quisiera incomodarla.

—Bueno... mientras no me explique usted nada sobre muertes, no hay problema.

—De acuerdo señora, pues bien, yo una vez fui sargento.

—¿Es que ya no lo es?

—No señora, ese gobernante que ahora rige la ciudad, no me inspira confianza.

—Lo comprendo.

—Tras la muerte del rey... muchos de mis compañeros y yo dejamos el ejército, unos dos días después de terminar la batalla en la capital. Supongo que usted debía estar muy asustada.

—Sí, sin duda.

—¿Y su marido, dónde estuvo destinado? Parece que tiene buenos conocimientos y se mueve como un militar de carrera.

—Así es, pero casi no sirvió durante la guerra, trabajaba llevando cosas de aquí para allá, ¿sabe usted?

—Claro. Fui mensajero de guerra, así es como llegué a ser sargento.

—Vaya, así que... ¿usted llevaba mensajes?

—Sí señora, de un lado a otro, aunque nunca estuve en la ciudad como su marido..., bueno, hasta la última gran batalla, supongo que por eso no le recuerdo.

—Supongo. Habría sido una casualidad enorme que se hubieran conocido.

Jack entonces dio otro trago a la bebida y rellenó de nuevo los vasos diciendo:

—La verdad es que no me gusta hablar demasiado de la guerra, sabe usted.

—A mi marido tampoco, nunca hablamos de aquellos tristes días.

—Sí, supongo que por eso no lo conozco, pero..., en fin, él tuvo que vivir con desesperación el ataque más fuerte a las puertas de la ciudad.

—Aquello fue lo peor... por eso, seguramente mi esposo no llegó a servir más tiempo en el ejército. A él, también le afecto bastante la guerra, por eso no le gusta hablar de ella, le trae malos recuerdos.

—Por supuesto señora—respondió Jack agarrando el vaso y bebiéndoselo de golpe, tras lo cual se hizo un escueto silencio.

—No, pasa nada señor Malow, es sólo... que en aquella época pasamos mucho miedo.

—Es cierto, todos pensamos que el fin estaba cerca en un momento u otro —respondió Jack rellenando su vaso de fuerte brebaje—. Cambiando de tema, parece que tienen ustedes una buena amistad con mi tío Wood...

—Sí, ciertamente, su tío nos ayudó en momentos muy difíciles, aunque mi marido lo conoce más que yo.

—Comprendo—dijo Jack en otro tono de voz.

—Antes de irse su marido, me preguntó si sabía de alguna propiedad en venta y le indiqué de una que quizá fuese interesante, ¿así que, piensan instalarse aquí?, si es así y necesitan cualquier cosa, no duden en decírmelo, para mí o para mi tío Wood no será problema echarles una mano.

—Es usted muy amable, tanto mi marido como yo le estamos muy agradecidos. Quisiera, si no es molestia, que me explicara usted alguna cosa de este lugar, puesto que jamás había estado en una aldea tan bonita, si no es demasiado pedir, claro está.

—No es ninguna molestia señora, aunque el experto en relatos es el viejo Wood..., verá usted..., Jack se puso a recordar para no dejarse detalle y empezó su descripción:—la aldea se encuentra al Noreste en las tierras baldías del reino, el lugar está bien comunicado con la capital, pues se encuentra en la ruta comercial con la gran ciudad. Sus campos son frondosos, sus bosques de tonos rojizos en la época de los hongos, más o menos sobre el otoño, hacen de esta tierra un lugar precioso, sin embargo, en esta época sus frondosas praderas que abarcan hasta donde alcanza la vista, están repletas de los tonos más hermosos de verde que uno puede imaginar, sembradas de cereales y forraje para los animales. En medio de toda esa exuberancia, esta nuestra aldea, que consta de doce casas poco agrupadas, ya que cada una consta de un pedazo de tierra a su alrededor o tras ella, el cual es dedicado al cultivo de tomates y hortalizas, las más afortunadas también poseen en su interior una acequia o pozo para su uso particular, las casas más humildes se nutren de agua del arroyo próximo o de la misma fuente de la plaza, que es de uso común. Por otra parte, las calles están empedradas por guijarros de diferentes tamaños y colores, no son demasiado largas, pues la aldea no es muy grande, a escasos codos de aquí se encuentra el centro con su plaza y su fuente de agua clara, la plaza es circular con un suelo muy elaborado que se usa para separar el grano de la paja y dos veces al año para las fiestas. Siguiendo con el exterior de la aldea nos encontramos un poco más allá, con lo que podríamos denominar una torre de vigilancia, construida en piedra antaño durante alguna antigua guerra o incluso antes, nadie lo sabe, aunque hace tiempo que sirve de nido a los halcones de la zona, jajajaja los cuales dan un uso excelente de ella, y más allá, solo bosques, el bosque Gris es el más cercano. En ellos se adentran los caminos que salen de Scorchedland, algún riachuelo y las montañas.

La mujer quedó asombrada por la descripción hecha por Jack y dijo:

—Se nota que ha sido usted militar, señor Malow.

—Dejemos lo de señor. Si puede ser, llámeme simplemente Jack o Malow, lo que prefiera.

—Muy bien Malow. ¿Puedo hacerle otra pregunta?

—Claro que sí señora, usted dirá.

—Jack ¿Sabe usted por qué tiene este nombre la aldea?

Jack quedó sorprendido por la pregunta de la mujer, en su cara se dibujó una sonrisa, pues ese había sido el debate de innumerables ocasiones en su taberna y sin dilación dijo:

—Existen varias teorías señora.

—Si no le importa... es que me gustaría conocer un poco más la historia de la aldea.

—Por supuesto que no—respondió Jack rellenando de nuevo sus vasos.

—Pues verá... los aldeanos, y sobre todo los más ancianos, cuentan antiguas historias, donde el filo de lo posible se cruza a menudo con la fantasía. Pero la verdad es que nadie tiene muy claro por qué la aldea tiene este nombre.

—¿A, no?

—Como le decía, hay diversas opiniones sobre el tema; algunos aldeanos dicen que es un nombre tan bueno como cualquier otro...después de ingerir unas cuantas pintas, usted ya me entiende, señora.

—Jeje, lo entiendo, continúe por favor.

—Bien... pero hay otros, sobre todo los ancianos, que aseguran... que antes de que ninguno de nosotros viviese aquí, anterior a los padres de sus padres y más antiguo que cualquier recuerdo del más anciano de nosotros, ocurrió algo...

—¿Qué paso, alguna desgracia?

—Pues no lo sé. Según dicen, el origen del nombre se debe a una batalla legendaria. Cuentan que los dos últimos dioses del mundo, vinieron hasta aquí para enfrentarse a una criatura terrible.

—¡Es sorprendente!—exclamó la joven.

—Aunque claro, hace tanto tiempo que los dioses desaparecieron del mundo... Pues eso, los dos últimos tuvieron aquí una última gran batalla.

—¿Una batalla de dioses?

—Eso dicen, señora—Jack aclaró la garganta mientras recordaba como su tío relataba la leyenda que tantas veces le había escuchado. Se hizo un silencio, creando así una atmosfera de misterio, más idónea para el relato y siguió diciendo: —según reza la leyenda —dijo cambiando el tono de su voz— una criatura de gran tamaño... de un linaje arduo olvidado por los albores del tiempo, pero presente aún, en una de las rocas del lugar, dejó grabada una pisada de grandioso tamaño...!tan grande como seis bueyes! una muestra inequívoca de su gran poder...

La joven estaba totalmente sumida en las palabras de Jack, que con gran habilidad dejaba ir pequeños fragmentos del relato cada vez.

—Por lo menos es lo que relatan los que han dado con ella..., cuentan los ancianos que en invierno, aún hoy en día, antes del atardecer se la puede ver humear, como señal del calor que una vez recibió. La grandiosa criatura, al posar una de sus zarpas sobre una pila de piedras, con su enorme poder las fundió, como se funde la manteca en el fuego, dando así..., origen a una roca de color azabache, que retuvo la forma de su huella a través de los años, como si de una pisada en un trozo de arcilla se tratara.

—Debía ser una criatura terrible, ¿verdad?

Jack la miró afirmando con la cabeza y siguió relatando.

—Los suyos, y él mismo, eran conocidos por aquella edad como los demonios negros del cielo; criaturas de tan enorme poder, que no podían ser doblegados ni siquiera por los mismos dioses. Carentes de todo sentimiento o piedad, las mayores y más temidas criaturas de este mundo, dotadas de una inteligencia y astucia sin igual.

—¡Vaya! —exclamó la joven casi de forma involuntaria.

—Se dice que aquella guerra entre los dos últimos dioses y la criatura, duro más de cien inviernos y que tras la inimaginable batalla, la tierra quedo arrasada... sin vida. El terreno se quebró y los bosques fueron reducidos a cenizas, incluso las raíces más profundas y fuertes murieron. Es por eso que durante la primera edad de los hombres, más de tres mil años, nada volvió a crecer en ella. Los habitantes de la segunda edad, que mucho después llegaron al lugar, la llamaron Scorched plain (llanura arrasada), aunque con el paso de los años y de las múltiples generaciones, el nombre cambió..., y hoy tras el alumbramiento de la tercera edad, nosotros la conocemos como Scorchedland, pero claro está, es sólo otra leyenda para niños asustados frente a la hoguera en una fría noche de invierno.

—Es un relato extraordinario Jack.

—Así es señora, pero ya sabe cómo son estas cosas, se cuentan de unos a otros hasta perderse el hilo en los albores del tiempo.

—Es cierto.

—Yo prefiero las historias más cercanas.

—¿Más cercanas?

—Sí. Disfrutar de la vida, celebrar fiestas y todo ese tipo de cosas, por cierto, aquí celebramos un par cada año, jeje.

Jack Malow había conseguido ocupar la mente de la doncella a la cual se le haría más corta la llegada de su marido.

—Cada año celebramos la fiesta de la siembra, y como en cualquier lugar en el que se siembra... la fiesta de la cosecha. Normalmente la segunda es mejor, ya que también se celebran algunas competiciones sobre verduras y hortalizas. Cabe destacar un divertido juego, el de atrapar un cerdo untado en grasa que siempre despierta todo tipo de carcajadas de los aldeanos, sobre todo tras unas cuantas pintas de mi brebaje, una buena comilona y rematado con la dulce repostería de la señora Wilda.

—¿Quién es Wilda?

—La esposa del molinero, con sus postres hace despertar el apetito de los aldeanos más glotones.

—Sin duda eso será digno de ver.

—Le aseguro que lo pasamos en grande, el viejo Johnston dice que vive, según él, en la mejor cuadra de tierra del lugar. Siempre presume de poseer las hortalizas de mayor tamaño y mejor calidad, así como de realizar las mejores mermeladas. Y lo cierto es que en los últimos cuatro años se adjudicó el primer premio de la fiesta de la cosecha.

—¿Qué premio es ese?

—El premio consiste, en un barril de un fuerte brebaje preparado por mí, el cual hago con mi receta de raíz de Scensog, le aseguro que es capaz de tumbar a un oso malhumorado.

—Jajajaja, me lo creo. Este brebaje que me ha dado me está haciendo efecto.

—Bueno señora, tengo que cuidar de la guarida.

—¿A qué guarida se refiere, Jack?

—Pues a la taberna, señora. Se llama "la guarida del tejón"

—Qué nombre tan curioso.

—Sí, lo es… ¿le gustaría saber por qué se llama así?

—Sí, por favor, explíqueme todo lo que crea usted que debo saber sobre este lugar y la aldea, así seguro que el regreso de mi esposo será más ameno.

—Muy bien, así lo haré… se llamada "la guarida del tejón", pues como cuento siempre a todos aquellos que me lo preguntan, el primer día que abrí las puertas de nuevo esta taberna, encontré un tejón bebiéndose la pinta de cerveza que yo mismo había dejado sobre la barra, jajajaja.

—Jajajaja, menuda sorpresa ¿verdad?

—Sí señora. Una sorpresa y un sobresalto, jajajaja. Pues bien, señora, no hay mucho más que contar de este lugar. Yo vine aquí porque es un lugar tranquilo y para olvidarme de la maldita guerra, ¿sabe?

—Lo sé, se lo aseguro.

—Verá, por aquí no vive ningún personaje importante y la verdad, es mejor así. La calma de este sitio no se paga ni con todo el oro del mundo. Scorchedland es un lugar lleno de gente humilde y más avezada al manejo de una azada que a otros menesteres, en ella sólo hay esta taberna, en invierno o por las noches se llena de feligreses...

—¿Qué feligreses?

—Ah, claro..., es que llamo así a los aldeanos que acuden aquí para olvidar un duro día de trabajo.

—Entiendo, la vida en el campo no es fácil.

—Las veladas junto a la chimenea, están llenas de historias fantásticas sobre lugares lejanos, criaturas exóticas y terribles batallas, en las que siempre acabamos brindando—Jack levantó su vaso y gritó:

—¡Por Scorchedland!

—¡Por Scorchedland!—dijo ella levantado el vaso, también respondiendo al brindis. Hubo entonces una pequeña pausa y Jack continuó el relato.

—En la Aldea también hay un herrero, y por supuesto, un molinero, el cuál muele las cosechas de grano a los aldeanos. Lo más nuevo que hay por aquí es la noria de agua, que es impulsada por el pequeño arroyo y usada por el herrero. Creo que ya sabe todo lo que se puede saber de esta aldea, señora.

—Muchas gracias por el relato y esta agradable conversación.

—No hay de qué, en fin... he de seguir con las tareas de la taberna que se acerca la hora de las comidas. Si precisa cualquier cosa, dígamelo.

—De acuerdo Jack Malow, hasta luego y gracias, amigo.

—De nada, señora. Hasta luego—respondió Jack, que se retiró de la mesa dejando a la mujer mirando sonriente por la ventana.

Algo parecía haber cambiado en su interior. El sol estaba en lo más alto del firmamento, los parroquianos del medio día como Jack los llamaba ya habían dado buena cuenta del cerdo braseado, del estofado de ciervo y de casi todas sus onzas de pollo con especias, sin contar las patatas con mantequilla y especias que cada vez escaseaban más en su despensa.

La cerveza había sido literalmente absorbida por un enjambre de trabajadores del campo sedientos, si es que se los podía denominar de alguna manera. Ahora Jack se preparaba para la ardua tarea de limpiar, recogerlo todo y tener preparada la taberna para la noche.

—Ni rastro de Joseph. ¿Dónde se habrá metido este hombre?—pensó Elisa pensativa.

Como si los dioses hubieran escuchado su pregunta, la puerta de la taberna se abrió y su amado esposo apareció por el umbral acompañado del viejo Wood. Rápidamente se dirigió junto a ella y se sentó en la mesa cogiéndola de las manos.

—Traigo buenas noticias, cariño.

—¿Dónde estabas? , me tenías angustiada.

—He tenido que ir con cautela, no sabía hasta qué punto era segura la aldea, pero gracias a Wood ahora ya lo sé.

—¿Y bien?—preguntó Elisa impaciente.

—La aldea es completamente segura cariño, a partir de hoy podemos ir juntos a todas partes, además, he encontrado un sitio para vivir.

—¿Has encontrado un terreno?

—Mejor que eso, he encontrado una pequeña casa con terreno. Sólo tendré que hacer algunos arreglos en el tejado, creo que en un par de semanas estaremos viviendo allí.

La gente de este lugar desconoce el significado del dinero, así que he cambiado el carro y el caballo de apoyo por la casa y las tierras. También he hablado con el molinero y le he arrendado una de las mulas por una parte de la cosecha de harina, la otra mula la usaremos para labrar las tierras y también la arrendaremos. Amor, esto es solo el principio.

—Amado mío—dijo Elisa.

—Creo que por fin podremos vivir en paz.

Jack se acercó para tomar nota y saber qué deseaban comer, atrapándolos sumidos en un profundo abrazo.

Poco más de un año después, los dos jóvenes se habían adaptado completamente a la vida en la aldea y tenían un par de hijos, a los cuales pusieron de nombre Álerik y Gurvan. Wood y Jack se habían hecho inseparables de la joven familia con los cuales compartían la comida de casi todos los domingos.

—Preciosos nombres, Elisa, como los de los antiguos reyes; el nombre del padre del recién fallecido rey Cedrik y el de su abuelo, son perfectos.

Elisa no cambió el semblante, pues nadie debía saber cuál había sido su pasado o el de su marido y respondió:

—Gracias Jack, será una casualidad, esos nombres llevan largo tiempo en la familia como parte de nuestro linaje.

Jack pensó en ella y cómo de orgullosa debía estar de sus hijos y de sus humildes raíces.

Los pequeños, durante su primer año de vida, se criaron felices junto a sus padres en la casa que habían reformado. La vida en la aldea era cómoda y tranquila, una vida sosegada propia de campesinos, los cuales han de cuidar de un pedazo de tierra para subsistir. Los hermanos eran increíblemente parecidos, casi como dos gotas de agua, y crecían fuertes y sanos mientras los días pasaban uno tras otro. Los días se convirtieron en meses y sus estaciones. El paso de estas se hizo notar en los hermanos, que alcanzaron ya su segundo año de vida.

—¿Qué rápido pasa el tiempo, verdad Joseph?

—Sí, amor mío—respondió este cogiendo entre sus brazos al pequeño Gurvan, que otra vez había vuelto a enredarse entre los hilos de lana que su madre estaba tejiendo—. Sí..., pasan rápido porque no traen amarguras, sólo trabajo y eso, es bueno para el alma—añadió Joseph sentándose en su silla favorita al lado del fuego a tierra.

Sólo hacía dos años que el hombre había cambiado su vida en la ciudad por la calma del campo y dedicado todo su esfuerzo a la pequeña granja. En ese breve espacio de tiempo en la vida de aquel joven, ya había hecho mella en él, sus manos se habían endurecido, su musculatura se había hecho fuerte e incluso su pelo asomaba por detrás de sus hombros recogido en una larga cola, tenía todo el aspecto de un granjero, ya nada quedaba de aquel supuesto capitán de la guardia que hacía dos años atrás, llegara a la aldea. Por otra parte, su esposa Elisa, se había dedicado por completo a las tareas de la casa y al cuidado de los niños, los cuales crecían felices y sanos a pasos agigantados. Ella, de piel clara y suave, había tomado un color moreno debido a las innumerables horas bajo la luz del sol, lavando la ropa en el rio o ayudando a preparar la próxima cosecha junto a su marido. Aquella joven se desvivía atendiendo a sus pequeños y en cualquier cosa que precisaran.

La vida transcurría con normalidad hasta que, a principios de otoño, al igual que caen las hojas marchitas de los árboles, cayó sobre la pequeña aldea una terrible epidemia, una de las peores, jamás habían visto nada igual por aquel lugar, ni siquiera los más viejos. La gente enfermaba y moría, nada se podía hacer por ellos, nada excepto consolar su dolor durante su inevitable y trágica agonía, la mortal enfermedad hizo presa de la aldea. Ningún remedio que se probó tuvo éxito y todo lo que se intentó fue en vano. Aquel que se contagiaba estaba inexorablemente perdido, muchas fueron las victimas dentro de la aldea, hombres, mujeres y niños, la enfermedad no hizo distinciones, segó las vidas de más de la mitad de la población.

La gente estaba destrozada, no había familia sin tener algún miembro que hubiera perecido a causa de la plaga. La aldea entera estaba de luto, nada volvería a ser como antes.

—Jack—susurró Joseph extendiendo la mano, con la mirada fija en su amigo.

—Dime, amigo—respondió Jack, que durante esos dos años había forjado una profunda amistad con el padre de los dos niños.

—Quiero que me prometas que cuidaras de mis hijos.

—Eso no hay ni que decirlo, amigo—Jack veía en los ojos de Joseph que la llama de la vida se extinguía rápidamente.

—Ve con los niños y dile a tu tío que entre, rápido, no me queda mucho tiempo.

Jack salió de la habitación, miró a su tío y le hizo una señal para que entrara. Wood entró cerrando la puerta tras él.

—Viejo amigo..., no me queda mucho tiempo, deja que te pida un último favor...

El anciano desolado por la tragedia, no podía detener el brote incesante de lágrimas que salían de sus enrojecidos ojos y que recorrían su cara.

—Dígame..., señor.

—Quiero que guardes todo aquello que te di hace semanas. Cuando mis hijos sean mayores de edad, explícales lo que sea conveniente. También deben saber de dónde vienen sus raíces y quienes fueron sus ancestros..., diles..., que sus padres..., les quieren... — los ojos de Joseph se entornaron por última vez y murió.

—Sí, mi rey—respondió en voz baja el viejo Wood, mientras secaba las lágrimas de sus cansados ojos, completamente impotente ante la situación y con el corazón roto en mil pedazos pensando en el futuro de los dos pequeños.

La epidemia no tuvo clemencia. Ahora, entre las víctimas, se encontraban Joseph y Elisa, los padres de los niños, los cuales se habían quedado huérfanos con tan solo dos años y sin quererlo se habían convertido en los herederos de la granja y de todas las pertenencias que había en ella.

Pasados unos días, Wood y Jack acordaron, que lo mejor para los pequeños seria que una familia de vecinos, unos pobres granjeros, los cuales habían perdido a sus tres hijos durante la plaga, cuidasen de ellos.

La compasión de una madre destrozada empujó instintivamente a adoptar a los dos hermanos como si fuesen hijos suyos. Jack, tras la muerte de Joseph y

Elisa prometió a su tío cuidar de ellos y ayudar a los campesinos en todo lo posible.

El tiempo siguió su largo camino, haciendo que pasaran los años y la maltrecha aldea, poco a poco fue reponiéndose de la cicatriz que dejó la plaga en los corazones de todos los aldeanos. Jamás se olvidaría, pero como los aldeanos solían decir "la tranquilidad llega después de la tormenta".

Con el tiempo se estableció un nuevo herrero en la aldea, un vecino de Jhaner que montó allí su negocio para probar fortuna, y el tiempo siguió su inacabable camino, siempre avanzando.

Por la aldea, cada vez pasaban más forasteros que iban de camino a la capital, estaba claro que la obligatoriedad de paso por la aldea en la ruta comercial era buena para la posada y por supuesto, para Jack y si anciano tío Wood, los cuales tenían cada vez más trabajo. Incluso pensaban en contratar alguna joven de buen ver, para que les ayudara con la taberna.

El paso de gente nueva por allí, hacía llegar nuevas mercancías, semillas y grano, las cosechas eran cada vez más abundantes y frondosas, todo parecía prosperar... al parecer, el progreso estaba llegando poco a poco a la pequeña aldea de Scorchedland.

Álerik y Gurvan crecían robustos, de cabellos rubios y piel tostada, altos y fuertes, pues pasan muchas horas trabajando en el campo junto con su padre adoptivo, aunque no se sentían aferrados a su familia y siempre que podían, se escapan para ver al viejo Wood y su mejor amigo Jack, el cuál en realidad se había convertido en un padre para ellos con el paso de los años. Desgraciadamente, llegó el día de otra triste noticia, una vez más la sinuosa muerte se llevó a un ser querido.

Capítulo 3

Capítulo 1

quel puñado de tierra sobre la tumba, era el último adiós al viejo Wood, un buen hombre, amigo de todos en los tiempos difíciles, que ahora yacía en aquel agujero. Su sobrino Jack Malow, permanecía junto a él en silencio, absorto en sus recuerdos. Jack era un hombre curtido en la guerra, de aspecto robusto y espesa melena oscura. De sus oscuros ojos ahora brotaban lágrimas de profunda aflicción. Una mano se posó sobre su hombro y una voz conocida se escuchó tras él:

—Jack, viejo amigo. La partida de tu tío sin duda dejará un gran vacío en el corazón de todos nosotros.

Jack reconoció la voz de su compañero de armas, y se volvió.

—Sí, Brian. Es irremplazable. Mi tío no tan solo se las arregló para sobrevivir a la guerra, también ayudo a muchos...y eso amigo mío, no se paga con dinero, sin duda es la persona más noble que he conocido y un ejemplo para todos.

—Sin duda, Jack. El viejo Wood, siempre ayudó a todo el mundo, incluso a mi familia. La muestra de ello está hoy aquí.

Los dos dieron una mirada alrededor, y Jack se emocionó de nuevo.

—Ha venido todo el pueblo. Incluso gente que no había visto en mi vida. Por cierto, ¿los muchachos cómo se encuentran?

—Míralo tú mismo—respondió Jack con tristeza.

Brian dio un vistazo a su alrededor y fijó la vista al fondo, donde estaban los dos jóvenes hermanos de cabellos rubios, Álerik y Gurvan. Ambos permanecían encorvados sobre sí mismos llorando sin consuelo.

—Esto habrá sido un duro golpe para ellos—comentó Brian.

—Sí, primero sus padres, y ahora el viejo Wood— respondió Jack.

—Ya son hombres… hacía mucho tiempo que no los veía —murmuró Brian pensativo.

—Son unos hombres, pero sus corazones son los de un niño. Están desolados… al igual que yo—respondió Jack.

—Imagino que lo querían como a su propio abuelo—comentó Brian.

—Tanto o más que si lo hubiese sido. Ya sabes… con el trabajo que tengo en la taberna no puedo dedicarles toda mi atención. Además, esta misma semana volverán a la casa de sus padres—explicó Jack.

—Cómo pasa el tiempo…pobres muchachos, aún recuerdo sus rostros llenos de lágrimas el día que enterramos a sus padres, eran sólo unos niños. Entonces… ¿cumplirán los dieciséis esta misma semana?— preguntó Brian con voz seria.

—Sí, eso mismo. Serán mayores de edad— respondió carraspeando Jack, que tras el comentario de Brian aún se sentía más triste.

—Jack, amigo, he de dejarte. Espero que el recuerdo de tu tío y su ejemplo, perduren en ti y en los muchachos y que entre todos te ayuden a superar su marcha lo mejor posible—dijo Brian dando una suave palmada en la espalda de Jack.

—Muchas gracias Brian, ya nos veremos— respondió Jack despidiéndose con un apretón de manos.

—Cuenta con ello—respondió Brian alejándose colina abajo.

Mientras Jack se secaba las lágrimas, miraba a los dos hermanos que permanecían desconsolados en un lateral del pequeño cementerio. Dio un último adiós a su tío fallecido y salió de allí.

—Muchachos, seguidme—dijo Jack.

Los dos hermanos se levantaron con los ojos enrojecidos y le siguieron. —Veréis, muchachos. Este es el ciclo de la vida, os aseguro que la mejor forma de vivirla es como lo hizo el viejo Wood—comentó Jack.

Las palabras de Jack apenas aliviaban a los jóvenes, que jamás olvidarían los mil y un relatos que Wood les había contado junto a la hoguera durante todos aquellos años. Jack se detuvo un instante, les miró y les dio un fuerte abrazo.

—Jack, le vamos a echar tanto de menos...—comentaron los dos hermanos entrecortadamente.

—Lo sé, muchachos. Yo también. Pero saldremos adelante, dejemos que descanse en paz y procuremos guardar sus mejores consejos en el fondo de nuestros corazones.

Los tres dejaron el lugar dirigiéndose colina abajo, de camino a la aldea, dejando atrás la cerca de madera que guardaba el cementerio.

—Mi tío nos ha dejado algunas pertenencias—comentó Jack.

—¿Qué nos habrá podido dejar?—se preguntaron ellos.

—No sé muy bien que es, pero insistió mucho en que las tuvieseis. Seguro que será algo importante, posiblemente esté relacionado con vuestros padres—respondió Jack.

—¿Con nuestros padres?—preguntaron asombrados, pero Jack guardó silencio.

Cuando llegaron a la taberna, los jóvenes se sentaron en una mesa.

—Voy a buscar lo que dejó Wood para vosotros—dijo Jack muy serio.

Los hermanos vieron a Jack alejarse tras la barra. Pasados unos instantes, regresó portando una caja de tamaño mediano.

— Bien, esto es lo que Wood os ha dejado — dijo Jack.

Los dos hermanos observaron con atención la caja que Jack les había traído, sin atreverse a mirar dentro de ella.

— ¿Qué hay dentro? — preguntó Gurvan.

— No lo sé. Es vuestra y no he mirado en su interior, abridla a ver qué contiene. La verdad es que yo también estoy muy intrigado — respondió Jack.

Álerik levantó la carcomida tapa de madera y vio tres objetos: Un pergamino desdibujado, una delicada caja de metal grabada y un objeto metálico muy sucio. Sacó con cuidado cada uno de los objetos y los depositó sobre la mesa.

— Jack, ¿tienes idea de qué es todo esto? — preguntaron los hermanos sorprendidos.

— La verdad es que no puedo deciros mucho, pero seguro que en este pergamino habrá más detalles. Leedlo y saldremos de dudas — respondió Jack.

— Álerik, ¡léelo de una vez! — refunfuñó Gurvan nervioso.

— Tranquilo. Deja que primero eche un vistazo a los objetos — dijo Álerik sin prisas.

— ¡Dame anda, yo mismo lo leeré! — replicó Gurvan.

Gurvan alargó la mano, cogió el pergamino y empezó a leerlo mientras su hermano miraba con detenimiento los dos objetos restantes:

"Queridos Álerik y Gurvan, siempre os he contado historias y cuentos que sin duda habrán hecho pasar toda clase de aventuras por vuestras cabezas. Pues bien, junto con este pergamino hay dos objetos más;

uno de ellos os llevará a un lugar que yo llamo el Nido del Cuervo".

—¿El Nido del cuervo? ¿Seguro que pone eso?— Interrumpió Álerik intrigado.

—Sí, eso pone— insistió Gurvan refunfuñando.

—Vaya, el viejo Wood quiere haceros vivir una última aventura...—apuntó Jack.

Su semblante esbozó una sonrisa que hizo olvidar la pena y el dolor del momento.

—Sigue Gurvan—dijo Jack.

—De acuerdo. Aquí dice que el objeto metálico nos ha de mostrar el camino hasta el Nido del Cuervo y que hay una serie de reseñas.

Álerik miró con mucha atención el objeto metálico que estaba realmente sucio.

—Déjame ver, Gurvan. Yo solía jugar a un juego parecido con mi tío cuando era pequeño—dijo Jack, echando un vistazo rápido a las indicaciones que había en el pergamino.

—Como yo pensaba... Es un plano sin dibujos.

—¿Crees que nos podrás ayudar?—preguntaron los hermanos.

—¡Claro! Os ayudaré a dar con ese lugar.

—Escucha Jack, este objeto metálico está repugnante, ¿Cómo podríamos limpiarlo? Creo que bajo esta capa de mugre puede haber alguna pista más— comentó Álerik mirando a Jack.

—Déjame ver...Tienes toda la razón, ¡está sucísimo! creo que con la ayuda de un buen destilado de alcohol debería bastar para entrever sus secretos. Dejémoslo aquí, luego me encargaré de ponerlo dentro de una jarra con el brebaje para que mañana podamos limpiarlo.

Álerik cogió el pergamino y siguió leyendo más abajo:

"Resolved el primer enigma y olvidaros de la caja hasta que no tengáis todas las respuestas. Recordad, una buena historia ha de seguir unos pasos, no os dejéis ninguno o no podréis desvelar el misterio. Espero que mi último relato sea el primero de muchos para vosotros.

Os quiero mucho y jamás podré olvidar el cariño que me habéis dado; aunque no tuve hijos, mi sobrino cubrió con creces ese hueco en mi corazón y vosotros, muchachos, habéis sido los nietos que jamás llegué a tener. Esperanza, nobleza y valor, no lo olvidéis, os quiere.

Wood Malow".

Álerik se aclaró la voz, afligido por las palabras del pergamino.

—¿Estáis de acuerdo? —preguntó Jack.

—¡Sí! —respondieron los dos hermanos.

Lentamente, las palabras de Wood, habían animado a los tres.

Álerik tomó la caja de metal con cuidado y se la entregó a Jack diciendo:

—Toma, es mejor que la guardes tú a buen recaudo, así no nos distraerá durante la primera parte de la aventura. ¿Estás de acuerdo, Gurvan?

—¡Sí, estoy de acuerdo y deseando empezar cuanto antes! —respondió Gurvan.

Jack cogió la pequeña caja metálica y volvió a depositarla dentro de la caja de madera.

—Muchachos, si queréis podemos empezar ahora mismo, pero recordad, esta es vuestra aventura, yo sólo os ayudaré con las pistas— comentó Jack.

—¡Gracias Jack! —exclamaron Álerik y Gurvan.

—A mí esto me intriga tanto como a vosotros, seguro que os habrá dejado algún regalo enterrado— comentó Jack sonriente.

—¡Vaya, eso sería fantástico!—exclamó Gurvan.

—¡Sería genial!—añadió Álerik.

—Venga muchachos, vamos a comer algo y nos pondremos en camino—dijo Jack, que por el momento había conseguido deshacerse de la pena que cubría su corazón y apesadumbraba su mente. Sobre la mesa estaban las bandejas repletas con la mejor comida de la taberna. Los hermanos se sentaron en ella, confiados y alentados por el ánimo de Jack. Él se encargaría de ayudarles con las claves que el viejo Wood quería desvelarles.

—A ver jovencitos. Desde que me conocéis siempre he intentado ser un hombre cauto y precavido. Más que nada por vosotros, que por lo que veo no he conseguido...pero aun que no lo creáis, a mí también me gustan las ocasiones como esta de salir a buscar emociones, pero... —argumentó Jack.

—¡Acorta, Jack! ¡El lechón asado empieza a enfriarse!—Atajó Gurvan con un hambre voraz.

—No tan deprisa, Gurvan. Os advierto que el bosque está lleno de peligros que pueden surgir. Si no estáis alerta, cualquier situación difícil podría poneros en un serio peligro, enturbiando vuestros pensamientos.

Antaño, estando con el abuelo cerca del Bosque Gris, nos vimos las caras con un par de Huargos que merodeaban hambrientos por los alrededores, por suerte logramos trepar a un árbol antes de que se percataran de nuestra presencia. No fue tarea fácil, pero talando algunas ramas y con la ayuda de cuerdas, logramos ponernos a salvo.

—Hmm...pues yo los hubiera cogido con mis propias manos y antes del anochecer estarían empalados girando sobre una hoguera, ¡jajajaja!—expuso Gurvan con soberbia.

—Llevaré unas cuerdas resistentes por si Gurvan se amedrenta ante los Huargos y tenemos que trepar a un árbol cercano—comentó Jack con picardía.

—Esto no es todo. Para que el hambre no os distraiga de vuestro cometido, llevaré algunas raciones, en pequeñas dosis, os darán la energía necesaria para hacer frente a las condiciones que surjan —Aclaró Jack, con voz templada.

En seguida, los dos jóvenes apaciguaron su apetito. Mientras lo hacían, fueron conscientes de la importancia del mensaje transmitido por Jack.

—De acuerdo Jack, entendemos a qué te refieres—comentó Álerik, cargándose de coraje.

Después de comer y con más cautela, se pusieron en camino y Álerik leyó la primera pista, que decía:

—Si quisieras salir del pueblo en dirección Noreste, sin mojarte, ni pisar el puente, ¿por dónde pasarías?

—Vaya, pues no lo sé—comentó Gurvan pensativo con la mirada clavada en el suelo.

—¡Yo sí!—exclamó Jack.

En aquel instante, la memoria de Jack indagó en sus recuerdos rememorando una escena junto a su tío, el viejo Wood, en la ladera de una escueta pero profunda poza donde, de vez en cuando, se zambullían para aislarse del acusado calor que acechaba la aldea en época de sequía.

—¿Por dónde, Jack?—preguntó Álerik intrigado.

—Veréis, hay un paso en el Bosque Gris; son unas piedras que cruzan el río—explicó Jack.

—Nunca las hemos visto—dijeron los dos hermanos.

—Es normal, casi nadie conoce ese paso. Estuve allí un par de veces con el viejo Wood y estoy casi seguro de que se refiere a ese lugar—dijo Jack mirando a los dos hermanos.

—¡Vamos! —exclamaron ambos.

Los tres se encaminaron hasta el interior del Bosque Gris, un lugar poco poblado, de árboles no demasiado viejos.

—Esto está muy abandonado... —murmuró Jack.

—Es normal, es un bosque —dijo Álerik extrañado por el comentario de Jack.

—Sí... pero no siempre fue así. Hace años había campesinos de la aldea que cultivaban estas tierras, pero con el paso de los años el bosque las ha reconquistado de nuevo —respondió Jack con una buena dosis de nostalgia.

—¡Mirad, es allí! —dijo Gurvan señalando unas rocas que sobresalían de las cristalinas aguas del arroyo.

El pequeño grupo se encaminó a las rocas y las cruzaron sin dificultad hasta la otra orilla.

—A ver, Álerik, ¿qué dice la siguiente reseña? —preguntó Jack.

—Bordea la roca de oscura barriga por la derecha —respondió Álerik haciendo su propia interpretación de la pista del pergamino.

—¡Vaya! Esa sí que es difícil —apuntó Gurvan frotándose la barbilla—. Quizá se refiere a una roca de color negro —añadió pasado un momento.

—Miremos bien, a ver si descubrimos algo, aunque no sé cómo podríamos mirar la barriga de una roca... —comentó Álerik mirando inquisitivamente a su alrededor.

—¡Claro, eso es! ¡No podemos ver su interior a menos que haya una cueva! —exclamó Jack.

—¿Una cueva? —preguntaron extrañados.

—Sí, creo que se refiere a una cueva. Busquemos una, a ver si damos con ella mientras avanzamos por este sendero —dijo Jack.

—Eso parece lo más lógico —dijo Gurvan.

Se adentraron en el bosque siguiendo un estrecho sendero, que con frecuencia desaparecía bajo sus pies engullido por matorrales y pequeños arbustos.

— ¡Mirad allí! ¡En esas rocas! — señaló Gurvan.

— ¡Sí! ¡Esa debe ser la cueva! Entremos en ella para poder descubrir la siguiente pista — dijo Jack ilusionado.

Los tres se encaramaron ladera arriba, siguiendo una ceñida pista frecuentada por los animales.

Cuando llegaron a la boca de la cueva, vieron que era demasiado pequeña como para adentrarse en ella.

— Álerik, lee la siguiente pista — dijo Jack.

— Lo siguiente que dice es: Seguid las tres jorobas de la montaña que está frente a la oscura boca — leyó Álerik, casi riendo.

— ¡Jajajaja! ¡La oscura boca va a ser la mía cuando volvamos! ¡Esto me está dando un hambre colosal! — carcajeó Gurvan.

— ¡Jajajaja! a mí también Gurvan — añadió Álerik.

— Venga muchachos, prosigamos, no creo que esté muy lejos — alentó Jack.

Justo en frente de la cueva, y no muy lejos, se podía ver el inconfundible perfil de tres suaves colinas, semejantes a jorobas. El sol de la tarde empezaba a decaer cuando alcanzaron su cima.

— Bueno amigos, si la siguiente pista no está muy cerca tendremos que regresar a la aldea y volver otro día — comentó Jack.

— Sí, tienes toda la razón — dijo Gurvan.

— Estoy de acuerdo con vosotros. Además, regresar nos llevará un buen rato y a oscuras no es agradable andar por el bosque — dijo Álerik.

— Pero… solo por curiosidad, ¿cuál es la siguiente pista? — preguntó Jack intrigado.

—En realidad, no quedan muchas pistas más. La siguiente dice... "sigue hacia el Este" y la otra, "bajo el círculo está el enigma" —leyó Álerik.

—Bueno, podemos seguir mañana. Ahora ya sabemos dónde están las otras reseñas y cuando lleguemos a la taberna, podemos hacer un mapa. ¿Qué os parece? —preguntó Jack.

—Genial, Jack. Vamos a casa. Este misterio estará resuelto en dos días —dijo Álerik motivado.

—Sí Álerik, a lo sumo una semana —añadió Gurvan.

— ¡Os voy a preparar una cena exquisita! —comentó Jack alegre.

— ¡Genial! —exclamaron los hermanos.

Tal y como habían dicho, después de la copiosa cena se pusieron manos a la obra con el mapa recordando cada uno de los detalles y dibujando las pistas en él.

—Es curioso... vamos a encontrar el lugar y no habremos usado el objeto metálico para nada —comentaron los hermanos.

—No digáis eso. Mi tío era muy meticuloso y si os ha dejado este objeto es porque realmente es de utilidad —respondió Jack.

—Sí, la verdad es que Wood era un maestro contando historias, tanto que a veces parecían reales —dijo Álerik.

—Y que lo digas, Álerik, nadie contaba historias como él —añadió Gurvan.

—Por cierto muchachos, ¿cuándo pensáis volver a casa? —preguntó Jack.

— ¿A casa? —preguntaron al unísono.

Hasta ese momento los hermanos vivían con una familia de campesinos que los había acogido tras la muerte de sus padres.

—Sí, a casa de vuestros padres. Vuestra casa —puntualizó Jack.

—Habíamos pensado ir esta misma semana —respondieron los dos a la vez.

—Creo que tendremos que echar un vistazo antes, por si necesita alguna reparación para el invierno. Pensad que lleva años sin que nadie haya vivido en ella. Aunque yo he pasado a menudo por allí, no sé cómo estará el tejado, quizá necesite un repaso o tapar alguna que otra gotera —comentó Jack.

—Sí, en esto llevas razón —dijeron los hermanos.

—Pues la búsqueda habrá que aplazarla de momento —dijo Jack.

—¡No! No te preocupes, Gurvan y yo iremos en busca del tesoro —exclamó Álerik.

—Sí, nosotros nos haremos cargo de eso, para que cuando tengas algún rato libre en la taberna puedas venir con nosotros a casa y ayudarnos a ver qué nos hace falta —añadió Gurvan.

—¡Jajajaja! ¡Vaya, muchachos! Veo que la aventura de Wood os tiene totalmente absorbidos. Me parece bien, pero no descuidéis vuestras labores diarias —comentó Jack sonriendo.

Los dos se ocupaban habitualmente de alimentar a los animales de corral y de ordeñar las vacas. Eso no les restaba mucho tiempo, y les permitía campear libremente el resto del día.

—Descuida, eso no será un problema. Además, iremos a casa en un par de días para limpiarlo todo y preparar algunas cosas —dijo Álerik.

—De acuerdo, así me gusta chicos. En cuanto disponga de algún rato libre, iré para mirar el tejado y las ventanas —comentó Jack.

—¡Perfecto! —exclamaron Álerik y Gurvan.

Álerik y Gurvan se levantaron, y tras echar una última mirada al pergamino y al resto de los objetos se despidieron. Jack cerró la puerta, puso el objeto metálico en remojo dentro del cobertizo y fue en busca de la caja que su tío había dejado para él. Al abrirla distinguió varias cosas, y al igual que en la caja de los muchachos, había un pergamino en el que pudo leer:

"Querido Jack, sobre ti recae la tutela de Álerik y Gurvan. Aunque no son de nuestra familia, nunca les ha de faltar nada. Ya sé que no entenderás del todo mis motivos, pero el futuro depende de ello. En esta caja he dejado la llave que abre la caja metálica de los muchachos. No debes entregársela bajo ningún concepto hasta que ellos no resuelvan el enigma. Supongo que para entonces, ya serán mayores de edad. Quizá creas que sólo soy un viejo loco, pero la verdad es que el contenido de su caja no les servirá de nada sin comprender su significado. Por desgracia, ni yo mismo he podido encontrar la respuesta a esa pregunta, que desde la muerte de sus padres he intentado responder. He llegado a la conclusión, que es más un objeto simbólico que otra cosa. Por otra parte, en esta caja también encontrarás unas escrituras antiguas que han pertenecido a nuestra familia desde hace muchos años, y que ahora son tuyas. Sin duda, harás buen uso de ellas. Cuando las leas comprenderás que, con paciencia, se puede conseguir más de lo que uno piensa. La pieza cónica que contiene la caja de los muchachos es un indicador. Hace muchísimos años lo encontré a la orilla del río y desde aquel instante siempre intenté averiguar para qué servía o qué utilidad tenía. Reuní pistas a lo largo de los años, hasta que un día llegó a mis oídos una curiosa y antigua historia que... en fin. Aquel relato me llevó a un camino sin salida por lo que no pude seguir indagando, ahora esa pieza en realidad es más una curiosa distracción que otra cosa. Un último intento por mi parte de que no me olvidéis, cuando encuentren el lugar adecuado darán con la primera

pista que yo mismo he dejado. Recuerda, no debes involu-crarte demasiado en esta treta, si no me equivoco estaréis todos muy afectados por mi partida y esta búsqueda distrae-rá vuestras mentes y hará que vuestros corazones no se sien-tan tan afligidos. Tú sabrás compensarles debidamente cuando encuentren el lugar indicado y les explicaras todo esto.

Respecto a la caja metálica que les he dejado es una he-rencia de su familia, que ha pasado de generación en genera-ción a lo largo de muchos años y que, por derecho, ahora les pertenece únicamente a ellos. Su padre me la entregó a mi antes de morir y ahora tú deberás devolvérsela; sólo ellos han de tenerla y nunca debe caer en malas manos, es difícil expli-car el por qué, pero he de cumplir mi palabra, en este caso tu deberás hacerlo por mí si estás leyendo este pergamino, esos dos jóvenes algún día podrían necesitarla. Para ti, hay un par de presentes especiales: uno bajo el roble que visitábamos cuando eras pequeño, y el otro en el suelo de la vieja torre. Estoy seguro que los encontrarás. Siempre te he querido como a un hijo y nunca me has decepcionado. Aplica todo lo que te he enseñado y vivirás feliz el resto de tus días.

Un abrazo de tu tío Wood."

Aquel hombre, hecho y derecho, dio un suspiro y dejó caer unas lágrimas mientras daba un trago a uno de sus licores. Cogió la llave que abría la caja de los muchachos y la puso en la cadena que siempre llevaba colgada al cuello.

Al día siguiente, después de terminar con las labo-res diarias, los hermanos fueron de nuevo a la taberna que, por supuesto, también era la casa de Jack y su difunto tío Wood.

—Qué extraño resulta entrar en la taberna sabiendo que no volveremos a ver al abuelo—comentó Álerik con voz triste.

—Sí...—respondió Gurvan pensativo.

—¡Buenos días, muchachos! ¿Cómo va todo?—dijo Jack animado.

—Bien, veníamos a recoger el mapa que hicimos anoche para seguir buscando pistas —comentaron los hermanos.

—Perfecto, ¿queréis tomar algo antes de salir?— preguntó Jack.

—Gracias Jack, pon un par de pintas—dijo Gurvan animado.

Mientras Jack les servía las cervezas, atendió a un caminante encapuchado, alto y de ropas rojizas, que se apoyaba en la barra.

—¿Desea alguna cosa más?—preguntó Jack.

—No, gracias, pero me gustaría llevarme unas provisiones para el camino—respondió el caminante encapuchado.

—Ningún problema. Luego le preparé un buen paquete... ¿supongo que como la otra vez?—preguntó Jack.

—Sí, eso será suficiente para llegar a la capital — respondió el caminante encapuchado.

—Muy bien, pues así lo haré —dijo Jack.

—Vosotros dos pasad a la cocina y os pondré un poco de comida para el viaje —comentó Jack, guiñándoles un ojo.

Los hermanos pasaron detrás de la barra y entraron en la cocina.

—Escuchad muchachos, esto del mapa y lo demás será mejor que lo guardemos en secreto. Nunca se sabe quién puede seguiros para daros un buen susto pensando que se trata de un grandioso tesoro, ¿comprendéis?—explicó Jack.

—Es cierto, Jack, en eso no habíamos pensado— respondieron los dos hermanos.

—No pasa nada, ahora contadme, ¿qué pensáis hacer hoy?—preguntó Jack sonriendo.

—Aún no lo sabemos, la verdad es que la siguiente pista es un tanto extraña—dijo Álerik.

—Ciertamente, pero anoche estuve pensando y creo que se refiere a la dirección por la que sale el sol: en dirección Este—dijo Jack.

—¡Gracias Jack! iremos a investigar esa pista—dijo Gurvan.

La cara de los muchachos se iluminó con su espíritu de aventura. Cogieron un poco de comida, dieron un último trago a la cerveza y salieron por la puerta trasera que pasaba junto al cobertizo, de camino al Bosque Gris. Se adentraron en él y siguieron el camino del día anterior hasta el final del sendero, cruzando sobre las colinas.

—Aquí es donde lo dejamos ayer, Gurvan.

—Sí, Álerik. Y sólo hemos tardado la décima parte, no está tan lejos, ¿verdad?

—Es cierto, pero ahora conocemos el camino, ayer lo buscábamos…

—La siguiente pista nos indica…veamos…"seguid hacia el Este" ¿Por dónde está el Este?—preguntó Álerik.

Los muchachos localizaron el Este y se encaminaron colina abajo, llegando a una zona bastante despejada.

—¿Qué será este lugar…?—murmuró Álerik observando todo lo que había grabado en la roca.

—No sé, pero parece un mapa grabado en la roca—dijo Gurvan observándolo detenidamente.

—Sí… eso parece: la aldea, el Bosque Gris, el arroyo…—comentó Álerik.

—Sí, ¿y ese montón de piedras, para qué será?—preguntó Gurvan señalando unos guijarros apilados al lado del mapa.

—No tengo ni idea, vamos a ver—respondió Álerik.

Los hermanos miraron las piedras, eran bastante planas y tenían unos dibujos grabados en ellas.

—¡Ya veo! estas piedras son las pistas que nos dejó Wood—afirmó Álerik.

—¿Ah sí? ¿Y para qué sirven?—preguntó Gurvan intrigado por la afirmación de su hermano.

—Miremos el mapa y pongamos cada una en el lugar que le corresponde—respondió Álerik con decisión.

Los hermanos se afanaron en distribuir las piedras sobre el mapa grabado en la roca, cada una en su lugar.

—Bien, ya están todas las pistas que tenemos en su sitio ¿Y ahora, qué?—preguntó Gurvan de nuevo.

—No lo sé... —respondió Álerik pensativo.

—¿Cuál era la siguiente pista?—preguntó Gurvan mirando a su hermano.

—Bajo el círculo está el enigma—respondió Álerik con presteza.

Los muchachos miraron a su alrededor, buscando el círculo.

—¿Ves algo parecido a un círculo?—preguntó Álerik.

—No, Álerik. Nada de nada.

—No sé, Gurvan. No tengo la menor idea de qué será ese círculo del que hablan las pistas del viejo Wood—dijo Álerik frunciendo el ceño.

Siguieron mirando por todas partes, hasta que la tarde les hizo regresar a la aldea.

—Hola muchachos, ¿cómo ha ido?—preguntó Jack intrigado.

Los hermanos lo miraron cansados y entraron con él en la cocina.

—Verás, Jack, encontramos un lugar... —dijo Gurvan.

—Sí, una especie de mapa en el suelo y unas rocas, pero... —añadió Álerik.

—Pero no fuimos capaces de encontrar el círculo — dijo Gurvan finalizando el relato.

—Bueno, no os desaniméis. Además, el objeto metálico que dejé ayer en remojo seguro que nos desvelará algo más —comentó Jack.

—¿Dónde está, Jack? —preguntaron los dos hermanos ilusionados de nuevo.

—En el cobertizo, pero id con cuidado. Al lado de la puerta hay trapos, los podéis usar para limpiarlo — comentó Jack.

Los muchachos ya tenían un pie en el cobertizo cuando Jack terminó la frase.

—¡Mira! ¡Está aquí! —exclamó Gurvan.

—Sí, coge unos trapos y veamos qué tiene de misterioso este objeto —dijo Álerik.

—Toma, dale, a ver si sale la suciedad.

Álerik limpió el objeto metálico dejando al descubierto un montón de letras y símbolos.

—Vaya...Gurvan, ¿has visto cómo resplandece? — preguntó Álerik sosteniendo el objeto en la mano.

—Sí, como el sol —respondió Gurvan admirado por el objeto.

—Vayamos dentro, para que lo vea Jack —comentó Álerik.

Los hermanos entraron de nuevo en la cocina. Abrieron la puerta y vieron como su amigo despedía al último cliente del día, que salía por la puerta.

—Jack, ¿Ya vas a cerrar? —preguntaron los hermanos.

—Sí. No creo que venga nadie más hoy. Además, esta semana quiero cerrar temprano, todos los habituales ya lo saben—respondió Jack.

—Perfecto. Porque tenemos otra pista—dijeron Álerik y Gurvan al unísono.

—¿Se trata del objeto metálico?—preguntó Jack sonriendo.

—Sí, así es—respondieron ambos.

—Un segundo...—dijo Jack mientras cerraba la puerta y las ventanas.

—Os quedaréis a cenar, ¿verdad?—preguntó Jack.

—¡Por supuesto!—exclamaron ambos.

—A ver... ¿qué tenéis que contarme?—preguntó Jack.

Los hermanos sacaron el mapa y lo pusieron sobre la mesa.

—Por ahora todo va bien. Hemos encontrado el mapa en la roca y ahora, después de limpiar el objeto metálico, ¡mira!—exclamaron los hermanos. Álerik extendió la mano y mostró el curioso objeto.

—¡Vaya, parece mentira como resplandece!, déjamelo ver—exclamó Jack.

—Toma, a ver si puedes decirnos algo—comentó Álerik entregándole el objeto metálico.

—Pues la verdad es que sí. Recuerdo que de pequeño, vi un objeto muy parecido. Mi tío lo había hecho de cobre y con ayuda de unas herramientas, había grabado un mensaje en él—explicó Jack.

—¿Un mensaje?—preguntó Álerik.

—¿No habría sido más fácil escribirlo en un pergamino?—preguntó Gurvan.

—Sí, eso sin duda... pero a mí tío le encantaban los misterios y por lo que veo este objeto es un enigma en sí mismo—respondió Jack.

—Vaya... pues no será fácil descifrarlo—dijo Álerik pensativo.

—No. Además, parece uno de esos péndulos de zahorí que se usan para encontrar agua, si no fuera por los símbolos y letras, hubiese jurado que se trataba de eso mismo—comentó Jack.

—¡Vaya!—exclamó Gurvan.

—Eso puede ser una pista, ¿no crees?—preguntó Álerik colmado de ilusión.

—Podría serlo... pero lo dudo—respondió Jack, pensando que no sería tan obvia la función del intrincado objeto si su tío se vio incapaz de descifrar sus enigmas.

—¿Cómo se leía el que tú viste cuando eras pequeño?

—Bien... eso es un poco complicado. Había que poner tinta sobre él y después hacerlo girar sobre un pergamino. Pero éste... parece que tiene partes que giran sobre el eje, por lo que las combinaciones pueden ser muchas...

Jack y los muchachos observaron estupefactos aquel curioso objeto reluciente durante un buen rato, pensando en qué gran incógnita podría revelar si finalmente, daban con la combinación adecuada. Pasado un rato de silencio absoluto, Jack dijo:

—Está claro que la mejor forma de saber qué pone es cogerlo y probar varias combinaciones. A ver si podemos entender algo de lo que dice.

—¿Cómo lo vamos a hacer?—preguntaron Álerik y Gurvan anticipándose.

—Muy sencillo. Esperad un momento.

Jack se encaminó a su habitación y regresó con un pote de tinta y un puñado de pergaminos. Cogió el objeto y manchó la superficie de éste con la tinta.

—Vaya…ha durado poco la limpieza…—refunfuñó Gurvan en voz baja.

—Tranquilos, muchachos, es solo tinta común. Veamos qué nos depara el objeto —dijo Jack sonriente.

Jack hizo girar el cono sobre uno de los pergaminos, éste, al girar, describió un círculo sobre el pergamino, dejando impresos un montón de letras y signos.

—¡Es increíble, Jack! ¡Parece mentira!

—Está claro que tiene esta forma para conseguir el efecto circular sobre el pergamino.

—Veamos… A ver si le encontramos algún sentido a todo esto—dijo Jack.

Miraron durante unos minutos intentando descubrir alguna frase coherente en el galimatías de letras y signos.

—Lo único que puedo entender, son los símbolos de las rocas.

—¿Las rocas, Álerik? ¿Te refieres a las piedras planas que encontramos?

—Eso mismo, Gurvan. ¿Recuerdas que pusimos cada roca en su sitio?

—Sí, claro. ¿Qué tiene que ver con todo esto?

—Pues que en este objeto están los mismos símbolos. Quizá haya que ponerlos por orden. Lo único extraño es que hay dos símbolos diferentes en cada anillo del cilindro.

—Tienes razón, Álerik. Déjame probar una cosa—comentó Jack.

—Adelante—respondieron los hermanos.

Jack cogió el cilindro y giró los anillos, ordenando los símbolos verticalmente.

—¿Cuál fue la primera pista?—preguntó Jack.

—La del río—respondieron los muchachos—. Luego la de la cueva y las tres colinas —añadieron inquietos sin quitar ojo a Jack, que movía los pequeños anillos de signos y letras en el objeto cónico, de un lado a otro.

—Muy bien, ¡sigamos!

—Luego la de caminar al Este y, a partir de ahí, llegamos al mapa de roca—dijeron Álerik y Gurvan.

—Bueno, más o menos comprendo el orden.

Jack puso más tinta sobre el objeto e hizo girar de nuevo la pieza dibujando un nuevo círculo.

—A ver ahora...

Los tres observaron de nuevo el dibujo, absortos.

—¡Mirad!—exclamó Gurvan señalando una línea en vertical.

—¡Sí! Ahí pone: cruzad y dos líneas más allá, el arroyo.

—¡Creo que hemos dado con la clave, chicos!—exclamó Jack ilusionado y admirado a la vez.

Finalmente, y ante sus asombrados ojos, consiguieron leer varias cosas: cruzar, arroyo, buscar, cueva, tres, colinas, Este, buscar y centro.

—Vaya... parece que la próxima pista es buscar centro. ¿A qué se referirá?

—No lo sé, muchachos. Está claro que en todo esto hay un gran enigma.

—Sí, ¿pero no os parece extraño?... hay letras que están del revés—dijo Gurvan. Cogió el pergamino y lo acercó a su cara.

—Sin duda aquí hay letras que están cruzadas.

Jack y Álerik meditaban en silencio mientras Gurvan no quitaba ojo del círculo.

—¡No puede ser!—exclamó Álerik muy sorprendido.

—¿A qué te refieres?—preguntó Gurvan.

—¡Déjame el pergamino un momento!—dijo Álerik alargando su mano.

Álerik cogió el pergamino y lo puso del revés, a contra luz. Fijando su vista con máxima precisión en el círculo dibujado por el objeto cónico.

—¡Mirad! ¡Hay más cosas escritas! —exclamó Álerik. Esta vez lo sabía seguro.

Jack y Gurvan agudizaron la vista, intentando distinguir mensajes con sentido en aquel abismo de letras y símbolos.

—En el anillo más grande pone... ¡une las líneas! ¿Lo veis? —apunto Álerik.

—Yo no lo veo —respondió Gurvan fijando aún más la vista.

—Sólo lee las letras que están del derecho. Al dar la vuelta al pergamino, las que estaban del revés han quedado en la orientación correcta.

—Álerik tiene toda la razón —confirmó Jack.

—En el siguiente círculo pone: en el centro.

—Sí... ¡Ahora lo veo! Y más abajo dice...allí hallarás.

—¡Muy bien, Gurvan!

—Sí, pero aun pone algo más... pone...lo que buscas.

—A ver, muchachos, ¿qué dice en total?

—Une las líneas en el centro, allí hallarás lo que buscas —aclararon los hermanos.

Jack miró de frente a los hermanos y rompió a reír.

—¡Jajajaja!, mi tío era un genio, ¡jajajaja!

—¿Por qué lo dices, Jack?

—Porque ha conseguido tenernos en vilo, mirando un pedazo de pergamino, como si fuera el mayor de los descubrimientos de este mundo.

Los muchachos se miraron y estallaron a carcajadas junto a Jack, el cual tenía los ojos inundados de lágrimas solo de ver las caras de intriga y misterio que los muchachos esgrimían, comprendiendo lo que su di-

funto tío Wood quería lograr con aquella serie de pistas.

Capítulo 4

ack, durante aquellos días, en ocasiones, mientras servía unas pintas o simplemente daba un poco de cera a la madera de la taberna, dirigía su mirada al tranquilo rincón junto a la chimenea buscando inconscientemente la silueta de su anciano tío, como tantas veces había hecho con anterioridad desde su vuelta de la guerra dieciocho años atrás..., pero al mirar, recordaba en su corazón que ya nunca más vería la figura del viejo Wood. Aquella semana fue muy dura para todos. El decimosexto cumpleaños de los hermanos, marcó el principio de una nueva etapa en sus vidas. Los dos jóvenes volvían a casa de sus padres después de catorce años..., los sentimientos de los tres estaban a flor de piel. Wood, como parte de sus últimas voluntades, había dejado para todos ellos el mayor de los misterios escrito en un simple pergamino y encerrado en el interior de aquellas cajas de madera viejas, ajadas y polvorientas. Con el paso de los días, después de largas caminatas y varios quebraderos de cabeza, las anheladas respuestas iban llegando. Los hermanos y Jack habían dividido todo su tiempo libre entre la casa de sus padres y el enigma.

—Álerik por fin es domingo. Visitemos a Jack y despejemos nuestras incógnitas de una vez—inquirió Gurvan.

—Seguro que nos está esperando y con él, un buen desayuno en la Guarida del Tejón.

—Será mejor no hacerle esperar, además, mi estómago está pidiendo comida. Los hermanos salieron de su nueva casa en dirección a la taberna. El día empezaba a despuntar sobre las colinas y la ausencia de nubes presagiaba una espléndida jornada.

—Muchachos, buenos días, ¿estáis preparados?

—Sí Jack, por supuesto, llevamos toda la semana esperando este momento.

—Sentaos chicos, os he preparado el desayuno. Espero que os guste todo.

—Parece mentira, Jack, a estas alturas ya deberías conocernos. Además, nadie cocina tan bien como tú.

—Anda, ¡entrad y no me hagáis más la pelota!

Los muchachos se adentraron en la taberna esgrimiendo una picaresca sonrisa, seguidos por Jack. Los domingos, eran el único día que la taberna permanecía cerrada. Jack tenía por costumbre ir con los muchachos de pesca casi siempre que tenía un rato libre, cosa que había convertido a los tres en unos expertos en la materia de zamparse todo aquello que Jack llevara preparado en su atiborrada mochila.

—Jack, hoy te llevaremos hasta el mapa de piedra a ver si entre los tres se nos ocurre algo, el Nido del Cuervo no puede estar tan escondido.

—No desesperéis muchachos, cuanto más dure la aventura del viejo Wood, mejor, ¿no creéis?, no hay que resolver el misterio en un periquete.

—En eso llevas toda la razón, pero ya nos conoces, cuando nos gusta algo… no lo dejamos fácilmente.

—¡Jajajaja! ¿Eso lo dices por el pollo con especias?—preguntó Jack observando a los dos hermanos engullendo todo lo que había sobre la mesa.

—Solo te hacíamos un cumplido, Jack.

—Sí, eso creía. Si comieseis hierba, viviríamos en un desierto, ¡por los dioses!—replicó Jack sonriente.

Los dos hermanos pararon de engullir un instante, le miraron y siguieron devorando.

—¿Nos puedes poner algo de beber?, es para bajar un poco el desayuno—preguntó Gurvan que tenía la boca seca.

—Naturalmente muchachos, tomad—Jack llenó de nuevo las jarras de los hermanos.

Después del rápido desayuno salieron de la taberna siguiendo las pistas ya recopiladas, en apenas una hora, se encontraban en el claro del bosque donde se hallaba el mapa de piedra.

—¡Es impresionante! ¡Parece un plano de todo Scorchedland!—exclamó Jack observando el lugar.

—Eso mismo pensamos nosotros, lo que no hemos conseguido averiguar es la ubicación del Nido del Cuervo—respondió Álerik.

—Veamos el pergamino y hagamos las cosas paso a paso. Poned las piedras con los símbolos en su sitio—sugirió Jack intrigado.

—Ya están todos en su sitio, ¿pero, dónde ponemos la del círculo?—preguntó Álerik, mirando a Jack y a su hermano Gurvan.

—Es cierto Álerik, buena pregunta.

Permanecieron en silencio, pensando, mirando de un lado a otro, hasta que al fin Gurvan cuestionó:

—¿No deberíamos ponerla donde la encontramos?

Jack y Álerik, le miraron con cara de no entender muy bien lo que Gurvan pretendía.

—Deberíamos ponerla en la aldea, allí donde hemos encontrado la pista, ¿no?

—Probemos Gurvan, no perdemos nada por intentarlo—respondieron Jack y Álerik.

Álerik colocó la piedra con el símbolo del círculo sobre la aldea, en el mapa de piedra.

—Hecho, Jack ¿y ahora qué hacemos?—preguntó Gurvan sonriente y nervioso.

—La pista del cilindro dice: "Une las líneas en el centro, allí hallarás lo que buscas" supongo que se trata de eso, de unir todos los puntos—respondió Jack, que sostenía el papiro con las reseñas en sus manos.

—Pues no sé, ¿cómo podríamos hacerlo?—preguntó Gurvan.

—Tranquilo, creo que con hilo de cáñamo será suficiente.

Jack rebuscó en un bolsillo exterior de la mochila y sacó el hilo. Entre los tres empezaron a unir todos los puntos y en el cruce de todos ellos quedó señalado el lugar que estaban buscando.

—¡Es sorprendente! —exclamaron los muchachos.

—Lo es. Ese sitio creo que lo conozco, está en medio del bosque. Creo recordar que hay un sendero que pasa muy cerca de allí —comentó Jack extrañado de la curiosa ubicación del Nido del Cuervo.

—¡Vamos, no perdamos más el tiempo! —exclamaron Álerik y Gurvan inquietos.

—Si nos damos prisa..., creo que en menos de una hora podemos llegar. ¡En marcha! —respondió Jack cargando la mochila en su espalda.

Se encaminaron hacia el bosque adentrándose en él, buscando la senda hasta hallarla.

—Por aquí no hagáis tonterías. Se dice que hay espíritus del bosque y que el ruido los atrae —comentó Jack medio en broma, con la única intención de descansar.

—¿Qué son espíritus del bosque, Jack? —inquirieron los hermanos intrigados.

—Pues eso mismo: espíritus... se cuenta, que por este bosque hay seres de orejas puntiagudas y de narices afiladas que se dedican a asustar a todo aquel que se adentra demasiado en su territorio —explicó Jack con voz seria para dar más credibilidad a su treta. Los jóvenes anduvieron con mucha más cautela y, por consecuencia, más despacio tras sus palabras.

Poco después llegaron al lugar que buscaban: un sitio tranquilo, verde y frondoso, bañado por un pequeño riachuelo de aguas cristalinas y puras.

—Es aquí..., que curioso..., hace años, salí con mi tío en busca de hongos y sin saber cómo terminamos en este lugar. Nunca hubiese dicho que volvería a verlo de nuevo después de tantos años con vosotros dos.

—¿Entonces ya habías estado en este lugar Jack?— preguntaron Álerik y Gurvan muy extrañados.

—Sí, creo que fue el año de la epidemia, supongo que por eso no lo recordaba. Han pasado tantas cosas en estos catorce años... creo recordar que mi tío había encontrado un pozo en desuso un poco más allá.

—¿Dónde?—preguntó Álerik sediento.

—Si mal no recuerdo, estaba cerca de aquel enorme roble, Álerik.

Los tres se encaminaron hacia el roble cuando, de repente, escucharon una música de flauta a lo lejos que inundaba el lugar con una bella melodía.

—¡Cuidado, muchachos!, tranquilos... parece que no estamos solos...—susurró Jack mirando de un lado a otro, mientras intentaba ubicar de dónde salía aquel pegadizo sonido.

Con extrema cautela se acercaron hasta el grandioso roble.

—¿Crees que alguien nos observa, Jack?—preguntó Gurvan nervioso, pensando que quizá algún ser de orejas puntiagudas y afilada nariz los habría acechado durante esos días y ahora aparecería de repente para reclamar parte del supuesto tesoro.

—No lo sé, esperemos un momento a ver si la música se aleja—comentó Jack un poco inquieto.

—Podríamos comer algo de mientras—dijo Gurvan más calmado.

—Buena idea, Gurvan. Es casi la hora de comer y si alguien realmente nos observa, pensará que hemos venido a pasar el día, así que, aprovechemos el tiempo—comentó Jack dejando la mochila en el suelo.

Los tres se dispusieron a comer, cuando una suave voz se escuchó diciendo:

—Buenos días, caballeros.

—Buenos días...—respondieron Jack, Álerik y Gurvan, observando a un anciano un tanto desgarbado, ataviado con unos largos ropajes y una capucha de la cual sólo asomaba una fina y prolongada barba blanca.

—¿Serian tan amables, caballeros, de dar algo de comida a un pobre anciano convertido en mendigo por necesidad y que está perdido en este inhóspito lugar?

—Por supuesto, anciano, si es hambre lo que tiene, llevo conmigo una mochila repleta de víveres—respondió Jack, indicando al anciano que se sentara junto a ellos.

—Gracias, amables caballeros. Mi nombre es Nadhiel—dijo el anciano.

—El mío es Jack y los dos muchachos son Álerik y Gurvan—respondió Jack —¿Cómo ha dado con este lugar, señor Nadhiel?—preguntó Jack intrigado por la presencia del anciano en aquel paraje lejos del camino principal.

El anciano guardó una flauta de color blanco bajo la capa y respondió:

—Verá, señor Jack. En ocasiones lo que suele sucederme, es que voy pensando en mis cosas sin prestar demasiada atención al camino y cuando quiero darme cuenta, levanto la mirada y me encuentro en medio de la nada sin saber cómo ni por qué.

—Comprendo...—respondió Jack pensando que el anciano era demasiado mayor para ir deambulando solo.

—Me gusta ir de un lugar a otro contando antiguas historias, así es como me gano la vida, un día en una bonita aldea y al mes siguiente, en una gran capital. Pero la verdad es que el paso del tiempo no perdona.

—Tranquilo Nadhiel, no se preocupe amigo, le indicaré con gusto una salida fácil que le llevará hasta el camino principal y desde allí podrá ir al Norte hacia Skywaveland o al Sur hacia nuestra aldea, Scorchedland—comentó con amabilidad Jack.

—Gracias, señor Jack—respondió Nadhiel retirándose la capucha.

—Dejemos los señoríos para los nobles, sírvete lo que quieras, debes estar hambriento—dijo Jack ojeando el intrépido semblante de Nadhiel de ojos grises, afiladas cejas y de largos y níveos cabellos.

—Gracias Jack, suerte de mí que hayas pasado por esta parte del bosque con estos dos jóvenes muchachos...quién sabe lo que me podía haber sucedido de no encontraros—comentó Nadhiel con buena fe.

—Bueno, ahora no se preocupe de nada y coma. Me acercaré al pozo a por un poco de agua fresca. Vosotros dos haced el favor de comportaros como es debido y dejadme algo de comida para cuando llegue con el agua.

—Tranquilo Jack, no empezaremos hasta que llegues—respondieron Álerik y Gurvan entre sonrisas.

Jack se alejó en busca del antiguo pozo mientras los muchachos observaban con atención a Nadhiel, que carraspeó y dijo:

—Me recordáis un poco a los dos jóvenes de la leyenda de los elfos.

—¿Los Elfos? ¿Qué son los elfos? ¿Qué leyenda?—preguntaron atropelladamente los dos hermanos que parecían absortos y desconcertados por aquellas palabras.

—Jovencitos... ¿no sabéis qué son los elfos?—
preguntó extrañado Nadhiel, acrecentando con ello la
intriga de los muchachos.

—No, señor, ¿Qué son?—preguntaron ambos.

—Los Elfos son unas criaturas muy antiguas, guar-
dianas de la naturaleza y amantes de todo aquello que
tiene vida como por ejemplo, los árboles y los animales.

—¿Son espíritus del bosque, señor Nadhiel?—
preguntó Gurvan, pensando en lo que les había dicho
Jack.

—Son parecidos, pero no iguales, jóvenes muchachos—puntualizó Nadhiel.

—¡Vaya! ¿Dónde viven esos Elfos?—preguntó Álerik intrigado.

—Los Elfos, libraron una gran batalla hace muchos..., muchos años y casi desaparecieron del mundo.
Cuentan aquí y allá que aún hay algunos en lugares
remotos, pero nadie sabe dónde—dijo Nadhiel con un
halo de misterio en su pronuncia.

—Qué historia tan interesante, siga por favor. Ex-
plíquenos lo que sepa de ellos—comentaron Álerik y
Gurvan.

Jack llegó con el agua del pozo y observó la cara de
atención de los muchachos y la comida intacta tal y
como la había dejado antes de ir a por ella, un hecho
que le sorprendió muchísimo, los dos hermanos nunca
habían resistido la tentación de dar ni un solo bocado
ante un plato de comida.

—¡Aquí está, agua fresca del pozo! cuando queráis
podemos comer y demos gracias a los dioses por haber
encontrado al amigo Nadhiel..., parece que les estaba
contando algo muy interesante, ¿verdad?—preguntó
Jack, que al ver lo cautivados que estaban los dos jóve-

nes, despertó en él una curiosidad inusitada por conocer los aspectos relatados por Nadhiel.

—Sí, les hablaba de una leyenda, la leyenda de los elfos, acerca de dos jóvenes que emprenden una larga aventura en busca de respuestas a sus enigmas— respondió Nadhiel, dando un trago de agua fresca.

—Sí, Jack, ¿qué sabes acerca de unas criaturas que se llaman elfos?—preguntaron los hermanos con los ojos abiertos como platos.

—La verdad es que sí, he oído hablar de ellos y también de esa leyenda, pero creo que se ausentaron de la faz de Daear hace ya muchísimo tiempo..., se dice que los antiguos dioses, los crearon para cuidar de Daear. Si mal no recuerdo—comentó Jack esforzándose por hacer memoria.

—El viejo Wood nunca nos contó ninguna historia de los elfos—dijeron los muchachos pensativos.

—Bueno, pero os contó muchas otras, ¿verdad?— replicó Jack.

—Es cierto y seguro que hubiese disfrutado con el amigo Nadhiel relatando citas a la orilla del fuego— respondió Álerik sonriendo a Nadhiel.

—Sí, seguro que habrían congeniado de maravilla ellos dos, lástima que ya no esté entre nosotros. Verá Nadhiel, el viejo Wood era mi tío. Falleció hace una semana—comentó Jack con voz triste.

—Lo siento Jack, supongo que estarás muy apenado por su pérdida—respondió Nadhiel.

—Sí, ciertamente le echamos mucho de menos, era una buena persona, de esas que cuando las conoces no las puedes olvidar.

—Comprendo..., si hay algo que pueda hacer por ti, no tenéis más que mencionármelo, ¿de acuerdo? Estoy en deuda con vosotros—dijo Nadhiel.

—No te preocupes, solo es que al recordarlo, aflora en mi mente el dolor de haberlo perdido..., pero no hablemos de amargura. Por cierto, si pasas por Scorchedland algún día, no dudes en visitarme, serás bienvenido en mi casa, regento la taberna de la aldea, por lo cual te será fácil encontrarme—comentó Jack intentando sobreponerse al recuerdo de su tío.

—No lo dudes, buen Jack. Como te he dicho, siempre estoy de aquí para allá, no me extrañaría que un día de estos nos encontremos nuevamente en tu taberna—respondió Nadhiel.

Después de comer, Jack indicó a Nadhiel la ruta para encontrar el camino principal y se despidieron.

—¡Hasta la vista, amigos! y recordad: no habéis de sentir aflicción por aquellos que se fueron. El corazón de las personas es como el agua de un pozo, algunos rebosan y en otros parece no haber nada, pero en el fondo de todos ellos, está la senda que habrán de seguir para dar sentido a sus vidas. Adiós—dijo mientras se alejaba con pasos atajados pero firmes entre la espesura.

—¡Hasta la vista, Nadhiel!—gritaron los muchachos.

—Hasta pronto—dijo Jack sonriendo. En el instante en que Nadhiel quedó lejos, absorbido por la bruma, Jack guardó silencio un instante; la pesadez de su corazón por la pérdida de su tío ya decrecía. Esgrimió una sonrisa por la buena acción de haber ayudado a Nadhiel a retornar al camino y dijo:

—Jovencitos, ¿queréis ver el pozo?

—¡Por supuesto, casi nos habíamos olvidado de él!—exclamaron los chicos.

—Seguidme, está muy cerca. Podéis dejar las cosas aquí. No creo que nadie más aparezca inesperadamente—puntualizó Jack.

Los tres se acercaron al pozo. Su aspecto no era diferente al de cualquier otro: una modesta construcción circular, hecha toda de roca cortada.

—¿No os parece extraño?, ¿Por qué Wood nos enviaría aquí?—se preguntó Gurvan en voz alta.

—No tengo la menor idea, pero miremos bien por todas partes, seguro que en este lugar hay algo que Wood quería que viésemos—sugirió Jack.

Miraron un buen rato todo aquel magnifico lugar, cada rincón y cada piedra, pero no descubrieron nada, absolutamente nada no avistado a simple vista.

—No veo nada fuera de lo común, Jack; un riachuelo, un gran roble y el pozo—dijo Gurvan desanimado.

—Eso parece. A mí también me extraña bastante todo esto—respondió Jack.

Álerik permanecía junto al pozo, mirando ensimismado cómo el riachuelo parecía fluir al interior del subsuelo para reflotar de nuevo unos pies más abajo.

—Esto sí parece raro. ¿Quién construiría un pozo que se llena con un arroyo? No tiene sentido, habría sido más fácil hacer una balsa.

Jack se apoyó en una roca y se sentó sobre ella, pensativo. Gurvan se acercó a su hermano para mirar el riachuelo y cuando llegó a su altura, la sorpresa fue mayúscula.

—¡Eh! ¿Qué pasa aquí? ¡Mirad esto!—exclamó Gurvan asombrado, señalando el riachuelo.

—¡Increíble! el agua del riachuelo parece fluir al revés, como si la sacara del pozo, ¡mira Jack!—exclamó Álerik dando brincos.

Jack se acercó a toda prisa, más cuando llegó a su altura, el río fluía de nuevo como siempre lo había hecho.

—¿Qué pasa, habéis visto algo?—Preguntó al llegar junto a ellos—No veo nada extraño, muchachos. ¿No será que habéis tomado demasiado el sol?

—Jack, te puedo asegurar, que hace un instante el agua iba en sentido contrario ¿Verdad Gurvan?

—Yo lo he visto también, Jack..., Álerik no se equivoca. Estoy seguro que el agua salía del pozo, no como ahora que va hacia él.

—Vale..., vale..., os creo, pero... ¿cómo explicáis que ahora no esté pasando lo mismo?—comentó Jack señalando el afluente con el dedo.

—Está claro que no lo sabemos, pero estamos seguros de lo que hemos visto—respondieron Álerik y Gurvan.

—A ver si dais con ese enigma. Yo iré a recoger un poco los trastos y la comida y me echaré una cabezadita. Vosotros de mientras haced lo que queráis—expuso Jack.

Los muchachos estaban intrigados por todo aquello, confundidos. Jack se alejó unos pasos en busca de la mochila cuando, de nuevo, sucedió:

—¡Mira Gurvan!, otra vez pasa lo mismo—exclamó Álerik.

—¡Jack, Jack! ¡Otra vez!—gritaron los hermanos. Jack se acercó de nuevo a toda prisa, casi sin aliento por la carrera, obteniendo la misma visión de la corriente de agua, que se dirigía al pozo.

—¡Ya está bien de bromas, muchachos!, me voy a descansar un rato —refunfuñó entre dientes Jack alejándose de nuevo.

—Gurvan, ¿te has dado cuenta? cuando Jack se acerca todo vuelve a la normalidad, mira..., ya verás.

Los hermanos observaron cómo Jack se alejó de ellos y de repente volvió a suceder lo mismo: el agua invirtió su sentido de nuevo.

—¡Ves...! tal y como te he dicho, ha vuelto a suceder.

—Tienes razón, eso es lo que pasa, cada vez que Jack se acerca lo suficiente al riachuelo, el agua retoma su curso normal y no hay manera de que pueda verlo.

—Exacto Gurvan, no digamos nada a Jack de momento y a ver qué pasa. Asómate al pozo y dime, ¿se está vaciando?

Gurvan se incorporó, puso sus manos en el muro circular del pozo, miró en su interior, permaneció en silencio y fijó su vista durante unos segundos intentando ver algún reflejo del agua en el fondo del mismo y dijo:

—Álerik, este pozo está vacío, ¡no tiene ni una gota de agua!

—¿Pero qué dices, Gurvan?, ¡eso es imposible!, Jack ha cogido agua de él hace tan solo un rato.

—¡Míralo tú mismo si no crees lo que te digo!

Álerik se levantó y miró, descubriendo asombrado que su hermano estaba en lo cierto: El pozo estaba seco.

—Espera aquí, Gurvan. Sigue mirando el interior del pozo, quiero probar una cosa.

—Vale. ¿Pero qué vas a hacer?—preguntó Gurvan intrigado.

—Ahora lo verás. Tú no quites ojo del interior del pozo.

Álerik se alejó de su hermano, más o menos a la misma distancia a la que se encontraba Jack cuando el río cambiaba de sentido.

—¡Álerik!, ¡es increíble! ¡El pozo está lleno de agua fresca, ven a mirar!

—¡Sigue mirando, Gurvan! Coge un poco de agua con tus manos.

—Ya está—respondió Gurvan.

—Mira el agua de tus manos. No dejes ni un instante de mirarla.

Álerik se acercó rápidamente hasta llegar a su hermano, observó sus manos y en ellas estaba el agua que acababa de coger del pozo.

—Curioso. El agua que has cogido permanece en tus manos, eso sólo puede significar una cosa...

—¿De qué hablas, Álerik?—preguntó Gurvan que no entendía ni un ápice del curioso experimento que había ideado Álerik.

—Si se vacía cuando los dos estamos junto a él y cuando se acerca Jack se llena de nuevo, es que sólo nosotros podemos hacer que se vacíe, ¿no crees?

—Menuda tontería..., vaya hazaña... ¿eso lo has pensado tú solito? ¿Para qué demonios sirve un pozo vacío?—replicó Gurvan un tanto decepcionado del hallazgo de Álerik.

—Es cierto ¿De qué sirve un pozo que se vacía solo?, quizá Jack sepa algo más...vayamos a despertarlo.

—¡Sí, vamos!, a ver si él tiene alguna idea mejor que las nuestras—dijo Gurvan.

—Jack, Jack... ¡despierta de una vez!

—¿Qué demonios os pasa, chicos?, ¿es que no tiene una persona el derecho a echar una tranquila siesta?

—Ya dormirás luego. Ahora, dinos qué utilidad tendría un pozo que se vacía solo.

—¡Y yo que sé! Quizá haya algo en el fondo o para guardar algo en él...

—Claro, en el fondo..., donde sólo nosotros podríamos llegar... ¡Gracias Jack!

—¡Sí, Jack!, ¡gran idea! En el fondo, Álerik—repetía Gurvan con una sonrisa en la cara.

—Vaya par de mendrugos estáis hechos..., en fin..., seguiré con la siesta... espero que por lo menos estéis un par de horas entretenidos y me dejéis descansar—

refunfuñó medio dormido Jack, tendiéndose de nuevo en el suelo mientras los dos jóvenes regresaban a toda prisa junto al pozo.

—Está claro, tenemos que entrar en el pozo, seguro que en el fondo está el regalo que nos dejó el viejo Wood para nosotros.

—Entrar no será un problema, pero deberíamos prender una antorcha para alumbrar su interior, el pozo parece bastante profundo.

—Tienes razón, preparemos una antorcha con este montón de arbusto seco y cojamos las cuerdas de la mochila.

En un instante, los dos hermanos parecían preparados para bajar al interior del extraño pozo.

—¡Venga, vamos!—exclamó Álerik mirando de reojo a Jack, que daba fuertes ronquidos.

Los hermanos ataron las cuerdas con firmeza alrededor del viejo roble, las dejaron caer al interior del pozo y se encaramaron a él con la antorcha, iluminando su interior.

—Mira eso Gurvan, hay una especie de escalera labrada en las paredes del pozo.

—Cierto, nos pueden venir bien. Seguro que la gente que las excavó las usaba para subir y bajar.

—Mejor que bien, diría yo, no nos hará falta ni la cuerda.

Los dos descendieron por la escalera de piedra hasta el fondo del pozo cuando, en un instante:

—Qué extraño, Álerik, ya estamos en el fondo y sólo hemos bajado siete escalones.

Se miraron, miraron arriba y sólo pudieron ver a bastante distancia sobre ellos un pequeño punto de luz en medio de la oscuridad.

—Esto es realmente profundo, Gurvan..., yo también he contado los escalones que hemos bajado y han sido siete. ¿Cómo es posible que estemos tan abajo?

—Qué más da, la cuestión es que este es el fondo ¿no? para eso hemos bajado; miremos si hay algo en él.

Acercaron las antorchas al suelo del pozo y descubrieron unas cuantas monedas viejas y una pieza de metal dorada con cuatro símbolos labrados en ella: Agua, Fuego, Aire y tierra. En su centro, se hallaba un pequeño agujero.

—¡Vaya, esto es extraordinario!, nunca pensé que algo así estaría en el fondo de un pozo... ¿para qué servirá?

—No lo sé, pero eso parece el símbolo del fuego y ya que estamos aquí, probemos de acercarle la antorcha a ver qué sucede.

Con extrema cautela acercaron la llama de la antorcha hasta el símbolo del fuego.

—¿Puedes ver algo, Gurvan?

—No más que tú, Álerik... no parece ocurrir nada.

—Puede que sin los demás elementos no pase nada—indicó Álerik pensativo.

—Pues espera un momento y los traeré—respondió Gurvan.

Mientras Álerik cavilaba sobre aquel objeto tan extraño, Gurvan salió del pozo en busca de un recipiente para el agua y un puñado de tierra.

—Eh ¿Qué pasa? ¡GURVAN!

—¿Álerik? ¡El pozo! ¡El agua...!

¡CHAFF! Álerik salió del fondo del pozo como un cañonazo; el agua había aparecido de nuevo y lo había llevado a toda velocidad a la superficie.

—¡Maldita sea Gurvan! ¿Cómo has podido salir tan rápido del pozo? ¿A caso no recuerdas que tenemos que estar juntos para que el pozo esté seco?—replicó Álerik empapado.

—Perdona Álerik, es que sólo son siete escalones.

—Pues estoy hecho una sopa y el susto... ni te cuento.

—Pero..., estás bien... ¿no?

—Sí, creo que sí.

—¿Lo intentamos de nuevo? Ya tengo la tierra y el recipiente para el agua.

—Muy bien, ¡ahora no vamos a dejarlo!—señalo Álerik repuesto del susto.

Ambos se metieron de nuevo en el pozo y pusieron cada elemento en su sitio. Cuando llegó el momento de poner el aire, dieron un fuerte soplido.

—Cuando te diga, soplamos lo más fuerte que podamos, Gurvan... ¡Ya!

—Fuuuu.

Los símbolos de los cuatro elementos se iluminaron, cada uno de ellos con un color distinto: el símbolo del fuego de color anaranjado, el del agua de color del mar, el del aire de color azul celeste y el de la tierra de color marrón pardo.

—¡Mira cómo brillan!—exclamó Gurvan.

—Lo veo, pero no ha pasado nada ¿verdad? echemos un vistazo alrededor nuestro para ver si hay algo distinto—comentó Álerik girando sobre sí mismo. Pero al levantar la vista del suelo, observaron con asombro el dibujo de un ave en la pared del pozo, brillando tanto como los símbolos del suelo.

—Mira, ¡es un pájaro! parece un cuervo, pero le falta el pico—dijo Álerik embobado.

—¡Sí, le falta el pico!—añadió Gurvan sin quitar la vista del luminoso dibujo. Así estuvieron un buen rato hasta que Álerik carraspeó y dijo:

—Dejémonos de tonterías y miremos con más atención.

Los hermanos contemplaron la pieza de metal que yacía a sus pies, buscando cualquier cosa distinta.

—¿Qué nos falta por hacer?, no lo entiendo—dijo Álerik con voz preocupada.

—Creo que debe faltar algo, quizá en ese hueco del centro...—señaló Gurvan.

—Sí, Gurvan, es lo más probable, ¿pero qué será?; el centro..., pieza redonda...

—Es como lo del enigma del pergamino en la taberna, ¿recuerdas? "en el centro hallarás la respuesta".

—¡Claro Gurvan! eres un genio.

—¿Qué he dicho?—preguntó intrigado Gurvan mirando la sonrisa en la cara de Álerik.

—Mira el tamaño del agujero, ¿no te suena?

—La verdad es que no, Álerik.

—Sí, Gurvan, ¡mira!—exclamó Álerik sacando la pieza cónica de su bolsillo.

La miró un instante y la puso en el hueco que daba con los cuatro elementos. Ante sus ojos, la pieza se deslizó por él hasta encajar perfectamente en el hueco. Levantaron sus cabezas y el dibujo de la pared se completó adquiriendo movimiento y despertando el entusiasmo de los jóvenes.

—¡Es increíble, el cuervo se mueve!—exclamó Álerik emocionado y temeroso a la vez.

El cuervo se detuvo, los miró y alzó el vuelo como una imagen de luz por el interior del pozo. Antes de salir por la entrada del mismo, dio un graznido y se perdió de vista. Entonces se escuchó un silbido a sus espaldas.

—¿Qué pasa?—dijo Gurvan mientras se daba la vuelta.

—¡Es una entrada!—exclamó Álerik señalando la abertura, cuando de repente...

—¡Otra vez no!

—¡Por los dioses!

—¡Glub, glub..., SSSS!

—¡Pero, qué demonios!—exclamó la voz de Jack.

¡CHAFF!

Jack y los dos muchachos estaban empapados como los trozos de pan en la sopa de calabaza: de arriba a abajo.

—¿Queréis explicarme qué demonios hacíais en el pozo? ¡Insensatos!

—Hemos encontrado la siguiente pista—dijeron los chicos escupiendo agua.

—Andando. Ya hemos tenido bastantes sorpresas por hoy, vámonos a casa o pillaremos un resfriado de lo lindo..., sólo me faltaba eso—refunfuñó Jack.

Por el camino de regreso, los dos hermanos explicaron con todo lujo de detalles lo que han visto dentro del pozo. Jack escuchó con atención todo lo que habían hecho y recordó las palabras escritas por su tío en su pergamino: "un camino sin salida por lo que no pude seguir indagando" y pensó que quizá aquellos dos jóvenes podrían continuar donde el viejo Wood lo había dejado. En la espesura del bosque, tras ellos, los amarillentos ojos de un cuervo les seguían de cerca, al acecho, observando sus movimientos.

Capítulo 5

Capítulo 5

on la primera claridad del día siguiente los muchachos se dirigieron al antiguo y enigmático pozo, o como el viejo Wood lo nombraba en su pergamino, el Nido del Cuervo. Ninguno de los dos había pegado ojo en toda la noche hablando sobre el curioso pájaro de luz, los símbolos de la pieza de metal del fondo del pozo y la puerta secreta. Emprendieron el camino ilusionados por llegar al fin de su aventura.

—Álerik, ¿crees que habrá un tesoro tras la puerta?

—Sólo sé que todo esto es extraño, Gurvan. ¿Cómo podía saber Wood lo que había tras la puerta si no pudo bajar al pozo?

—Cierto, él no pudo bajar hasta ella, el pozo estaría lleno de agua y no podría poner cada elemento en su sitio.

—Por eso lo digo, no creo que lo que encontremos tras la puerta lo dejara Wood, aunque empiezo a entender que sabía algo que nosotros desconocemos.

—Eso seguro ¿Por qué sino iba a llevar a Jack a todos esos sitios sin que él supiera lo que el viejo Wood trataba de hacer?

—Para eso hace falta mucha paciencia, debió llevarle años reunir todas las piezas del rompecabezas y supongo que al final se dio cuenta que no podía seguir adelante ¿pero, por qué nos eligió a nosotros? ¿Y cómo podría saber que nosotros podríamos conseguirlo? Esto me bloquea —comentó Álerik preocupado e inquieto por todo lo acontecido.

—Lo que está claro es que Jack tampoco lo hubiese logrado, recuerda que cuando él se acercaba al pozo, este permanecía lleno de agua.

—¡Sí, ahora lo veo claro! Debió llevar a Jack hasta el pozo hace años con la esperanza de saber si entre los dos se vaciaba, pero no fue así.

—Es posible que supiese algo que nosotros ignoramos. Piensa un poco: era un anciano, nos vio nacer, conoció a nuestros padres y vivió mil aventuras, en cambio nosotros, somos muy jóvenes y ni tan sólo hemos salido de Scorchedland.

—Pues de momento nos ha ido bastante bien así ¿no crees? —preguntó Gurvan mirando a Álerik.

—Sí, es cierto. Todos ellos cuentan historias y leyendas, pero vivieron una época de guerra, no tenían otro modo de sobrevivir que no fuese ir de un sitio a otro y claro, eso te hace ver mundo.

—Pues yo prefiero la paz y no moverme del sitio— aclaró Gurvan.

—Yo también prefiero la paz —respondió Álerik.

—Ya hemos llegado, veamos qué hay detrás de la puerta.

Los hermanos se adentraron en el pozo, cargados con todo lo imprescindible para abrir de nuevo la cámara. Pusieron cada elemento en su lugar, los símbolos del metal se iluminaron de nuevo y tras el silbido del aire la puerta de la cámara oculta se abrió otra vez, aunque esta vez no hubo ningún pájaro de luz que saliera volando por la oscuridad del pozo, solo silencio.

—Ya está Gurvan, ¡lo hemos conseguido!

—Por supuesto Álerik, ¡ahora nada nos detendrá!— alentó Gurvan dejando la antorcha junto a la llama que había en la pieza circular de metal en el suelo del pozo.

—Empujemos con fuerza, los dos a la vez, esta puerta de piedra pesa demasiado. ¡Ahora Gurvan!

Los hermanos empujaron con todas sus fuerzas aquella pesada puerta dejando un estrecho paso, lo justo para entrar. Álerik asomó la cabeza para observar la parte interna de la cámara…, nada vio.

—Gurvan, enciende otra antorcha, este lugar es oscuro como el carbón.

Gurvan agarró la improvisada antorcha que no era más que un garrote lleno de larvas, con unos trapos viejos empapados en aceite enrollados en su extremo, se inclinó y con cuidado lo acercó a la llama que habían colocado sobre la plancha de metal, lo prendió y se la entregó a su hermano mientras él recogía la otra del suelo. Se metieron en la cámara tras la puerta de piedra pero al entrar, no podían ver más que sus pies en el suelo y sus caras de intriga. Pasados unos instantes, sus sentidos se agudizaron y pudieron distinguir el murmullo del agua mientras sus pupilas se habituaban a la oscuridad del lugar.

—¿Puedes ver algo, Álerik?

—No veo más allá de unos cuatro codos, este sitio es muy extraño.

—¡Necesitamos más luz!

De repente, la caverna entera se iluminó con la claridad del sol al medio día cegando a los dos hermanos, que soltaron las antorchas y se cubrieron los ojos con las manos.

—¡Por los dioses! ¿Qué ha pasado, Álerik?

—No lo sé... quizá ha sido el eco, cuando he dicho lo de la luz, déjame probar una cosa...

—¡Rápido, Álerik! —apresuró Gurvan impotente.

—¡Menos luz!

La intensidad de la luz paso a ser la del atardecer, dejando estupefactos a los dos hermanos que no se atrevían a dar ni un solo paso.

—Álerik ¿Cómo lo has hecho? Ha sido increíble.

—Sólo se lo he pedido. Ahora miremos bien todos los rincones.

—Eso será un poco difícil, esta caverna es grandiosa, tardaremos días en explorarla.

Los dos miraron la inmensa cavidad subterránea y unos pies más allá, delante de ellos había un lago con una isla en el centro, de la cual salía un destello luminoso que colmaba la caverna.

—¡Seguro que es allí!—dijo Álerik señalando la isla.

—Es posible, pero a nado tardaríamos horas en llegar y por el pozo no cabe una barca...

—En eso tienes toda la razón, veamos qué tan profundo es este sitio.

Se acercaron al lago, se quitaron la ropa y empezaron a caminar. Incluso a poca distancia de la orilla, la profundidad del agua era considerable.

—Álerik, hay que buscar otro medio para llegar allí.

—Cierto, Gurvan. Esto es muy profundo y el agua está helada, ¡volvamos a la orilla!

Nadaron hasta alcanzar el margen del lago y encendieron las antorchas con la intención de secar la ropa antes de ponérsela de nuevo.

—¡Qué mala suerte, Gurvan!, no tengo idea de cómo hacerlo y para colmo, Jack no está aquí para ayudarnos.

—Sí, eso es lo peor. Jack jamás podría llegar hasta aquí.

Exprimieron sus jóvenes cabezas en busca de una solución, pero no tenían ni idea de cómo lograrlo. Pasaron un par de horas debatiendo cómo introducir algo que flotara para traspasar el lago, pero después de meditarlo, parecía que era imposible llegar a la otra orilla. Un instante después, un fuerte graznido los sacó de sus cavilaciones con un tremendo susto:

—¡GROAC!

—¡Maldita sea! ¡Por todos los rayos!—exclamaron con temor los hermanos.

—¡Estúpido pajarraco!, ¡casi hecho el corazón por la boca!—refunfuñó Álerik enojado.

—¡Te vas a enterar!

—¡Déjalo Gurvan!, podría ser el cuervo que vimos ayer.

Gurvan retuvo las ganas de dar un buen estacazo al oscuro animal, mientras Álerik recuperaba el aliento.

—¿Cómo sabes que es el mismo cuervo que salió de aquí?

—¿A caso crees que un pájaro se metería en un pozo como este por propia voluntad?—respondió Álerik.

—Tiene razón tu hermano—dijo el cuervo, mirando a Gurvan.

—¡Este pájaro habla, Álerik!

—Eso parece..., pero recuerda lo que nos dijo Jack, hay gente que enseña frases a algunos pájaros y esos las repiten...pero en realidad no saben lo que dicen.

Álerik y Gurvan miraban con estupor al cuervo agarrando las antorchas con fuerza. Los brillantes ojos áureos del cuervo ni parpadeaban, cuando de repente...

—¡GROAC!

Los dos hermanos dieron un gran salto hacia atrás cayendo de nuevo al lago, mas sin dejar de contemplar al alado animal.

—¡Por todos los dioses! ¿Puedes dejar de hacer eso?

—Claro que puedo..., pero es muy divertido—respondió el cuervo.

—¿Sigues pensando que este maldito pájaro no sabe lo que dice, Álerik?—preguntó Gurvan precavido.

—Ya no estoy tan seguro, probemos. ¿Qué quieres de nosotros?—preguntó Álerik inquieto.

—Ayudaros...

—¿Cómo podrías ayudarnos? sólo eres un pájaro—preguntó Álerik.

—Podría deciros que detrás de la puerta que habéis traspasado, hay dos medallones que os ayudarán en vuestra búsqueda —propuso el pájaro.

Los hermanos fijaron la vista y pudieron distinguir los medallones. Salieron del agua rodeando al cuervo y fueron hacia la puerta.

—Una cosa más: sólo podréis volver a entrar en este lugar si lleváis puestos esos medallones. ¡Ah! se me olvidaba, vosotros seréis escogidos por los medallones, no al revés.

Ambos acercaron las manos, temerosos, hasta los medallones que colgaban de sus cadenas tras la puerta. Ante sus atónitas miradas, el medallón que tenía grabado en él los símbolos del fuego y el aire, se inclinó a la mano de Álerik como un imán atrayente del metal y el que contenía los símbolos del agua y la tierra, a las garras de Gurvan.

—Adelante, cogedlos sin miedo y colgároslos ya— dijo el cuervo.

Los hermanos miraron al pequeño animal sin mucha confianza y se colgaron los medallones. Al instante, el cuervo se transformó en un ser diferente: de media estatura, de cabellos largos y grises, con grandes ojos amarillos, orejas puntiagudas y el rostro de un niño de siete primaveras.

—¿Qué ha pasado?

—Álerik, ¿estás viendo lo mismo que yo?

—Creo que sí, Gurvan.

—Hola, me llamo Etharn. Soy el guardián de este lugar.

—¿Cómo has podido cambiar de forma?—demandó Gurvan exaltado.

—En realidad, sólo vosotros y los seres inmortales podéis verme tal y como soy—respondió Etharn.

—¿A qué seres te refieres? ¿Y por qué nosotros también?—preguntaron Álerik y Gurvan.

—Antes de seguir hablando, quiero advertiros: el tiempo en esta cámara no transcurre como fuera de ella, cada hora que paséis aquí dentro será un día fuera de aquí, ¿comprendéis?

—¿A caso nos estás diciendo que llevamos varios días aquí?—preguntaron los hermanos con incertidumbre.

—Eso mismo. Creo que sería mejor que siguiéramos hablando fuera de esta sala—respondió Etharn dando brincos.

—Corre Gurvan, ¡seguro que Jack estará muy preocupado!

—Tienes razón, además hace días que no comemos nada y tengo un hambre terrible.

Los muchachos y su nuevo amigo Etharn salieron de allí rápidamente, dejando todo como lo habían encontrado. Los hermanos subieron los siete escalones del pozo mientras Etharn cogía la pieza cónica, que permanecía en el centro de la placa metálica de los elementos. Con ojos asombrados, los jóvenes vieron que era de noche y llovía.

—¿Cómo ha podido cambiar tanto el tiempo? esta mañana no había ni una sola nube.

—Gurvan, han pasado varios días, ¿recuerdas?—recalcó Etharn.

—¿Por qué has cogido la pieza cónica?—preguntó Gurvan mirando fijamente a Etharn.

—En ella se encuentra mi ser, he vagado muchísimos años encerrado en ella pasando por infinidad de manos y lugares hasta encontrarme con vosotros, ¿comprendéis?

—La verdad es que no, Etharn. Pero por nosotros no hay problema—respondió Álerik.

—Gracias amigos, vosotros ya no la necesitáis para entrar en la cámara teniendo los medallones.

—Bueno, creo que tienes mucho que contarnos, amigo, pero lo primero es lo primero: llegar a la Guarida del Tejón y hablar con Jack.

—Eso está hecho, pero recordad que él no puede verme como vosotros —explicó Etharn.

—Es cierto, eso será un problema, ¿cómo vamos a contarle todo esto a Jack?

Los hermanos, mientras corrían bajo la tormenta, podían ver las tenues luces de las casas de Scorchedland, pero no habían podido encontrar la manera de explicar su hazaña a Jack.

—Gurvan, hay que contar la verdad a Jack aunque no nos crea.

—¡De acuerdo, pero no antes de cenar! —recalcó Gurvan hambriento.

—Jajajaja, ¡Gurvan sólo piensa en comer, no le importa nada más! —exclamó Etharn entre risas.

—¡Tú no te metas, canijo! —voceó Gurvan clavando su mirada en Etharn.

—¿Qué más da la comida ahora? —detuvo Álerik irritado.

Los tres entraron por la cocina, era la hora de cerrar la taberna. Por suerte, la puerta que daba al interior estaba entre abierta y pudieron observar a Jack tapiando la puerta principal.

—¡Jack, Jack!, ¡ya estamos aquí! —exclamaron Álerik y Gurvan entrando en tropel por la cocina.

—¡Por las barbas de mi abuelo! ¿De dónde demonios habéis salido? —preguntó Jack apreciando que los muchachos estaban empapados de arriba abajo.

—Verás Jack, volvemos del Nido del Cuervo. Hemos logrado abrir la puerta secreta otra vez y conse-

guimos entrar en el interior de la cámara oculta—
respondió Álerik emocionado.

—Perdona Jack, ¿no tendrás algo de comida?—dijo
Gurvan con voz calmada.

—¡Menudo par de zoquetes estáis hechos!, he ido a
vuestra casa para ver si os había pasado algo. ¡Medio
pueblo os está buscando!—replicó Jack un tanto dis-
gustado.

—Lo sentimos Jack, de verdad, perdimos la noción
del tiempo.

—¡Eh! ¿Qué es eso? ¿Qué hay detrás de vosotros?—
preguntó Jack señalando al cuervo, con una sonrisa
inmensa en su cara, sin saber que en realidad era
Etharn.

—¿Habéis cogido un cuervo? ¿Cómo lo habéis hecho?—preguntó asombrado y alegre al mismo tiempo.

—Verás, Jack. Es un poco difícil de explicar—
respondió Álerik.

—Siempre he querido tener uno, además, no parece
tener miedo y no se va volando ¿Le habéis puesto algún nombre?

Álerik y Gurvan no podían creer que Jack estuviera
tan entusiasmado con aquel oscuro animal, despreocupado en absoluto por ellos dos o por el tiempo de su
ausencia.

—Ven bonito...ven, ¿quieres un poco de queso?—
dijo Jack haciendo suaves movimientos con sus manos
a Etharn.

—¡Groac!

—¡Habéis oído! me ha contestado, seguro que seremos buenos amigos—dijo Jack con una sonrisa que
le cruzaba la cara de extremo a extremo.

—No lo sabes tú bien...—respondió Gurvan con picaresca.

El oscuro animal se acercó a Jack, dando pequeños brincos, mientras este sonreía como un niño con un juguete nuevo.

—Toma, bonito, toma.

—Groac, gracias.

—¿Habéis conseguido enseñarle a hablar?, ¡no puedo creerlo!, ¿por eso habéis desaparecido estos días, bribones? ¿Cómo lo habéis hecho? ¡Explicádmelo!— preguntó Jack mirando a los muchachos como a héroes.

—A ver…, no hemos sido nosotros los que le hemos enseñado a hablar…, habla por iniciativa propia— respondió Álerik.

—Bueno jovencitos, si no queréis explicármelo, me da lo mismo. ¡Es increíble!, es uno de mis sueños, tener un bonito cuervo como este, que hable y diga cosas. Los marinos tienen loros, ¿sabéis?, y algunos hombres de las montañas, cuervos. Siempre creí que había que tenerlos desde pequeños para enseñarles a hablar.

El cuervo se subió a hombros de Jack, que no cabía en sí mismo de la felicidad.

—¿Veis muchachos?, es un magnifico animal, es muy cariñoso—explicó Jack totalmente convencido de que era un cuervo común.

Los hermanos observaron pasmados el espectáculo, se miraron entre sí y decidieron no explicar nada más de su aventura en la caverna. Cenaron con Jack y luego se fueron a casa.

—Vamos Etharn—dijo Álerik.

El cuervo dio un salto y con un solo aleteo se posó en el hombro de Álerik.

—Hasta mañana, Jack.

—Eso espero muchachos y, por favor, traed a Etharn con vosotros, es muy simpático—comentó Jack sonriente.

—De acuerdo Jack, descuida. Lo traeremos — respondieron Álerik y Gurvan.

—¡Groac!, hasta mañana Jack—dijo Etharn.

—Hasta mañana Etharn, vuelve con los chicos— respondió Jack mirando embobado a Etharn.

Los tres se alejaron de la taberna en dirección a su casa. Al llegar, encendieron la chimenea, acercaron tres sillas a ella y se sentaron para charlar un rato.

—Bueno Etharn, explícanos todo lo que sepas sobre la caverna.

—Veréis amigos, los medallones que os habéis colgado en la caverna, os ayudarán en vuestra misión.

—¿Misión? ¿De qué misión hablas?—preguntaron ambos al unísono.

—Vosotros sois los elegidos para encontrar a los elfos—respondió Etharn en tono certero.

—¿Nosotros? ¡Eso no puede ser!, ¡debes estar equivocado!—exclamaron los muchachos sorprendidos.

—Os puedo asegurar que no. En la caverna me lo habéis demostrado, iluminasteis su interior incluso sin haberos puesto los medallones—afirmó Etharn con voz seria.

—¿A caso pretendes decir, que hemos de salir de nuestra aldea?—dijo Gurvan molesto.

—Creo que esa es la única manera de que lleguéis a encontrar a los elfos, que no será tarea fácil, pero con mi ayuda lo conseguiréis—respondió Etharn asintiendo con la cabeza.

—¿Cómo vas a ayudarnos, Etharn?—preguntó Álerik intrigado por todas aquellas revelaciones.

—Conozco todos los caminos y todas las lenguas de este mundo —aclaró Etharn.

—Eso parece que sería de gran ayuda..., si decidiéramos ir a algún sitio—dijo Gurvan.

—¡Es que iréis a un sitio! ¡Iréis en busca de los elfos! —exclamó Etharn poniéndose en pie.

—Pero aún no has dicho por qué —comentó Álerik.

—Cuando lleguéis al centro de la cámara lo veréis, sólo puedo deciros que en el interior de la misma hay algo sumamente importante para los elfos; tanto, que si lográis llevar a buen término la misión, los elfos os deberán un gran favor, no os quepa la menor duda —dijo Etharn.

—Nosotros no pensábamos ir a ninguna parte. Acabamos de cumplir dieciséis años y no queremos abandonar la casa de nuestros padres y menos dejar a Jack solo ahora que ha muerto el viejo Wood.

—Eso mismo, Gurvan, yo opino exactamente igual. Si no tienes alguna razón mejor, no cuentes con nosotros —añadió Álerik negando con la cabeza.

—¿Qué os parece si a Jack le regalamos un cuervo que hable... y a vosotros dos, un objeto mágico a cada uno? —dijo Etharn con picardía.

—¿Objeto mágico?, ¿Qué es un objeto mágico? —preguntaron Álerik y Gurvan sumamente intrigados.

—¡Por Krineldin!, ¿no sabéis qué es la magia? —preguntó asombrado Etharn.

—No tenemos ni idea Etharn, ¡explícanoslo! —respondieron los dos hermanos.

—Uf...os pondré un ejemplo sencillo: ¿Cómo creéis que se ha iluminado la caverna? —preguntó Etharn brincando.

—Pues ahora que lo dices, la verdad es que llevo horas pensándolo y no logro entenderlo, pedí más luz y la caverna resplandeció —respondió Álerik.

—Bien...pues esto, se llama hechizo y los hechizos, forman parte de la magia. Mi señor escribió uno en un papiro y cuando fue leído se creó el paso subterráneo y lo que le rodea. Pasados muchos años de buscar ese lugar, mi creador decidió darme vida, desde entonces os he estado buscando sin descanso y recorriendo el mundo. Lo que trato de explicaros es, que yo mismo soy un ser mágico. ¿Cómo sino vosotros me veis tal y como soy y vuestro amigo Jack no ve más que un mero cuervo revoloteando? —explicó Etharn.

—Eso es cierto, Álerik.

—Mirad atentamente sobre la mesa —Etharn recitó unas palabras y chasqueó sus dedos. —Banquete supremo —dijo y de repente, sobre la mesa apareció un banquete digno de un rey.

—¡Por los dioses! ¡Este cuervo no tiene precio!

—De eso no hay duda. ¡Es asombroso! —respondió Álerik un poco asustado por lo que su nuevo amigo podía hacer con un solo chasquido de sus dedos.

—Como veis, soy bastante útil y se hacer otras muchas cosas —dijo Etharn.

—Imaginemos por un momento que decidimos hacer lo que nos pides... ¿qué conseguiremos con ello? —preguntó Álerik.

—Conseguiréis saber quiénes sois, quién fue vuestra familia, viviréis una odisea de aventuras y recorreréis vastos territorios ¿os parece poco? —respondió Etharn con amabilidad.

Los hermanos esbozaron una leve sonrisa en sus rostros.

—De acuerdo, pero el cuervo de Jack tiene que ser único —dijo Álerik, que en esos instantes ya se sentía atraído por las cosas que hacía y proponía Etharn.

—Sí, Etharn; espectacular y listo —añadió Gurvan, pensando que con su nuevo amigo no le faltaría la comida allá dónde estuvieran.

—Os encantará. También le podéis regalar un medallón para que se entienda con él, de esa forma, podrá enseñarle todo lo que quiera. ¿Trato hecho? — preguntó Etharn sonriente.

— Trato hecho — respondieron ambos reafirmándose en sus palabras anteriores.

Los dos hermanos se fueron a dormir con las cabezas llenas de preguntas y con la ilusión de una gran aventura pero, sobre todo, emocionados por el regalo para Jack, con el cual esperaban animarlo para que no siguiera su atormento por la muerte de Wood. Al día siguiente, una voz estridente los despertó sacándolos de sus tranquilos sueños...

— ¡Venga muchachos! hoy tenemos muchas cosas que hacer — decía Etharn dando tumbos por la habitación de los hermanos.

Álerik y Gurvan abrieron los ojos, olisquearon el aire y dieron un salto de la cama.

— ¿Has hecho el desayuno? — preguntaron.

— ¡Sí, claro! — respondió Etharn con una sonrisa.

— Nosotros desayunamos siempre con Jack — comentó Gurvan.

— Tranquilos muchachos, Jack no tardará en llegar — respondió Etharn.

— ¿Cómo que no tardará en llegar? — exclamaron los hermanos sacándose las lagañas de los ojos.

— Le he dejado una nota que decía que lo llevaríais a buscar un cuervo pequeño para él. Dudo mucho que desprecie una oportunidad como esa, ¿no creéis?

— ¿De dónde vamos a sacar un cuervo similar? — preguntó Álerik, que daba vueltas de un lado a otro.

— Eso es cosa mía, ahora vestiros y preparaos para dar un paseo — respondió Etharn.

En ese momento llamaron a la puerta.

— Toc, Toc.

— ¡Ya está aquí, daros prisa! — dijo Etharn saltando.

Los hermanos se vistieron a toda prisa mientras Jack entraba en la casa.

—Álerik, Gurvan, ya estoy aquí ¿Vuestra nota no será una broma, no?—comentó Jack relajado, observando el desayuno sobre la mesa.

—Hola Jack, siéntate en la mesa. Ahora venimos—dijo Gurvan.

—¡Vaya, jovencitos! menudo desayuno habéis preparado.

—Sí, es que queríamos darte una sorpresa, ¿sabes?—dijo Gurvan.

—Pues os aseguro que si me conseguís un cuervo, será el mejor regalo que nadie me haya hecho jamás, incluso he cerrado la taberna para acompañaros—comentó Jack con voz alegre.

—No hacía falta Jack, hoy es lunes, y estarás muy ocupado con la clientela—recordó Álerik.

—¿Vais a venir o no? a mí me está entrando el hambre, jajajaja.

Los jóvenes ya vestidos entraron en el comedor.

—Explicadme, muchachos, ¿dónde iremos a coger al cuervo?—preguntó intrigado Jack.

—Cerca del lugar donde encontramos a Etharn, vimos un nido y oímos a un cuervo pequeño —dijo Álerik.

—¡Vaya, eso sería magnífico! pero si es muy pequeño sus padres aún le deben estar dando de comer...—apuntó Jack un poco triste.

—Si, por eso no te dijimos nada ayer. Resulta que muy cerca de allí vimos muchas plumas. Creemos que sus padres debieron ser presa de algún animal. Como dijiste que te hacia tantísima ilusión tener uno..., te hemos dejado esa nota, aunque no esperábamos que vinieras, creímos que como tienes tanto trabajo en la taberna... ¿verdad Gurvan?—dijo Álerik, que ya no se

113

le ocurría nada más que explicar, pues todo era inventado.

Gurvan escuchaba atónito todo lo que su hermano había dicho, aun así tardó un instante en reaccionar.

—Sí, claro que si Álerik—acabo diciendo Gurvan.

—Eso es cierto. ¡Pero, qué demonios! ¿Cuántas veces puede uno vivir una aventura como esta? ¡Desde niño que he tenido esa ilusión!—respondió Jack emocionado.

—Pues venga, desayunemos y en marcha—dijo Gurvan nervioso.

Desayunaron, rellenaron las mochilas y se encaminaron hacia el Nido del Cuervo.

—¿Por dónde, muchachos?—iba preguntando Jack cada pocos metros.

—Al Nido del Cuervo. Está muy cerca de donde vimos las plumas.

Etharn les guiñó un ojo y alzó el vuelo adelantándose a ellos. Antes de llegar, vieron las plumas esparcidas en el suelo tal y como Álerik lo había descrito y más allá, un nido del cual se distinguían unos gritos.

—¡Es allí!—dijo Álerik asombrado, mientras Etharn se posaba en su hombro.

—Todo está dispuesto —susurró Etharn al oído de Álerik.

—Parece que tienes razón Álerik, este pobre cuervo ha perdido a sus padres. Me subiré a mirar a ver si puedo cogerlo y espero que no se asuste demasiado, no quiero que se caiga del nido—susurró Jack.

—Muy bien, pero ten cuidado Jack —dijeron los muchachos.

Jack trepó por el árbol como un gato, asomó con cautela la cabeza y con cuidado cogió el pequeño cuervo del nido, lo metió en un trapo y bajó.

—Gracias muchachos, me habéis hecho el hombre más feliz del reino, pero creo que deberíamos regresar, el pobre debe estar asustado y hambriento —dijo Jack.

—De acuerdo, volvamos a casa —respondieron Álerik y Gurvan.

Etharn se posó sobre el hombro de Gurvan y le susurró al oído diciendo:

—Mira en tu bolsillo, ahí está el medallón. Recuerda: lo habéis encontrado en el fondo del pozo.

Gurvan metió la mano en su bolsillo y guiñó un ojo a su hermano, enseñándole el medallón. Álerik asintió con la cabeza.

—Jack, toma. Esto es para ti —dijo Gurvan sonriendo.

Jack se detuvo un instante y miró a los muchachos, el brillo en sus ojos se asemejaba a titubeantes estrellas. Alargó sus brazos y los dos hermanos se acercaron a él, dándole un fuerte abrazo.

Gracias, no hacía falta todo esto, ¿lo sabéis, verdad? —dijo entre lágrimas Jack que estaba realmente sobrepasado por la emoción del momento.

—Tú te lo mereces todo, Jack —dijo Álerik.

—Si Jack, te lo mereces todo y más —añadió Gurvan.

Jack cogió el medallón que colgaba de una bonita cadena y se lo puso en el cuello.

—No osábamos dártelo todavía, no sabíamos si podríamos conseguirte un cuervo o no —dijo Álerik emocionado.

—El medallón es genial, muchachos, ¿de dónde lo habéis sacado? —preguntó Jack secándose las lágrimas, que se perdían entre su espesa barba.

—Estaba en el fondo del pozo, se le debió caer a alguien —dijo Gurvan con una sonrisa picaresca en la cara.

—Entonces no creo que espere recuperarlo.

—No lo creo Jack—dijeron los muchachos.

Los tres se encaminaron a la aldea y pasaron el día en la taberna, dando de comer al pequeño cuervo y explicando sus vivencias en aquel místico agujero.

Bien entrada la noche, los muchachos y Etharn se fueron a su casa a descansar mientras que Jack acomodaba al pequeño cuervo en un improvisado nido.

Capítulo 6

os primeros rayos de sol entraron por la ventana dando en la cara de Gurvan, que lentamente abrió los ojos mientras se volteaba de espaldas al sol matutino.

—Álerik, ya es hora de levantarse—dijo Gurvan con voz suave, mientras se desperezaba dando un profundo bostezo.

—Arriba, Álerik...tenemos muchas cosas que hacer—dijo de nuevo Gurvan un poco más alto, pensando que su hermano dormía profundamente.

Gurvan se giró y miró de nuevo la cama de su hermano.

—Qué raro... no está durmiendo—pensó extrañado.

Se vistió y salió al comedor, encontrando a Álerik degustando un delicioso desayuno.

—¿Qué te ha pasado dormilón?—preguntó Álerik sonriente.

—¿Por qué no me has despertado, Álerik?—reprochó Gurvan molesto.

—Te aseguro Gurvan que lo he intentado, pero no había manera. Anda, come algo, todo está riquísimo.

—Sí, eso haré. ¿Dónde está Etharn?—preguntó Gurvan sentándose rápidamente a la mesa y cogiendo a dos manos los trozos de jabalí asado de las bandejas.

—Ha salido a primera hora, tenía que hacer algo—respondió Álerik con la boca llena.

—No puedo quitarme de la cabeza la cara de Jack con su cuervo, estaba muy feliz, ¿verdad?—comentó Gurvan sonriendo sin descuidar ni un trozo de pan sobre la mesa.

—Sí, Gurvan, eso habrá llenado un poco el hueco dejado por Wood—respondió Álerik sonriente.

—Pues te diré algo: me alegro por él. No todo en la vida tiene que ser sufrimiento y trabajo, también ha de haber diversión y alegría — dijo Gurvan dando un trago de la jarra de cerveza.

— Haber cómo se toma que nos marchemos... ¿recuerdas?, hicimos un trato con Etharn — recordó sutilmente Álerik.

— Eso no me preocupa, no vamos a irnos para siempre, no como el abuelo — respondió Gurvan tranquilo.

— ¡Por los dioses, claro que no! pero ya sabes que Jack aún está dolido por su muerte — comentó un tanto alterado Álerik.

— No te preocupes más. Desayunemos y vayamos a la taberna a ver qué tal está su pequeño cuervo, eso le agradará — murmuró Gurvan entre mordiscos.

— Buena idea, Gurvan. Etharn sabrá dónde buscarnos.

Los hermanos terminaron el almuerzo y se pusieron en camino hacia a la taberna. Poco antes de llegar, Etharn se unió a ellos.

— Buenos días Etharn — dijo Gurvan.

— Buenos días Gurvan, ¿qué tal has dormido? — dijo hábilmente —. ¡Parece que se te han pegado un poco las sabanas, jeje! — carcajeó escuetamente Etharn.

— Es normal, mi cuerpo necesitaba un descanso después de tanto ir y venir, más las emociones y sorpresas de estos últimos días — respondió Gurvan despreocupadamente.

— ¿Vais a ver al polluelo? — inquirió Etharn.

— Sí, Etharn. A eso vamos — respondieron los hermanos.

— Después tenemos que ir a la caverna, no os entretengáis demasiado. Os espero allí ¿de acuerdo? — comentó Etharn dando botes en el suelo.

— De acuerdo, no tardaremos. Echaremos un vistazo rápido al pequeño cuervo y nos encontraremos allí.

—No olvidéis decirle a Jack que no lo veréis hasta el domingo.

—¿Y eso?—preguntaron los muchachos.

—¿Ya habéis olvidado que dentro de la cámara, el tiempo se ralentiza?—inquirió Etharn sonriendo.

—Es verdad, si queremos estar unas horas dentro hay que recordar que aquí serán días. Bien, se lo diremos a Jack, descuida—respondieron los hermanos.

—Nos vemos en la cámara, no tardéis—repitió Etharn.

Los hermanos vieron cómo se alejaba Etharn mientras ellos entraban en la taberna.

—Buenos días muchachos. Hace un día precioso, ¿qué os trae por aquí?—preguntó Jack.

—Veníamos para ver al pequeño cuervo. ¿Qué tal está?—curiosearon Álerik y Gurvan.

—Está perfectamente. Mirad, lo tengo ahí mismo, sobre los barriles, así cada poco rato le hecho un ojo y le doy un trocito de pollo—respondió Jack sonriente.

—Vaya, es un pájaro con suerte—dijo Gurvan.

Los hermanos se acercaron al animal y lo observaron extrañados.

—Escucha Jack, ¿los cuervos son todos negros, verdad?—preguntó Gurvan.

—Sí, que yo sepa... ¿Por qué lo preguntas?—inquirió Jack extrañado por la consulta.

—Es que este cuervo tiene una pluma blanca—respondió Gurvan.

—Déjame ver—propuso Jack acercándose hasta el animal.

Al llegar junto a los dos hermanos observó al pequeño cuervo y se quedó petrificado de asombro.

—Tienes razón, ¡por los dioses! es un cuervo de plumas blancas, ¡qué suerte he tenido! no creo que nadie haya visto jamás un ave como esta—dijo Jack efusivamente.

Ambos se percataron con sorpresa que Jack no dejaba de mimar al pequeño cuervo.

—Jack, nosotros nos vamos—comentó Álerik disimuladamente.

—¿No estaréis celosos del pequeño Corvy?—preguntó Jack sonriente.

—¿Corvy?, ¿le has puesto ese nombre?—preguntaron los dos hermanos mirando a Jack.

—Sí, ¿Por qué? Es un nombre bonito para un cuervo ¿no creéis?—respondió Jack cruzando la mirada.

—Claro..., claro, es precioso. Por cierto, no volveremos hasta el domingo—dijeron los muchachos saliendo por la puerta.

—¡Vaya par! un día me hacen llorar de alegría y al siguiente desaparecen sin más..., en fin...Corvy..., ven, Corvy...chiquitín.

Los hermanos se fueron en busca de su amigo Etharn que les estaba esperando en la caverna, no tardaron mucho en llegar hasta allí.

—Ya estamos aquí, ¿qué haremos hoy?—preguntó Gurvan.

—Lo que tenéis que hacer primero es intentar un par de cosas básicas, sobre todo tú, Gurvan—respondió Etharn.

—¿Qué debo hacer?—preguntó Gurvan esperando las órdenes de Etharn.

—Concéntrate y pide que se congele el agua, a ver si lo puedes hacer—respondió Etharn.

—¿Qué se congele el agua, dices? ¿Pero, cómo lo hago?—inquirió Gurvan desconcertado.

—Piensa que el lago se congela. ¡Inténtalo!—exclamó Etharn.

Gurvan cerró los ojos y se imaginó el lago congelado.

—No pasa nada, Etharn—comentó Gurvan pasado un instante.

—Menciónalo al igual que tu hermano con la luz—aclaró Etharn.

—¿No sería más fácil que lo hiciese yo, Etharn?—preguntó Álerik inquieto.

—Tú no puedes hacerlo, Álerik. Sólo él puede conseguirlo—puntualizó este.

Gurvan cerró los ojos de nuevo, se concentró y pensó en la imagen del lago congelado y luego dijo:

—¡Congelar el lago!

El agua se contrajo abruptamente, dejando en su superficie una capa no muy gruesa.

—¡Mira eso Etharn, Gurvan lo ha conseguido!—exclamó Álerik sorprendido.

—Eso parece, espero que el bloque de hielo sea lo suficientemente grueso como para atravesarlo a pie—murmuró Etharn, mirando con atención el lago congelado.

—Lo dices en broma ¿no?—dijeron los dos hermanos inquietos.

—No estoy para hacer broma, hay que pasar hasta la isla, ¿recordáis? ¡Vamos!, no hay tiempo que perder—respondió Etharn.

Los tres empezaron a correr sobre el hielo que no dejaba de crujir y agrietarse bajo sus pies.

—¡Más rápido o no lo conseguiréis muchachos!—boceó Etharn.

Los hermanos corrieron con presteza, pero unos codos antes de llegar a la otra orilla, el hielo se despedazó bajo sus pies, cayendo Álerik y Gurvan al agua helada del lago.

—¡Rápido Álerik, piensa en calentar el agua!—gritó Etharn que permanecía sostenido en el aire sobre ellos.

Álerik se concentró como pudo entre los escalofríos y dijo:

—¡Calor!

El agua del lago empezó a tomar temperatura rápidamente, mientras llegaban a la orilla de la isla.

—¡Álerik, quita calor o nos ahogaremos en vapor!—comentó Etharn poniendo los pies en tierra firme.

—¡Calor natural!—exclamó Álerik.

Al cabo de un instante todo volvía a la normalidad, mientras los tres recobran el aliento tras la carrera y el gélido chapuzón. Ambos estaban totalmente irritados por todo aquello.

—Etharn, tendrás que explicarnos todo esto un poco mejor—dijo Álerik fatigado.

—Sí, ya veo que sí, pero no será aquí. Démonos prisa muchachos, hay que llegar al lugar donde nace la luz, ¡vamos!—exclamó Etharn.

Los dos hermanos corrieron de nuevo siguiendo a Etharn durante un buen trecho, llegando al fin a la fuente de luz.

—Es aquí, mirad bien. Es imprescindible que encontréis dos objetos. Pueden pareceros simples, pero son muy importantes para nuestra misión—comentó Etharn nervioso.

Álerik y Gurvan contemplaron con la máxima atención el lugar; a la derecha y a la izquierda, arriba y abajo, pero no vieron nada.

—Aquí no hay nada, Etharn, ¿Qué hacemos ahora?—preguntó Álerik.

—Acércate poco a poco hacia el resplandor y sigue mirando por todas partes. A ti Gurvan ¿qué tal te va?

—Yo tampoco consigo encontrar nada—respondió Gurvan sin dejar de mirar el suelo bajo sus agotadas piernas.

—¡Pues haz lo mismo que tu hermano!—exclamó Etharn.

Lentamente Álerik y Gurvan fueron acercándose al fulgor de luz peinando cada palmo de suelo, cuando de pronto...

—Etharn, ¿Qué es eso?—Preguntó Álerik señalando un gran cristal depositado en el suelo.

—Eso es el motivo de que esta caverna exista. Es uno de los reyes elfos—respondió Etharn.

—¡Es un elfo!—exclamó Álerik asombrado.

—Sí—respondió Etharn.

—¡Aquí hay otro cristal!—gritó Gurvan desde el lado opuesto.

—Lo sé, ese es el otro gran rey de los elfos, pero ahora no puedo explicarlo. Buscad bien, tiene que haber algo—dijo Etharn con ansia.

—¡Ya lo creo! he encontrado una espada—voceó Gurvan.

—¡Rápido, cógela y vuelve con nosotros!—gritó Etharn mirando a Gurvan.

Álerik rastreaba palmo a palmo con más atención que nunca, parecía estar buscando una aguja en un pajar, cuando de repente...

—¡Ya está, he encontrado un bastón!—gritó Álerik desde el otro extremo con Etharn rascándose la cabeza pensativo.

—¿Un bastón?—Pensó Etharn. Debería ser la otra espada—añadió a su pensamiento anterior.

—¡Rápido, acercaos a la luz y observad bien!—exclamó Etharn a los dos hermanos que a toda prisa se acercaban a la luz.

125

Ambos se acercaron hasta la fuente de luz y miraron fijamente.

—¿Podéis ver algo? fijaros bien, es importante—dijo Etharn.

—Sí, son imágenes de personas y lugares, pero no conocemos ninguno de ellos—dijo Gurvan sorprendiendo a Etharn.

—Cuando termine, alejaos de la luz y nos iremos—comentó Etharn pensativo.

Pasado poco más de un minuto, la luz se atenuó y las imágenes cesaron.

—¡Ya está, Etharn!—dijo Álerik.

—¡Vámonos de aquí a toda prisa!—exclamó Etharn.

—¿A qué viene tanta prisa? tenemos tiempo—dijo Gurvan.

—Ni mucho menos, al acercarnos a la fuente de luz el tiempo se condensa. Con un poco de suerte, cuando salgamos será domingo a mediodía—comentó Etharn mientras se acercaba al margen del lago.

—¡Corre Álerik, Jack nos va a matar!—añadió Gurvan inquieto.

—¡Sí Gurvan, corre, corre!—gritó Álerik.

Los tres corrieron como locos por la isla, hasta que llegaron de nuevo al lago.

—Gurvan, coge la espada y toca el agua del lago con la punta, luego, repite lo que has hecho antes—dijo Etharn esperando una notable mejoría del hechizo anterior.

—Vale, ¡Congelar lago!—gritó Gurvan.

El lago en menos de diez segundos se quedó hecho un témpano de hielo.

—¡Vamos, a prisa, no hay tiempo que perder muchachos!—exclamó Etharn.

Esta vez el hielo parecía piedra sólida, ni un solo sonido salía de él, ni grietas o fisuras después de atravesarlo.

—Álerik, te toca... y vigila. Haz lo mismo con el bastón, pero recuerda: di la segunda frase, no la primera—dijo Etharn más calmado.

—De acuerdo—dijo Álerik. Apoyó la punta del bastón sobre el hielo y recitó la segunda frase.

—¡Temperatura ambiental! El hielo se deshizo rápidamente y ellos salieron de la cámara atropelladamente. Al subir los escalones del pozo se llevaron una buena sorpresa.

—¿Jack? ¿Qué haces aquí?—exclamó Gurvan que iba delante.

—¡Vaya! muchachos, ¡ya era hora! pensé que no saldríais nunca más del pozo, habéis llegado justo a tiempo para comer—respondió Jack sonriente.

—¿Cómo has sabido que estaríamos aquí?—preguntó Álerik intrigado por la casualidad.

—Vosotros me lo dijisteis, ¿no lo recordáis...? ¡Ah! claro, pensabais que no os hacia caso ¿verdad?—comentó Jack mirando a los jóvenes.

—Pues la verdad es que sí, creíamos que tu mente la ocupaba el pequeño Corvy y no nuestro comentario—respondieron ambos hermanos.

—Como podéis ver, no era así..., pero bueno, dejemos eso ahora y comamos un poco—sugirió Jack.

—¿Qué has hecho con Corvy?—preguntó Gurvan extrañado de que su amigo Jack lo hubiese dejado en la taberna.

—Está ahí mismo—señaló—. Lo he traído aquí para que se acuerde de su familia y se acostumbre al aire libre, ya sabéis..., los pájaros también tienen sentimientos y esas cosas. En la taberna a veces el ambiente está realmente cargado...por cierto, ¿qué es eso que lleváis en las manos? —preguntó Jack observando a los muchachos intrigado.

Los dos enseñaron la espada y el bastón a Jack.

—¿Eso es el tesoro que os dejo el viejo Wood?, ¿una vieja espada y un bastón...? qué raro...aunque supongo que esta aventura era su verdadero propósito— murmuró Jack asombrado.

Los hermanos miraron extrañados los objetos, eran exactamente como Jack los había descrito.

—¿Cómo es posible, Álerik? ¡Mira mi espada, está hecha una pena!—exclamó Gurvan desilusionado y extrañado a la vez.

—No lo sé, pero mi bastón está muy diferente— respondió Álerik, que miraba desconcertado aquel osco trozo de palo.

—¡Jajajaja! venga, comed muchachos—carcajeó Jack.

El apetito de los chicos parecía haber desaparecido tras la sorpresa. Aun así, ingirieron unas cuantas bayas y pasaron unas horas con Jack, el pequeño Corvy y Etharn en un claro del lugar, hasta que llegó la hora de volver a casa y emprender el camino de regreso a la aldea.

—Etharn, creo que ha llegado el momento de las explicaciones—refunfuñaron los dos hermanos muy disgustados.

—Sí, ha llegado el momento. Veréis...no podía deciros nada en el interior de la cámara, está claro que no tenéis ningún nivel de destreza para llevar los objetos mágicos que habéis cogido en su interior—aclaró Etharn con sutileza y tranquilidad.

—¿Qué quieres decir con eso?—inquirieron los muchachos.

—Muy simple, son objetos muy poderosos y en manos inexpertas podrían causar muchos males, mas no os preocupéis, a medida que practiquéis, los objetos irán recobrando su forma original — respondió Etharn.

— ¿Quieres decir que si nos esforzamos volverán a ser como cuando los cogimos? — preguntaron los dos hermanos.

— Sí, a eso me refiero exactamente. Los medallones que lleváis os protegerán, además, son la fuente de poder de los objetos. Por ejemplo, esa espada nunca podrá ser usada por nadie que no sea Gurvan, al igual que tu bastón, Álerik — puntualizó Etharn.

— Vaya... ¿pero cómo aprenderemos a usarlos correctamente? — preguntó Gurvan.

— Yo os enseñaré algunas cosas sencillas, aunque mi misión no es esa. Vosotros habréis de descubrirlas poco a poco y no tengáis prisa en hacerlo, estoy seguro que durante el viaje iréis cogiendo práctica — respondió Etharn.

— ¿No puedes darnos ninguna pista? — preguntó Álerik confuso.

— Os puedo decir que cada objeto obedece a los elementos de su medallón, por eso, Álerik, cuando me preguntaste en la cámara si tú podías congelar el agua del lago, te respondí que sólo Gurvan podía hacerlo, ¿comprendes? — aclaró Etharn.

— Comprendo. El medallón de Gurvan, controla el agua y la tierra — dijo Álerik.

— Entonces el tuyo controla el fuego y el aire — comentó Gurvan.

— Eso es lo que necesitáis saber por el momento, ¡ah, por cierto! los hechizos que podéis usar tienen un precio en vuestro cuerpo. No intentéis hacer hechizos de gran magnitud o podríais perder el conocimiento durante días enteros antes de poder recuperaros por completo. Todo en este mundo se consigue a base de entrenamiento y aprendizaje, recordadlo, es muy importante —dijo Etharn.

—Entonces... ¿Cuándo empezamos? —preguntó Álerik.

—Sí, Etharn. ¿Cuándo? —inquirió Gurvan ansioso.

—A partir de mañana. Ahora quiero que me digáis la primera imagen que visteis en la cámara —preguntó Etharn.

—Hmm, deja que piense... ¡ah, sí!, vi una gran puerta con un arco y dos estatuas, una a cada lado de la puerta, parecían caballeros de piedra —respondió Gurvan.

—¿Y tú, Álerik? —preguntó Etharn.

—Yo vi un montón de vasijas de cerámica, jarrones y demás..., luego la cara de alguien, con capucha — respondió Álerik pensativo.

—Perfecto, creo que nuestro primer paso será ir a la capital y encontrar a un encapuchado en una alfarería. Será difícil, pero no imposible. Mañana empezaremos los preparativos y el entrenamiento para la misión — recalcó Etharn con voz seria.

—¿Cuánto tiempo crees que nos llevará prepararlo todo? —preguntaron los muchachos al unísono.

—Os lo diré: nosotros partiremos hacia la capital más o menos en un mes, para entonces, el pequeño Corvy ya tendrá todas sus plumas. Vosotros tenéis que conseguir como mínimo que la espada tenga filo y el bastón no sea áspero —dijo Etharn.

—¡De acuerdo! —exclamaron alentados los dos hermanos.

—Ahora será mejor retirarse a descansar, al alba comenzaremos nuestro aprendizaje para la marcha, no será fácil —comentó Etharn.

—Etharn, una cosa más ¿por qué yo tengo una espada y Álerik un bastón?—preguntó Gurvan, que en cierta manera se sentía mal por su hermano.

—Curiosa pregunta. La misma que me he hecho yo desde que salimos de la cámara...la verdad es que no debería haber sido así. Los dos deberíais llevar las espadas de los reyes elfos, las legendarias espadas de Runas Heladas, pero por algún motivo que desconozco, a Álerik se le apareció un bastón de mago, cosa que nunca debió pasar, pues sólo uno entre los elegidos puede hacer magia. Mi creador es el gran maestro Glowing y dudo mucho que haya enseñado jamás ese arte a alguien que no sea un elfo—comentó Etharn un tanto preocupado, a la vez que intrigado por aquel hecho.

—¿Quieres decir con eso que los hombres no pueden hacer magia?—preguntó inquieto Álerik.

—La magia nace en el interior del mago y crece en él al mismo tiempo que crecen sus conocimientos—respondió Etharn.

—Pero, nosotros hacemos magia, ¿verdad?—inquirió Gurvan extrañado.

—Sí, pero esta magia no fluye de vuestro espíritu, sí no de vuestros objetos—puntualizo Etharn.

—Comprendo, entonces esto sólo es un arma llevada por unos insensatos...—murmuró Álerik muy apenado.

—No, no es un arma, Álerik. Es un escudo para vuestra protección, no lo olvidéis muchachos—respondió Etharn observando la cara de decepción de Álerik.

Álerik permaneció en silencio un buen rato, pensando en todo lo que estaban haciendo y en su interior podía sentir que la magia le había cautivado como si ya no pudiera ser otra cosa en la vida que un mago.

131

Miró con tristeza a los ojos de Gurvan, este le puso la mano en el hombro en signo de apoyo y dijo:

—¡Si Álerik quiere ser mago, por los dioses que lo será! yo te ayudaré, hermano.

—Gracias Gurvan, pero ya has oído lo que ha dicho Etharn, es imposible.

—¡No hay nada imposible, lo conseguiremos, ya verás!—insistió Gurvan.

Etharn miró a los dos un instante y dijo:

—No sé, quizá mi creador decida enseñaros si lleváis a cabo la misión. Como os he dicho, para los elfos es sumamente importante encontrar a sus dos reyes.

—¡Ves, Álerik! no está todo perdido—dijo Gurvan.

—Por cierto Gurvan, ¿tú no quieres ser mago?—preguntó Etharn.

—¿Yo? no. Y menos después de ver las armaduras de los reyes elfos. A mí siempre me ha gustado ser..., el caballero que salva a la bella doncella del peligro.

—¿Es cierto? jajajaja—preguntó Etharn entre carcajadas sorprendido por la respuesta del joven Gurvan.

—¡Sí!, ¿Qué tiene de malo?—respondió al ver las carcajadas de Etharn.

—Nada hombre, no te enfades. Es solo que hay que entrenar mucho, y tener un buen maestro para aprender una técnica depurada de combate. Y por supuesto saber utilizarla en cuanto llegue el momento oportuno. Será mejor que vayamos a dormir de una vez—dijo Etharn aguantando la risa—. Buenas noches.

—Buenas noches, aunque tú no duermas, canijo—respondió Gurvan que no perdía detalle sobre Etharn.

Se retiraron a la cama rápidamente tras aquellas palabras. En su interior había un objetivo claro: aprender todo lo que pudieran lo mejor posible y llegar hasta los elfos. Sus mentes y corazones estaban llenos de esperanza, nobleza y valor.

Capítulo 7

quella semana los muchachos, estuvieron probando sus nuevos regalos generando algunas situaciones curiosas; Gurvan, muy seguro de sí mismo después de congelar algunos platos con agua, intentó probar suerte con algo distinto.

—¡Creo que voy a pasar a algo más grande!— exclamó Gurvan, dirigiéndose al exterior de la casa con la mirada fija en el pozo. Se detuvo ante él, concentro sus fuerzas y apoyó la punta de su espada en el borde del mismo, pronunciando el hechizo:

—¡Congelar pozo! Dicho y hecho…, Gurvan cubrió el pozo de hielo cayendo de espaldas desmayado durante más de una hora. Álerik, por otro lado, practicaba dentro de la casa enfocando su bastón y todos sus hechizos para prender la chimenea en llamas y así dominar el elemento fuego.

—¡Encender chimenea!—exclamaba y seguidamente decía:—¡Encender leña! En ocasiones, tuvo algún que otro desliz mientras pensaba en el hechizo, pronunciando las palabras "encender" pero ni el bastón, ni su mente, estaban compenetrados, con lo que consiguió prender fuego al mantel que cubría la mesa y las cortinas. Lentamente y a pesar de los susodichos sustos, parecía que los dos hermanos empezaban a adquirir cierta destreza con los hechizos más elementales. Durante uno de sus hechizos, entró Gurvan ya recuperado de sus andanzas por el exterior y dijo:

—¿Álerik, aún estas encendiendo troncos? Mira cómo se hace:

Gurvan apoyó su mano en el hombro de Álerik, mientras este recitaba un hechizo y…

—¡Boom!

La mitad del comedor saltó por los aires. Los dos muchachos y Etharn tenían sus caras recubiertas de hollín y las cejas chamuscadas, anclados de culo al otro extremo del comedor.

—¡Yo no he sido, llevo practicando con el mismo hechizo toda la tarde y no ha pasado nada de esto!— respondió Álerik con los pelos chamuscados.

—¡Pues te aseguro que yo tampoco!—comentó Gurvan con temperamento. Entonces, los dos fijaron sus miradas sobre Etharn, que parecía carcajear en una esquina alejado de ellos.

—¡Etharn!—gritaron los muchachos al unísono.

—Tranquilos, es que se me olvidó deciros una cosita...Cuando uno de los dos formula un hechizo, el otro no puede tocarle, porque..., si no, pasa esto, jajajaja— aclaró Etharn entre risas.

—¿Cuándo demonios pensabas decírnoslo? ¿Eh?— preguntaron ambos sumamente enojados por el susto.

—Bueno, acabo de hacerlo—respondió Etharn al ver que los dos hermanos se levantaban apresuradamente del suelo con malas intenciones.

—¡Ven aquí, canijo descerebrado!, ¡estamos hartos de ti, te vamos a dar una paliza que no olvidarás!, ¡pajarraco, mira cómo ha quedado el comedor de casa!— gritaban los hermanos alternándose.

Los dos intentaban dar alcance a Etharn alrededor de la mesa, sin demasiado éxito ya que Etharn aparecía y desaparecía brincando en el aire.

—¡Tranquilizaos, lo puedo arreglar!—gritaba mientras corría. Entonces chasqueó los dedos y todo estaba como siempre.

—¡Veis, a ver si os calmáis un poco y usáis la cabeza, parece mentira!—exclamó Etharn inquieto.

Los hermanos se calmaron mientras se tocaban las cejas comprobando que volvían a estar en su sitio habitual.

—Etharn, no podemos seguir así, esto es una pérdida de tiempo. Los días se suceden y no estamos preparados. Si de verdad quieres que te ayudemos en la misión, tendrás que echarnos una mano—dijo Álerik bastante nervioso.

—Etharn, seguro que puedes colaborar—añadió Gurvan.

—De acuerdo..., yo también veo que esto de dejaros a la vuestra es una pérdida de tiempo así que, a partir de hoy, haréis lo que os diga, pero luego no os quejéis—respondió Etharn pensativo.

Los hermanos asintieron con la cabeza mientras lo miraban, escuchando con suma atención.

—Empezaremos haciendo dos hechizos un poco fuertes por la mañana: cuatro de nivel sencillo después de comer y antes de la noche seis básicos, todo eso combinado con largas caminatas para robustecer vuestros cuerpos. Antes de cenar, vamos a probar algunos de ellos, ¿os parece bien?—preguntó Etharn con voz firme.

—Estamos impacientes—respondieron Álerik y Gurvan.

—Seguidme, los haremos fuera, ya que he podido ver que los dos cometéis el mismo error, sólo usáis uno de los dos elementos todo el rato. Por ejemplo, Gurvan, sólo intenta congelar el agua y tú, Álerik, intentas todo el rato prender la leña en la chimenea, ahora haremos algo distinto. Gurvan, intenta hacer agujeros en el suelo y luego rellénalos. Álerik intentará crear corrientes de aire para hacer girar el espantapájaros de vuestro huerto. Adelante, muchachos. A ver de qué sois capaces—alentó Etharn.

Gurvan resopló, frunció el ceño y se concentró en lo que Etharn le había dicho. Tras unos segundos, gritó:

137

—¡Agujero!—Y un pequeño agujero se hizo en el terreno, bajo la punta de su espada.

—Precisa un poco más, Gurvan ¿eso qué clase de agujero es, para una hormiga?—carcajeó Etharn de modo burlesco.

—¡Agujero grande!—dijo Gurvan indignado por la bronca de Etharn, sujetando con fuerza el mango de su espada.

La tierra se hendió de repente y frente a él, se formó un inmenso agujero.

Álerik y Etharn miraron asombrados a Gurvan, que apenas se sostenía en pie después del hechizo.

—¿Es que todo lo haces igual, Gurvan? ¡Pedazo de animal! un poco más y vuestra casa se cae dentro. ¡Anda, no hagas más agujeros! cuando te hayas recuperado, intenta rellenarlo poco a poco, ¡no vaya a ser que ahora levantes una montaña en medio de la aldea!—dijo Etharn asombrado por el enorme agujero que Gurvan había hecho.

—Vale…, eso haré —respondió Gurvan sentándose en el suelo medio mareado.

—Te toca, Álerik. Despacio, sin prisas, piensa en un viento suave y luego aumenta su corriente—especificó Etharn mirando a Álerik.

—Estoy listo—dijo. Álerik fijo en su mente el espantapájaros e imaginó cómo el viento lo volteaba. Cuando tuvo clara esa imagen, exclamó:

—¡Viento!—Y señaló con el bastón al espantapájaros.

—Bien Álerik, dale un poco más de fuerza—murmuró Etharn asombrado.

—¡Viento!—dijo Álerik sin quitar ojo al espantapájaros.

—Un poco más—pidió Etharn, buscando un lugar donde aferrarse.

El espantajo hecho de trapos daba vueltas como una veleta.

—Álerik, ¿crees que puedes dar aún más fuerza?— preguntó Etharn observando la faz de concentración del joven Álerik.

Álerik agarró el bastón con más fuerza que antes y gritó:

—¡Ventisca!

El espantapájaros ascendió por los aires dando vueltas enérgicamente sobre sí mismo, ganando altura.

—Muy bien. Ahora, bájalo despacio..., con suavidad—dijo Etharn, saliendo de su refugio.

Álerik se estaba debilitando por momentos, las piernas y los brazos le temblaban como si él mismo estuviese haciendo girar aquel muñeco con sus propias manos. Fijó su mirada un instante, recuperando la compostura durante unos segundos más mientras pronunciaba el hechizo siguiente:

—Menos aire—seguido de uno más.

—Aire moderado—tras este último hechizo, cayó de rodillas casi inconsciente. Etharn lo agarró y lo estiró sobre el suelo. El espantapájaros estaba de nuevo en su sitio.

—Me ha encantado, estoy orgulloso de ti—comentó Etharn.

Álerik lo miró y bosquejó una tímida sonrisa, luego cerró los ojos entre fuertes respiraciones. Pasados unos diez minutos, los dos hermanos estaban ya recuperados.

—Álerik, ¿estás bien? ¿Puedes ponerte en pie?— preguntó Etharn.

—Sí, ya estoy mejor—respondió Álerik sosteniéndose.

—¿Y tú Gurvan, cómo vas?—dijo Etharn viendo su estado.

—Bien, Etharn, he recobrado las fuerzas —manifestó Gurvan ya en pie.

—Vamos con Gurvan. Me parece que su inmenso boquete necesitará un toque de magia para taparse — susurró Etharn ayudando a Álerik a incorporarse.

Los dos se acercaron a Gurvan y miraron dentro del agujero llevándose una grata sorpresa.

—Vaya Gurvan, lo estás haciendo mejor de lo que pensaba —dijo Etharn sonriente.

Gurvan había encontrado la manera rápida de tapar el enorme agujero del suelo sin excederse en sus hechizos.

—¡Rellenar la mitad del agujero! —exclamaba Gurvan cada poco rato.

—¡Ves!, eso está bien. Creo que ya puedes decir que se rellene entero, Gurvan —alentó Etharn con amabilidad.

—Rellenar por completo el agujero —dijo Gurvan.

El terreno hendido parecía elevarse tras cada frase de Gurvan, como si jamás hubiese estado allí.

—Estoy contento con vosotros. Vayamos dentro, un poco de descanso nos vendrá bien a todos —comentó Etharn. Los muchachos, fatigados y deseosos del fin de la jornada, lo miraron asintiendo con la cabeza y entraron en la casa. Etharn chasqueó los dedos y puso sobre la mesa una buena cena.

—Hay que reponer fuerzas, mañana será un día duro; empezaremos con un paseo hasta algún lugar retirado de la aldea, haréis un hechizo fuerte y desayunaremos. Cuando estéis recuperados haremos otro y descanso, luego regresaremos a casa, comeremos y saldremos de nuevo para hacer cuatro hechizos sencillos, merienda y regreso a casa. Una vez aquí, haréis hechizos básicos hasta la hora de la cena y así todos los días hasta que emprendamos el viaje — explicó Etharn bajo las miradas de asombro de Álerik y Gurvan.

— ¿No crees que eres muy estricto? — reprochó Gurvan levantando ambas cejas.

— Observa tu espada — comentó Etharn.

— ¿Por qué? — dijo Gurvan vigilando su espada.

— Fíjate bien, ¿no ves ninguna diferencia? — dijo Etharn.

Gurvan miró con atención la espada y pudo ver en su hoja un trocito brillante, no más grande que un grano de arroz.

— Etharn ¿Te refieres a esta meya? — dijo Gurvan atento a su compañero.

— ¡Eso no es una mella, ignorante! es la recompensa por hacer un hechizo correctamente.

Ante el progreso de hoy, la espada ha recuperado un poco de su forma original y si te esfuerzas así cada día, cuando nos vayamos, esta espada tendrá filo, apuesto que el bastón de Álerik ya no es tan hosco — comentó Etharn dirigiendo la mirada sobre Álerik.

Álerik tomó el bastón entre sus manos y en efecto, la madera parecía más suave y pulida. Lo miró de arriba abajo y se llevó una sorpresa.

— ¡Mirad, hay una especie de signo grabado en el bastón! — exclamó Álerik asombrado junto a Etharn y Gurvan.

— ¡Menuda sorpresa, Álerik! parece que lo has hecho mejor de lo que yo pensaba, el bastón ha mostrado la primera runa — dijo Etharn ilusionado.

— ¿Qué es una runa? — preguntó Gurvan intrigado.

— Cada una, tiene un significado, los elfos las usan para explicar o definir cosas y está, en concreto, simboliza el aire. Supongo que de alguna manera el bastón aprueba cómo has usado el hechizo del aire.

—Menuda suerte Álerik, a mi espada…, apenas se le nota nada—dijo Gurvan entre refunfuños.

—Si trabajáis duro, cada día se verán los avances—dijo Etharn animando a los dos jóvenes hermanos.

Cenaron y se fueron a descansar. El desgaste de la magia se hacía notar en sus exhaustos cuerpos, que cayeron a plomo en las camas hasta el día siguiente.

El entrenamiento fue muy duro para los muchachos las dos siguientes semanas, sólo descansaban los domingos, día en que salían de pesca con Jack y Corvy. El pequeño cuervo, lentamente iba adquiriendo todas sus preciosas plumas blancas y, Jack, estaba realmente orgulloso de los muchachos. Aquel domingo, a ocho días de su marcha se levantaron temprano y fueron a desayunar a la Guarida del Tejón. Jack, como cada domingo, les tenía un espléndido desayuno.

—Jack…, Jack, ya hemos llegado—vocearon los muchachos.

La puerta se abrió y tras ella apareció Jack con una sonrisa, rápidamente los hizo pasar al interior de la cocina.

—Buenos días jovencitos, ¡hoy hace un día genial para ir de pesca!—dijo Jack mientras los dos hermanos se adentraban en el interior de la taberna.

Los muchachos, habían acordado entre ellos decirle a Jack ese día que pronto emprenderían el viaje en busca de los elfos. Sus rostros, hicieron augurar a Jack el peor de sus temores.

—¿Qué os pasa, muchachos? hoy no parecéis muy contentos… ¿No queréis ir de pesca?—preguntó Jack inquieto.

—Verás Jack, no es eso. Tenemos que decirte una cosa—comentó Álerik.

—Sí Jack…, es cierto—añadió Gurvan.

Ambos agacharon la vista, mientras Jack se sentaba en la mesa con ellos.

—¿Qué es lo que me queréis contar? sin duda será algo importante. Os escucho, muchachos—dijo Jack atentamente. Álerik, entre nudos explicó:

—Hemos decidido que dentro de ocho días..., vamos a emprender un viaje y como no queremos que te preocupes...

—Me lo temía—interrumpió Jack— ¿De qué se trata? ¿Por qué tenéis que marcharos?—preguntó este apenado e inquieto a la vez.

—Como ya sabes, hemos andado ocupados y no hemos parado mucho por aquí, la razón es que nos hemos estado preparando para este viaje—respondió Álerik.

—Ya decía yo que alguna idea rondaba por vuestras cabezas —murmuró Jack levantándose de la mesa en dirección a la cocina.

—Sabía que le sentaría mal, ya te lo dije Álerik —susurró Gurvan.

—Lo sé, no hace falta que me lo repitas—replicó Álerik apenado.

Pasados unos instantes, Jack regresaba con una botella y tres vasos.

—¿Vais a explicarme por qué?—preguntó Jack mientras regaba ambos cuencos con una extraña bebida púrpura.

—Si, por supuesto, en la caverna encontramos una información que es muy importante y tenemos que llevar ese mensaje.

—¿Podéis decirme de qué se trata?—inquirió Jack pensativo.

—Sí podemos, pero no hay forma de demostrarlo—respondió Álerik.

—Comprendo, entonces… ¿debo entender que la aventura del viejo Wood no ha terminado todavía? ¿Y que lo que pretendéis, es seguir todas las pistas? — inquirió de nuevo Jack, conociendo de buena tinta que todo aquello ya no era parte de las andanzas del viejo Wood.

—Sí, así es Jack—respondió Álerik con Gurvan en silencio.

Los tres dieron un buen trago de los vasos, quedando los dos jóvenes hermanos agradablemente sorprendidos.

—¡Esto es delicioso! ¿Qué es?—preguntó Gurvan.

—Es un licor que preparaba el viejo Wood, está hecho a base de moras ¿os gusta?—dijo Jack.

—¡Muchísimo!—exclamaron los hermanos.

—¿Tenéis algún plan que seguir o idea de adónde debéis ir?—preguntó Jack preocupado por el viaje que los muchachos iban a emprender.

—Sabemos a dónde ir y a quién buscar, pero cuál es la mejor forma de hacerlo o como llegar, no— respondieron.

—Veamos… ¿adónde vais?—preguntó Jack con voz seria.

—Vamos a la capital, Skywaveland—dijo Gurvan.

—Entonces habréis de seguir el camino hacia el norte, eso os llevara a la capital, no necesitáis saber más para llegar hasta allí—dijo Jack.

—Sin duda, eso nos será de gran ayuda. Gracias Jack—respondió Gurvan.

—Os prepararé unas buenas mochilas y la comida que necesitáis, lástima que yo no pueda acompañaros, no piso la capital desde que terminó la guerra. Bueno…, será mejor que no perdamos el día encerrados aquí, lastimándonos y disfrutemos de los días que aún quedan hasta vuestra marcha, ¿no os parece muchachos?—comentó Jack.

—Sí—respondieron los hermanos en un tono más animado. Reposaron y salieron de pesca los cinco.

Corvy ya tenía casi todo el plumaje, lo que indicaba que pronto sería el momento de partir. La semana siguiente fue especialmente dura: el entrenamiento a cargo de Etharn, se convirtió en lo más severo que los muchachos habían hecho en sus vidas.

—Hmm...veamos si podéis hacer un hechizo fuerte sin desfallecer—dijo Etharn animado.

Los dos hermanos meditaron ágilmente, como si fuese instintivo. Gurvan, hizo un foso lleno de agua y Álerik condujo una bola en llamas directamente hacia él, dejando un gran agujero chamuscado.

—¿Qué te ha parecido? ¿Lo hemos hecho bien?—preguntaron los hermanos sonrientes.

—Sin duda. Vuestros objetos se regeneran rápidamente, cosa que indica que ya estáis preparados. Dentro de un par de días emprenderemos el viaje siguiendo el camino del norte hacia la capital—dijo Etharn.

—¿Has oído eso, Álerik? ¡Ya estamos listos!

—Sí, ahora solo nos queda despedirnos de Jack—dijo Álerik un tanto triste.

Después de comer los tres se acercaron a la taberna en busca del sabio consejo de su estimado amigo Jack.

—Hola, muchachos ¿cómo lleváis vuestros planes?—preguntó Jack.

—Bien, todo está dispuesto—respondieron.

—Perfecto. Antes de nada, coged este mapa del reino, echadle un vistazo—Jack rodeó la barra de la taberna y se puso junto a los dos muchachos. Abrió el mapa sobre la mesa y dijo:

—Mirad, nosotros estamos aquí, este es el camino que va a la capital, ¿veis?, habréis de tener cuidado en

145

este lugar—dijo Jack señalando un punto marcado en el mapa— de vez en cuando suelen aparecer bandidos, pero casi siempre por la tarde o durante la noche, como podéis ver, lo he marcado. Tenedlo presente cuando lleguéis allí—comentó Jack.

—¿Crees que esos bandidos podrían ser un problema?—preguntó Gurvan.

—Normalmente no. Bueno, me refiero a que no suelen hacer daño a nadie, solo se dedican a robar cosas de valor y salir huyendo, aunque, nunca se sabe—explicó Jack.

—No te preocupes, iremos con cautela cuando lleguemos a ese tramo del camino—dijo Álerik.

—Descansáis más o menos por aquí y podréis atravesar el territorio de los bandidos en medio día, más o menos al atardecer, ya no serán un problema para vosotros—indicó Jack mostrando otra parte de la región en el mapa.

—Entonces, deberemos cruzar ese punto al medio día—dijo Álerik.

—Sí, más o menos…, si lo hacéis así, no creo que deis con ellos. Con suerte, encontraréis algún viajero que ande en vuestra misma dirección, más recordad: sed amables y mantened respeto—recalcó Jack a los dos hermanos.

—Gracias, con este mapa seguro que llegamos a la capital sin problemas—respondió Gurvan.

Jack y los hermanos comentaron un sinfín de detalles sobre el largo viaje; la comida, las zonas donde descansar con seguridad, donde parar o acampar. Eso les llevó horas, pues cada dos por tres el tabernero había de levantarse para atender algún cliente sediento.

—Jack, nos vamos a casa, tenemos que empezar a recogerlo todo. Te dejaremos la llave para que de vez

en cuando eches un ojo, ¿no te importa, verdad? —
dijeron Álerik y Gurvan.

—No, tranquilos..., Corvy se vendrá conmigo,
¿verdad Corvy? —respondió Jack.

—Sí, Jack, Groac —graznó.

Los hermanos se quedaron helados al oír al cuervo
graznar aquellas palabras.

— ¿Ya sabe hablar? —preguntaron.

—Sí, un poco..., jajajaja —respondió orgulloso Jack.

Después de una andanada de risas, los dos hermanos se fueron a casa acompañados por Etharn, que sin
entender muy bien porqué, empezaba a tenerles un
fuerte apego.

Jack se aposentó en el tranco de la escalera mientras
los muchachos se alejaban entre la oscuridad de la noche. Puso al pequeño Corvy en su regazo y recordó los
días en que los dos chicos eran solo unos niños, temerosos de todo lo que los rodeaba, en cómo les había
enseñado a pescar con el paso de los años y cómo el
viejo Wood, les había enseñado a leer y escribir mejor
que cualquier persona de la capital. Todos aquellos
fantásticos recuerdos inundaban la mente de Jack,
aunque, desde lo más profundo de su ser sabía que
algún día sucedería todo aquello..., los chicos se harían mayores, su tío fallecería y él lentamente se haría
mayor para envejecer solo en aquella tranquila aldea.

— ¿Te has fijado en la cara de Jack cuando nos mar-
chábamos? —preguntó Álerik afligido.

—Sí Álerik, está destrozado, espero que volvamos
pronto —murmuró Gurvan desencajado.

Etharn, miraba de reojo a los hermanos, aunque en
menor medida que ellos. Él también sentía despedirse
de Jack. Los preparativos del viaje empezarían a la
mañana siguiente, el momento de su partida estaba
próximo.

—¡Arriba, es hora de levantarse!—gritó Etharn dando repetidos golpes a una sartén.

—¡Ya vamos! ¡Por los dioses! ¿Es que quieres matarnos de un susto?—exclamaron los hermanos medio dormidos, mientras el incesante e increpante sonido de la sartén les obligaba a ponerse en pie.

—Tenemos mucho que hacer hoy. Mañana saldremos hacia la capital—dijo Etharn sonriendo malévolamente.

Los hermanos le miraron con cara de incertidumbre, malhumorados y sin comprender la prisa de Etharn por partir.

—¿No salíamos el lunes?—preguntó Gurvan arqueando su ceja izquierda.

—He pensado que si salimos mañana, Jack puede acompañarnos un trozo, pero si no os parece buena idea, podemos salir el lunes.

—La verdad..., es que es una idea excelente, Etharn—respondieron Álerik y Gurvan.

Salieron a preparar todo lo que podrían necesitar para marchar: cuerdas, mantas y algún que otro cacharro para cocinar.

—No cojáis demasiadas cosas, recordad que Jack tendrá vuestras mochilas preparadas en la taberna—comentó Etharn.

—Lo sabemos, él nunca falla—respondieron ambos hermanos.

Recogieron todo, reorganizaron la casa aún un tanto polvorienta por el trajín de los últimos días, cerraron los portones de madera asegurándose de que todo estuviera bien para que Jack no tuviese que hacer nada y salieron al exterior.

—¡Ya está, vámonos!—exclamaron los hermanos luciendo una sonrisa en sus dormidas caras.

—No tan deprisa, hoy saldremos todo el día fuera de la aldea y entrenaremos a fondo—dijo Etharn pegando brincos.

—Etharn, creíamos que ya estábamos preparados—dijo Gurvan extrañado.

—Uno nunca lo está por completo, amigos—cerró Etharn.

Los dos siguieron a Etharn con caras mustias hasta el bosque.

—Hoy probaremos algo diferente. Álerik intentará hacer un remolino y tú, Gurvan, crearás hielo en él. Cuando aprendáis esto, entenderéis realmente el poder que albergan los medallones—explicó Etharn sonriente.

—No veo cómo puedo crear hielo en un remolino—dijo Gurvan quejumbroso.

Etharn se volvió hacia los muchachos con ojos felinos y desafiantes preguntando:

—¿Es que no confiáis en mí, zoquetes? ¡Mirad!—extendió sus brazos mientras pronunciaba el hechizo.

—¡Remolino!—Etharn creó un remolino enorme que giraba a toda velocidad y luego, mientras lo mantenía, dijo el segundo hechizo:

—¡Crear hielo!

Los muchachos estaban atónitos, el hechizo era espectacular, un portentoso remolino que giraba revolucionado junto afilados trozos de hielo que destrozaban todo a su paso.

—¿Ahora lo veis?—dijo Etharn.

—Sí, pero... ¿para qué quieres que nos esforcemos tanto si tú ya sabes hacerlo?—preguntó Gurvan.

—Crock, Crock.

—¡Ay!, ¡¿pero qué haces canijo?!—exclamó Gurvan frotándose la cabeza.

—¿Por qué nos has dado con ese palo en la cabeza? —exclamó Álerik que hacía lo mismo que su hermano.

—¡Porque sois unos zoquetes!, os he dicho mil veces cuál es mi cometido en la misión. Tenéis que valeros solos. ¿Cómo ibais a explicar que un cuervo hace magia? ¡Cabezas huecas! —boceó Etharn con fuerza.

—Claro...claro, llevas razón, llamaría mucho la atención —dijo Álerik zarpándose el pelo.

Los hermanos, después del coscorrón, decidieron emplearse a fondo con el hechizo y demostrar a Etharn que estaban preparados frente cualquier eventualidad.

—¡Remolino! —exclamó Álerik. Y tras sus palabras se manifestó un remolino bastante grande que mantuvo mientras Gurvan recitaba su hechizo:

—¡Crear hielo! —en el núcleo del torbellino se podían ver trazas de granizo dando vueltas.

—Gurvan, el hielo ha de ser más grande, ¡no basta con este! —dijo Etharn mirando fijamente el remolino.

—¡Agrandar hielo! —esta vez Gurvan dio en el clavo. El tamaño de los fragmentos helados era el idóneo, algo mayores que las hojas de roble.

—Muy bien, muchachos. Ahora, deshaced el encantamiento —dijo Etharn satisfecho por los resultados.

Al decir eso, Álerik y Gurvan intentaron pensar en cómo quitar el remolino, perdiendo totalmente la concentración sobre sus hechizos y ocasionando una lluvia a forma de astilla de los trozos de hielo, que salían disparados como flechas desde su interior. Después de ser apedreados por ellos mismos, los tres se miraron y sin mediar palabra salieron de allí de vuelta a la aldea.

Capítulo 8

La noche todavía resistía las débiles luces del amanecer cuando Etharn cogió la sartén y se dirigió cruelmente a la habitación de los hermanos.

—¡Muchachos! ¡Arriba, arriba! hoy emprenderemos el viaje—gritó Etharn ante las camas de los dos inconscientes hermanos.

—¡Por los dioses, Etharn! Sólo tenías que llamarnos—exclamó Álerik entre dientes.

—Me gusta el método de la sartén, además, si os llamara, no saltaríais de la cama de esa manera tan divertida—respondió Etharn alegremente.

Los jóvenes le miraron malhumorados y en sus mentes semiinconscientes, se formaban imágenes de Etharn recibiendo un potente sartenazo en sus mejillas.

—Venga, lavaros un poco para despejaros y salgamos en busca de Jack, seguro que él está preparado—comentó Etharn.

Después de entrar en el mundo consciente, los hermanos cogieron sus cosas, cerraron toda la casa y emprendieron el camino a la Guarida del Tejón cuando se detuvieron, como si algo les obligara a dar un último vistazo al hogar de sus padres. Álerik y Gurvan miraban la casa con un extraño brillo en sus ojos. Etharn los observó, pero no dijo nada. Luego carraspeó para sacar a los dos hermanos de sus pensamientos.

—Vamos, Gurvan. Cuanto antes salgamos antes volveremos.

—Sí, Álerik…, es cierto. El trecho hasta la casa de Jack no era muy largo, aunque para los dos muchachos, en aquella ocasión fue interminable. Al llegar llamaron con desgana a la puerta trasera.

—Jack… ¿estás despierto?—susurraron los hermanos. La puerta se abrió.

153

—Buenos días, pasad muchachos, charlemos un poco—instó Jack.

—Hola Jack, buenos días—respondieron ambos.

—Ahí están las mochilas con todo lo que podéis necesitar, echad un vistazo—dijo Jack.

—No hace falta, Jack. Si tú te has dejado algo, seguro que nosotros seríamos incapaces de saberlo—respondieron los hermanos.

El grupo se encaminó al interior de la taberna y sobre una de las mesas había un banquete preparado.

—Adelante, comed. Me gustaría salir antes de que la luz del día se intensifique—comentó Jack ocultando la tristeza que sentía tras una apariencia desenfadada.

Desayunaron como siempre, más el apetito de todos ellos era escaso y los comentarios escuetos, estaba claro que el camino seria largo y la despedida emotiva. Al terminar, Jack postró a Corvy en su hombro izquierdo y salieron de la taberna.

—Por aquí, muchachos. Tengo una sorpresa — Indicó Jack con voz temblorosa.

Ambos le siguieron, rodeando la Guarida del Tejón.

—Hablé con Gifer hace un par de días y conseguí que me dejara el carro, así podréis hacer un trecho más largo. Hoy, os acompañaré todo el día y en la caída del sol, regresaré—comentó Jack, con inquietud en sus palabras.

—Gracias Jack, de veras—respondieron los muchachos.

Los cinco subieron al carro, cargando en él las mochilas y todo lo necesario y cuando estuvo todo listo, emprendieron el más que esperado camino.

—¿Cuántos días crees que tenemos hasta la capital, Jack?—preguntó Gurvan.

—Veréis, a paso ligero…, más o menos un mes, eso si no tenéis ningún percance por el camino—dijo Jack.

—Espero que no, tendremos cuidado con los salteadores—apuntó Álerik.

—Procurad no alejaros demasiado del camino, no solo hay bandidos por estos bosques—puntualizó Jack con voz seria.

—¿Supongo que te refieres a los lobos?—preguntó Gurvan despreocupado.

—Sí, principalmente a ellos, pero no son lo único que habita por aquí... no es que tengáis que preocuparos, no quiero meteros el miedo en el cuerpo, pero hay alguna que otra criatura por estos parajes—comentó Jack con tono profundo.

—Vaya, Jack. Si tu intención es asustarnos lo estás consiguiendo. Dinos qué otras criaturas hay por estos lugares—inquirió Álerik inquieto.

—Casi nadie habla de ellos y se dice que de vez en cuando salen del bosque unas fieras criaturas, parecidas a los hombres, pero que se asemejan más a las bestias que a nosotros... Por lo menos los que las han visto, viven para contarlo. Yo nunca las he visto, pero ya sabéis que por la taberna pasan unos cuantos viajeros y muy de vez en cuando comentan sobre estas bestias—explicó Jack.

Los hermanos miraban a Jack mientras sus gargantas se secaban por la congoja. En ese instante, ya no pensaban en las aventuras y todo lo demás, solo podían imaginar en sus mentes a esas horribles criaturas.

—Bien, muchachos. A propósito que habéis estado desde siempre explorando la frondosidad del monte y nunca habéis visto nada raro, ¿no?—preguntó Jack para animar a los jóvenes tras observar sus caras de miedo. Pasado un rato, Gurvan dijo:

—Es cierto. Jamás hemos visto esas criaturas, pero eso no quiere decir que no existan.

—¿Existir? Claro que pueden existir, aunque no creo que debáis temerlas—dijo Jack con voz risueña, quitando importancia al tema.

—No tenemos miedo, pero el camino es extenso hasta la capital y son muchas noches al raso—comentó Álerik poco convencido.

—Haced lo que os he dicho y no creo que tengáis encuentros indeseados—replicó Jack.

Entre la charla llegó la hora de comer, marcada de forma ruidosa por los estómagos de los jóvenes.

—¿Os apetece parar o comemos en marcha?—preguntó Jack.

—Será mejor que paremos Jack, de esa forma el caballo también podrá descansar un poco—respondió Álerik.

—Cierto... ¡Sooo!—exclamó Jack. Jack gobernó el carro y lo detuvo hacia un lado del camino dejando el caballo alimentándose en un margen colmado de hierba. Todos ellos bajaron, pusieron una gruesa manta en el suelo y se pusieron alrededor para comer. Jack no podía sacarse de la cabeza que los muchachos se marchasen, cosa que menguaba su apetito y aumentaba su sed. Después de comer, emprendieron de nuevo el camino y con el inexorable paso de las horas, llegó el atardecer y con él la dolorosa despedida.

—Jovencitos, llegó la hora. Nuestros caminos se separan aquí—dijo Jack deteniendo el carro de nuevo al borde del camino.

—No te preocupes, Jack. Pronto estaremos de vuelta, solo es un viaje a la capital—dijeron los muchachos.

—Lo sé, pero tened mucho cuidado. Si os pasara algo..., no me lo perdonaría jamás—respondió Jack muy apenado.

—Tranquilo, ya verás, dos meses pasan volando. Seguro que a nuestro regreso Corvy sabrá un montón más de cosas—dijo Álerik con voz alegre, claro que sólo era una máscara que cubría su dolido corazón.

Jack bajó del carro y les ayudó a ponerse las mochilas; contempló sus jóvenes caras un instante y les dio un fuerte abrazo.

—En un bolsillo de las mochilas os he puesto algo que podéis necesitar, es muy valioso y no debéis malgastarlo—dijo entrecortadamente Jack mirando a los jóvenes hermanos.

—¿Qué es, Jack?—preguntó Gurvan.

—Son pepitas de oro, un metal muy valioso. Cuando sea necesario podéis dar una a cambio de un buen alojamiento y comida, pero nunca más de una, recordadlo, es muy importante. Prometedme que tendréis extrema cautela con él —replicó Jack con una mirada penetrante.

—Prometido, Jack. Tranquilo—dijeron Álerik y Gurvan al unísono.

—Estas pepitas también os servirán para comprar la comida de vuelta a casa—aclaró Jack.

Los muchachos dieron un último abrazo a Jack, que los apretó con fuerza contra su pecho como si no quisiera separarse jamás de ellos. Pasados unos instantes, dijo:

—Venga, que tengáis buen viaje y que regreséis pronto a casa.

—No sufras, Jack. Pronto estaremos en la taberna saqueándote la despensa—respondieron entre lágrimas Álerik y Gurvan.

—Eso espero, muchachos…, eso espero—murmuró Jack.

Jack se encaramó al carro e hizo girar al caballo. Los miró una vez más y poniendo a su lado un par de botellas emprendió el camino de regreso. Los muchachos, apenas podían hablar, sus lágrimas brotaban como gotas de incesante lluvia mientras veían hacerse pequeña la silueta del carro y su amigo Jack.

—Preparemos la cena y el campamento, esta noche la pasaremos bajo esos árboles —indicó Etharn señalando un grupo de robledas unos codos más allá.

—Sí, vamos. Ya no hay vuelta atrás —respondieron Álerik y Gurvan.

Los tres fueron hasta el lugar indicado y prepararon el escueto campamento, pues sólo tenían que poner las mantas en el suelo y librar la comida de sus abultadas mochilas.

—Cenad bien, muchachos. Mañana empieza el camino de verdad y deberéis estar lo más descansados posibles —comentó Etharn.

—Muy bien, Etharn, pero nada de sartenes a partir de hoy, ¿de acuerdo? —dijeron los hermanos.

—Vale, nada de sartenes. Entendido —respondió Etharn sonriente.

Después de la cena se recostaron y a pesar de todo lo que llevaban en sus cabezas, no tardaron mucho en dormirse, acostumbrados a la vida en el campo, el aura del bosque les era muy familiar. Los días pasaron rápidamente hasta el día de la tormenta…, a media tarde el cielo empezó a oscurecerse por un tumulto de nubes que tapó el sol por completo.

—Muchachos, tenemos que buscar un refugio, mirad bien, a ver si damos con él —dijo Etharn.

—Pongámonos bajo ese gran árbol y busquemos desde allí —indicó Gurvan con el dedo. No muy lejos de su posición, había un gran castaño cerca del camino.

Los tres se pusieron a pie de árbol, que con sus hojas y ramas les daba cobijo.

—Deberíamos quedarnos aquí, no creo que encontremos cerca un lugar mejor —comentó Álerik.

—Estoy de acuerdo ¿tú qué dices Etharn?— preguntó Gurvan.

—Me parece bien, cubrámonos con una frazada a lo alto de las ramas y encendamos una hoguera para secarnos—dijo Etharn.

Los muchachos la fijaron entre dos ramas, la ataron con una cuerda y se refugiaron bajo ella.

—Lo del fuego es cosa tuya, Álerik. A ver si puedes encender esas ramas—señaló Gurvan.

Álerik salió un instante, cogió unas ramas y palos algo mojados que había junto al tronco y las puso apiladas bajo la manta. Se concentró y dijo:

—¡Encender ramas!—a pesar de que la leña estaba húmeda, al segundo intento prendió.

—Bien hecho Álerik, aunque creo que por hoy, será mejor que permanezcamos aquí—dijo Gurvan al fin aliviado.

—Eso está por ver, Gurvan. Las tormentas en este tiempo no duran demasiado y esta no será una excepción—respondió Etharn.

Tal y como Etharn había dicho, la tormenta cesó poco después dejando a la vista un precioso atardecer con el vaho reflotado de las plantas expandiéndose por todo el valle.

—¡Socorro!—gritó una voz ahogada por la distancia.

Bajo la manta, Gurvan se quedó en absoluto silencio mirando un punto del camino que había más allá.

—¿Qué sucede, Gurvan? ¿Has visto algo?— preguntó Álerik intrigado.

—No lo sé, durante la tormenta me ha parecido oír algo, pero no estoy seguro. Ahora lo he oído de nuevo, ha sido en esa dirección—respondió Gurvan apuntando con su dedo un trozo del camino que se veía entre las ramas.

—¿Estás seguro?—inquirió Álerik extrañado.

—No, ya te lo he dicho, pero en cualquier caso me acercaré a mirar—dijo Gurvan intranquilo.

—Espera, será mejor que no vayas solo—Comentó Álerik un tanto preocupado.

Los tres se acercaron con cautela hasta el punto del camino indicado por Gurvan y allí descubrieron con estupor a unas criaturas arrastrando el cuerpo de alguien hasta el margen del camino. Los tres se agacharon con rapidez entre los matorrales.

—Maldita sea. ¿Qué demonios son esas cosas?—exclamó Gurvan entre susurros.

—Quizá sean las bestias de las que habló Jack—susurró Álerik.

—No lo sé, pero tenemos que ayudar a esa persona; está en peligro—dijo Gurvan sujetando el mango de su espada con firmeza.

—No podemos, Gurvan, ¿y si nos cogen?—preguntó Álerik intentando hacer razonar a su hermano.

—Muchachos, calmaros o esas bestias nos descubrirán y no podremos hacer nada—susurró Etharn.

—Etharn, acércate rápido y dinos si la persona está bien—dijo Gurvan en voz baja.

Etharn emprendió el vuelo y se acercó con discreción posándose en un árbol sobre las bestias; desde allí pudo ver lo que pasaba. Se aproximó un poco más y pudo observar que la persona que arrastraban las criaturas era una chica. Sin hacer ruido, Etharn regresó junto a los muchachos.

—¿Qué pasa, está con vida?—preguntó entre susurros Gurvan muy nervioso.

—Sí, sigue viva. Las bestias son cuatro, pero…, no creo que podamos hacer mucho por ella—respondió Etharn.

—¿Ella? ¿Es una mujer?—preguntó Gurvan apretando la empuñadura de su arma aún con más garra.

—Sí, por lo que he podido ver es una chica. Los seres a los que se refería Jack son Grainfern, muy peligrosos y nos superan en número. Intentar rescatarla sería un suicidio, no estáis preparados—susurró Etharn esperando que los dos hermanos mostraran su valor.

—¿Pero qué dices, Etharn?, no la dejaremos en manos de esas alimañas—dijo Gurvan entre dientes.

—Gurvan tiene razón, no podemos dejarla en manos de estas bestias, tenemos que ayudarla—añadió Álerik.

—Si conseguís asustarlos sería más fácil, pero recordad que vuestros hechizos no son demasiado fuertes y podríais acabar como ella—susurró Etharn.

—Nos arriesgaremos a lo que sea —dijo Gurvan, mirando a su hermano que daba su aprobación haciendo un gesto con la cabeza y diciendo:

—Adelante.

Se acercaron con cautela, rodeando a las criaturas con extremo cuidado. Etharn se puso sobre ellas haciendo indicaciones a los dos muchachos cuando..., de repente, una de las criaturas vio a Álerik y dio un fuerte gruñido poniendo en alerta a los otros tres. Álerik, al verse descubierto empezó a correr y tras él las cuatro criaturas. Etharn hizo señas a Gurvan para que se llevase a la chica y fue en busca de Álerik. El momento era delicado: Álerik era muy veloz pero las criaturas lentamente le ganaban terreno. Etharn consiguió alcanzar al muchacho antes que las bestias.

—¡Sígueme, Álerik! ¡Por aquí, rápido!—graznó Etharn sobrevolando al exhausto muchacho.

—¡Voy lo más rápido que puedo, Etharn!—gritaba Álerik extenuado.

Los dos entraron en una cueva y esperaron.

—Cuando los veas aparecer, piensa en que la entrada de la cueva está en llamas, pero aguarda a que estén a la vista—susurró Etharn.

—Vale, pero es roca, no creo que arda—respondió en voz baja Álerik respirando atropelladamente.

—Es un hechizo, no necesita madera, hazme caso y esperemos que Gurvan haya podido llegar al camino sano y salvo con la chica—dijo Etharn en voz baja.

—Pero Etharn, ni si quiera sé dónde estoy—dijo angustiado Álerik.

—Tranquilízate de una vez y empieza a concentrarte—replicó Etharn.

Álerik pensó en la entrada de la cueva ardiendo con intensidad, entonces aparecieron las criaturas y con largas zancadas se adentraron por ella.

—¡Ahora, Álerik!—exclamó Etharn.

Álerik cogió el bastón con las dos manos, lo apretó con firmeza y dio un fuerte gritó diciendo:

—¡Incendiar la entrada de la cueva!

En aquel instante todo lo que había ante ellos se tornó en llamas, que se entrelazaban y surcaban el aire como raíces infernales envolviendo a las bestias en un abrasador torbellino de fuego. Los Grainfern salieron ardiendo como antorchas de la cueva entre terribles gritos de dolor y agonía, muriendo calcinados unos codos más allá. Etharn había quedado tendido de espaldas y Álerik estaba con una rodilla sobre el suelo de la cueva, temblando, mientras su cuerpo convulsionaba con pequeños espasmos en brazos y piernas como muestra del coste de aquel terrible hechizo. Sus ojos permanecían fijos en la entrada de la cueva y su mente parecía momentáneamente desorientada.

—¿Estás bien, Álerik?—preguntó Etharn incorporándose del suelo.

—¿Qué, dónde?—preguntó Álerik con palabras erráticas, como si su mente intentara construir una frase coherente. Pasado un momento, Etharn se acercó a él y dijo:

—Tranquilo chico, estamos bien. Salgamos de aquí. ¿Puedes caminar?—preguntó seguidamente Etharn.

—Sí, creo que sí, ¿y Gurvan?—preguntó Álerik poniéndose en pie con dificultad.

Salieron de la cueva observando los cadáveres de las desdichadas criaturas que aún humeaban, habían quedado calcinadas hasta los huesos. Caminaron despacio el largo trecho mientras Álerik recobraba fuerzas y llegaron al camino.

—¿Estáis bien?—preguntó Gurvan que permanecía junto a la muchacha.

—Sí, tranquilo. ¿Qué tal está la chica?—preguntó Etharn.

—Parece que recibió un golpe en la cabeza. ¿Cómo has despistado a esos animales, Álerik?

Álerik le miró un instante y agachó la mirada de nuevo. Gurvan puso cara de no entender lo que había sucedido.

—Álerik se ha deshecho de los Grainfern—respondió Etharn.

—¿Has acabado con ellos tú solo? ¿Cómo lo has hecho?—preguntó orgulloso Gurvan.

—Los he quemado vivos—respondió en voz baja Álerik mientras se recostaba en el suelo y secaba el sudor de su frente.

—Bien hecho, Álerik. Esas bestias se merecían eso y más. ¡Malditas sean!—dijo Gurvan.

Se alejaron un poco con la muchacha herida, vigilando en todo momento el camino y cuando pensaron estar a salvo, se detuvieron.

—Busquemos un buen sitio y abramos los ojos— dijo Etharn.

—¡Mira, este gran árbol nos puede servir!—señaló Gurvan.

El pequeño grupo se acercó hasta el árbol, del cual sobresalían las raíces formando un entramado fuera del suelo.

—Poned las mantas sobre las raíces, creo que podremos pasar la noche bajo ellas—comentó Etharn que observaba a la muchacha con incertidumbre.

Los hermanos prepararon precozmente las mantas y se refugiaron bajo ellas tendiendo a la muchacha para limpiarle las heridas con un paño.

—¿Puedes ayudarla, Etharn?—preguntó Gurvan.

—Desgraciadamente, no sé hasta qué punto la ayudaría. No tengo conocimientos precisos sobre ungüentos y aunque aprendiera rápido, no podría hacerlo a tiempo para atenderla.

Etharn aprendía todo lo que veía hacer o todo aquello que hubiese en un libro, por lo que asimilaba extensos conocimientos sobre muchas materias con agilidad.

—Quizá Jack puso algo en las mochilas—dijo Álerik.

Los hermanos vaciaron las mochilas del revés para mirar si Jack había metido algún ungüento en ellas.

—¡Aquí tengo algo!—exclamó Gurvan nervioso.

—Sí, ese es un linimento para los golpes y también para los dolores musculares, dámelo y se lo pondré—dijo Álerik.

Después de limpiar sus heridas, quedó patente que la chica no podría valerse por sí misma. Los hermanos regresaron al otro árbol para recuperar algunas cosas que habían dejado allí cuando salieron corriendo al rescate de la muchacha. Poco después ya estaban de vuelta junto a Etharn.

—¡Malditas bestias! ¿Cómo han podido hacerle esto?—refunfuñaba Gurvan en voz baja.

—Haced lo que podáis, quizá mañana esté mejor—dijo Etharn pensativo.

—Sí, Gurvan. Etharn tiene razón, hubiese muerto igualmente si no hubiéramos intervenido—dijo Álerik con voz triste.

—¿Pero qué dices, Álerik? ¡Esta chica no va a morir!

—¿Por qué dices eso Gurvan?

—No dejaremos que muera, ¿vale? Si tenemos que volver a la aldea, volveremos aunque tenga que cargar con ella todo el camino—dijo Gurvan muy decidido.

Álerik y Etharn se quedaron sorprendidos por la respuesta de Gurvan.

—Bueno, cálmate. Veremos cómo se encuentra mañana. Ahora démosle un poco de agua y descansemos por turnos, así cuidaremos su estado durante la noche—comentó Etharn.

—De acuerdo—respondieron los muchachos.

La noche fue muy larga. De vez en cuando la muchacha parecía decir cosas, desgraciadamente, su balbuceo era ininteligible. Bien entrada la mañana prepararon el desayuno, aunque las esperanzas de poder salvar a la muchacha eran escasas al igual que sus conocimientos sobre yerbas curativas y pócimas. Los hermanos se miraban preocupados preguntándose si la joven viviría un día más.

—Bueno, muchachos, ¿qué pensáis hacer?—preguntó Etharn.

—No lo sabemos Etharn, pero esta muchacha necesita nuestra ayuda y no tenemos intención de abandonarla aquí, ¿comprendes?—dijo Gurvan apenado.

—Lo entiendo perfectamente, pero no me habéis dicho qué haremos—dijo Etharn.

En ese instante se escuchó una música que parecía provenir del camino. Era una melodía gratamente conocida para los muchachos, que se giraron al oír la primera nota.

—¿Oyes eso Álerik? Se parece a...

—¡Sí, se parece a la música de Nadhiel!—dijo Álerik con una sonrisa en la cara.

Los hermanos se asomaron con presteza al camino y observaron a Nadhiel sobre un carro tocando su flauta de color blanco.

—¡Nadhiel! ¡Nadhiel! , somos nosotros—gritaron Álerik y Gurvan.

El compañero de Nadhiel detuvo el carro un poco antes de su posición.

—¡Muchachos! ¿Qué hacéis por aquí? ¿Estáis perdidos?—preguntó extrañado Nadhiel.

—No es eso amigo, nos dirigimos a la capital—respondieron Álerik y Gurvan.

—Vaya... lástima. Mi amigo y yo nos dirigimos al Sur, pasaremos por Scorchedland y seguramente nos quedemos unos días en la taberna de Jack, pero, contadme muchachos, ¿por qué estáis tan alterados?—preguntó Nadhiel.

—Verás, Nadhiel, se trata de una chica—respondió Gurvan.

—¡Ah! ¡Vais a la capital para encontrar alguna preciosa chica! el amor..., quién fuera joven y fuerte de nuevo, ¿verdad compañero Nil?

—La edad no pasa en balde—reconoció su amigo Nil.

—Se trata de una chica en apuros, ayer fue atacada por unas bestias y está mal herida, ¿podéis ayudarnos?—dijo Gurvan nervioso.

—Gurvan, haber empezado por ahí, ¿dónde está?—dijo Nadhiel.

Los muchachos indicaron el camino a Nadhiel y su amigo.

—¿Sabéis de plantas?—preguntó Gurvan preocupado.

—Sí, tranquilo. Id a buscar un poco de agua y unas flores blancas de esas que hay junto al camino, haced dos ramos bien grandes.

Los chicos corrieron como galgos en busca del agua y las flores. Nadhiel sacó su flauta y proyectó una preciosa melodía. Al volver con todo lo que les había pedido, se llevaron una grata sorpresa: la muchacha entreabría los ojos, pero todavía estaba aturdida.

—Aquí está todo lo que nos has pedido—respondieron exhaustos.

Nadhiel se giró un instante y de cada ramo escogió una flor, la mojó en el agua que los hermanos habían traído y las puso en el cabello de la chica.

—Perfecto, muchachos—dijo Nadhiel.

Ambos observaban atónitos cómo las gotas que caían de las dos flores parecían borrar la herida de la muchacha.

—Bien... ¿y de qué conocéis a esta chica, amigos?—preguntó Nadhiel sonriendo.

—La verdad es que no la conocemos de nada—respondieron los muchachos.

—¿Cómo te llamas, bella dama?—preguntó Nadhiel, bajo su larga capucha.

—Mi nombre es Lili. Vengo de la capital—respondió la joven un tanto confusa.

—Vaya, ¿adónde vas si puede saberse, Lili?—preguntó Nadhiel con voz cálida.

—Voy en busca de trabajo. En la capital perdí todo lo que tenía y mi madre me habló de un pariente lejano que vive en Scorchedland—respondió Lili.

—¡Qué casualidad, tus salvadores son de Scorched-land! Quizá ellos sepan algo de tu pariente—dijo Nadhiel.

—¿De verdad que sois de allí muchachos?—preguntó Lili sorprendida.

Los jóvenes se miraron y sus caras se enrojecieron, tras la intensa mirada de la muchacha de ojos verdes.

—Sí, somos de allí y conocemos a todo el mundo—respondieron ambos hermanos con firmeza.

—La persona que busco es un hermano de mi abuelo, se llama Wood Malow, ¿lo conocéis?—preguntó Lili.

Los ojos de los muchachos se entristecieron de repente y dijeron:

—Sí, le conocíamos. Hace algo más de un mes y medio que falleció, lo sentimos Lili.

La muchacha quedo destrozada después de la noticia.

—Vaya, entonces ya no queda nadie de mi familia allí... ¿qué puedo hacer ahora? ¿Qué será de mí?—sollozó Lili entre lágrimas.

—Perdona Lili, sí queda alguien allí—respondieron los muchachos.

—¿Ah sí?, ¿quién es?—preguntó Lili secando sus lágrimas.

—Se llama Jack Malow y ha sido como un padre para nosotros. Seguro que si hablas con él te ayudará, además, estará encantado de recibirte si le dices que nos hemos encontrado en camino, así se quedara más tranquilo—dijo Gurvan un poco tenso tras comprobar el ánimo de la chica.

—Pues ya lo ves, la suerte puede cambiar en un instante. El destino es incierto; pero pareces tener todo a tu favor: primero los muchachos te salvan la vida y ahora yo te llevaré junto a tu familia—comentó Nadhiel alegre.

—¿De verdad señor?, ¿va usted a esa aldea?—preguntó Lili sorprendida.

—Sí, vamos en carro, así no tendrás que andar y seguro que cuando lleguemos estarás totalmente recuperada—respondió Nadhiel.

Después de hablar un buen rato explicando a Lili su rescate con todo detalle y dejando a un lado la magia, llegó el momento de continuar el camino. La joven dio un beso en la mejilla a Álerik. Gurvan se sorprendió y la joven se acercó a él.

—Creo que a ti, te debo la vida—dijo Lili clavando sus brillantes ojos esmeralda en los azulados de Gurvan.

—Tranquila. Ha sido un placer—respondió Gurvan cortésmente apretando el puño tras su espalda.

La joven acercó sus labios a los de Gurvan propinándole un emotivo beso. Gurvan quedó petrificado como si estuviera sumido en un dulce sueño, cerró sus ojos como si quisiera retener ese momento en su memoria. Le dio una de las flores de su cabello envuelta en un pañuelo y se despidieron. Los muchachos se alejaron dándole recuerdos para Jack. Gurvan guardó la flor y el pañuelo como si fuera la más valiosa de sus pertenencias.

Capítulo 9

abiendo pasado varios días de largo camino, la visión de las grandes murallas de la capital fue un alivio para los muchachos, que tenían puestas todas sus esperanzas en encontrar al misterioso encapuchado y dar por finalizado su largo viaje.

—¡Mira, Álerik! esas son las dos estatuas de los caballeros de piedra que vi en la caverna—exclamó Gurvan señalando dos enormes estatuas que se erguían junto a la puerta.

—Genial, ahora solo nos falta encontrar al encapuchado en ese lugar que parece una alfarería—dijo sonriente Álerik.

Los hermanos se adentraron en la ciudad avistando cada rincón del camino y cada puesto de venta mientras Etharn, los sobrevolaba cautelosamente.

—Preguntemos a la gente, esa será la única manera de saber dónde hay una alfarería—comentó Gurvan mirando a su hermano.

Estoy de acuerdo. Empezaremos por los habitantes que hay junto a ese gran mercado, sin duda ellos, deben conocer cada rincón de la ciudad—respondió Álerik fijando su mirada en un mercado que había un poco más allá.

En la plaza central de la ciudad había un mercado permanente, un sinfín de mercaderes se turnaba para poner en las pequeñas paradas todo tipo de artículos. Los muchachos preguntaron y de todas las respuestas que les dieron obtuvieron dos direcciones.

—Iremos al sitio más cercano y echaremos un vistazo, seguro que si es el lugar que vi, podré reconocerlo—dijo Álerik muy convencido.

—Vale, vamos. Luego deberíamos buscar una posada para pasar la noche—respondió Gurvan.

—Recuerda lo que nos dijo Jack: una pepita de oro por unos días—puntualizó Álerik con tono pícaro.

—Así es, por eso estoy dispuesto a dejar que seas tú el que se encargue de conseguir alojamiento— respondió Gurvan.

Álerik echó mano de su bolsa de pepitas y con sus dedos seleccionó una de pequeño tamaño. Se la puso en el bolsillo y siguieron caminando en busca de la primera alfarería que les habían indicado.

—¿Es esta, Álerik?—preguntó Gurvan observando el lugar.

—No, esta no es. No hay nada de lo que vi en la caverna—respondió Álerik frunciendo el ceño.

—Pues esta búsqueda puede ser muy tediosa. ¿Cómo sabremos cuál es? quizá ni siquiera sea en esta ciudad…—comentó Gurvan agobiado.

—Eso sería una desgracia, habríamos viajado en vano. Busquemos algún lugar para comer y pasar la noche, sin duda, habrá buenas posadas y tabernas aquí—dijo Álerik.

—Sí, eso. Un lugar en el que llenar la barriga y una cama para tumbarme después de esta tórrida jornada—respondió Gurvan hambriento y cansado.

Preguntaron a los lugareños por un lugar para alojarse y como la vez anterior les indicaron dos: La Tabla Crujiente y La Posada del Antiguo Roble.

—¿Qué nombre te gusta más?—preguntó Álerik mirando a Gurvan.

—El nombre es lo de menos. Veamos como son y luego tomemos la decisión—respondió Gurvan.

Los hermanos caminaron hasta dar con la primera de las dos: La Tabla Crujiente. Desde el exterior se podía ver que aquel antro descuidado, fétido y mal oliente era demasiado duro para dos jóvenes caminantes como ellos.

—¿Sabes qué te digo, Álerik? prefiero gastar dos pepitas en un buen sitio que media pepita por alojarnos aquí—comentó Gurvan arrugando su nariz.

—Creo que tienes toda la razón, seguro que la primera noche robarían todo lo que llevamos. Acerquémonos a la otra y veamos qué tal—dijo Álerik.

Los dos jóvenes se acercaron a rastras de sus hambrientos cuerpos hasta La Posada del Antiguo Roble. Al llegar, estaba claro que aquel lugar no sería barato, pero que la calidad seria excelente.

—Entremos, Álerik—suplicó Gurvan ya hambriento.

—¡Entremos!—exclamó Álerik oyendo cómo rugía la barriga de su hermano.

Al abrir la puerta se acercó a ellos el amable posadero y dijo:

—Buenos días, jóvenes señores. ¿Qué desean?

—Buenos días. Verá usted, señor posadero...es la primera vez que pasamos por esta gran ciudad y nos preguntábamos qué tipo de trato conseguiríamos por una pepita de oro...—preguntó Álerik con amabilidad.

—Depende, joven señor. Si la pepita es grande o pequeña... ¿me comprende?—respondió el tabernero amablemente.

Álerik sacó la pepita de su bolsillo y se la mostró al posadero.

—¡Pero pasen, señores, pasen! Mi nombre es Váred—dijo el posadero sorprendido de la acción de Álerik enseñando sin recelos la pepita de oro en la puerta de la posada.

—Yo soy Álerik y él es mi hermano Gurvan. Díganos Váred, ¿qué le parece?—comentó Álerik.

—Por esa cantidad de oro, les puedo proporcionar una buena habitación y tres comidas al día durante dos semanas y, por supuesto, la bebida. ¿Llevan ustedes carruaje o caballos? —preguntó Váred.

—No, sólo llevamos lo puesto —respondió Álerik sorprendido por toda aquella amabilidad.

—Si me lo permiten, puedo aconsejarles un buen sastre, jóvenes señores, está claro que por sus ropajes han pasado un calvario hasta llegar aquí —comentó Váred.

—Gracias. Ahora sólo queremos una buena comida, un sitio donde dejar nuestras cosas y reposar —matizó Álerik pausadamente.

—No hay problema. Si lo prefieren, podemos lavar sus ropas, se lo incluiré en el precio —dijo Váred.

—Muchas gracias. Aquí tiene —dijo Álerik entregando la pequeña pepita de oro como pago por adelantado. Váred les acompañó a sus habitaciones para que dejasen sus cosas muy cortésmente.

—Estas son sus habitaciones..., una al lado de la otra —comentó Váred inclinando el busto de forma educada.

—Perdone, señor Váred. ¿Sería posible que nos diese una habitación más grande con dos camas? —preguntó Álerik.

—Por supuesto señor, no será un problema. La del final del pasillo es mucho mayor y más cómoda. Ahora mismo le digo al mozo que ponga dos camas en ella —respondió Váred.

—Gracias, Váred.

—De nada señor. Después puedo mandar que les preparen el baño si lo desean, claro está —dijo Váred.

—Sí, la verdad es que nos hace falta un buen baño —respondió Álerik.

—No se preocupen señores, tenemos ropa para dejarles mientras lavan la suya —comentó Váred sonriente.

—¡Genial! estamos muy satisfechos por su hospitalidad—respondió Álerik.

—Gracias, pero es mi deber. La comida estará lista cuando escuchen la campanilla tras la puerta—puntualizo Váred dirigiéndose a la escalera y llamando al mozo. Pasados unos instantes, el mozo ya había preparado la habitación. Los hermanos pasaron y dejaron sus cosas junto a las mullidas camas, se tumbaron sobre ellas y dieron un profundo suspiro.

—Ha sido un trato excelente, es un sitio genial—dijo Gurvan alegre y satisfecho.

—Sí, lo es. Además, nos lavaran la ropa y podremos estar aquí dos semanas para buscar al misterioso encapuchado—añadió Álerik.

Unos pequeños golpes se escucharon en la ventana, era Etharn. Gurvan abrió la misma y su alado amigo entró en la habitación.

—Este parece un buen sitio—comentó Etharn dando tumbos por el recinto.

—Sí. Álerik ha hecho un buen trato con Váred, el posadero. ¿No te parece?—dijo Gurvan contento.

—Por supuesto. Bien hecho, Álerik—respondió Etharn.

—Gracias, no ha sido nada. Parece un sitio tranquilo, no parece que tengamos que preocuparnos, así podremos dedicarnos únicamente a la búsqueda—comentó Álerik.

Después de establecerse en la posada, los hermanos rebuscaron por toda la ciudad la alfarería de su escueta visión sin ningún resultado. Los días pasaban y la desesperanza crecía, sólo quedaba un lugar donde buscar y esperanzados, dieron con él.

—¿Crees que será esta?—preguntó Gurvan inquieto y desanimado a la vez.

—No lo sabremos hasta que no estemos allí—respondió Álerik, mientras avanzaban con largas zancadas entre las calles.

—Esto está resultando peor que llegar a la ciudad—refunfuñó Gurvan.

—Es cierto, pero tengo esperanzas, de una manera u otra conseguiremos hallar el lugar—respondió Álerik angustiado.

Toparon frente a la modesta entrada de la última alfarería de la ciudad. Álerik, miró con atención intentando ver algún detalle que le pudiera indicar que ese era el lugar que estaba buscando. Pasados unos segundos, agachó la cabeza y dijo:

—Gurvan, esta tampoco es y no sé dónde más buscar.

—¡Qué mala suerte! no hemos podido dar con la alfarería, quizá Etharn tenga alguna idea—comentó Gurvan.

—Le preguntaremos. Vamos de vuelta a la posada, a ver qué puede decirnos—dijo Álerik.

Recorrieron el trayecto de vuelta hasta la posada, subieron las escaleras y entraron en su habitación dejando la ventana abierta para que Etharn entrara por ella.

—Etharn, ven por favor—dijo Álerik haciendo señas a Etharn.

—¿Qué pasa muchachos? ¿No habéis tenido suerte allí tampoco?—preguntó Etharn intrigado.

—No, pero eso no es lo peor. Nos hemos quedado sin lugares que buscar, no hay ni una alfarería más, ¿comprendes?—comentó Álerik.

—Claro, eso es un problema. Quizá nos equivocamos al pensar que podía ser una alfarería… ¿quizá sea otro tipo de comercio, no?—sugirió Etharn.

—¿Qué quieres decir con eso?—preguntaron Álerik y Gurvan al unísono.

—Pues lo que digo. Un lugar en el que haya jarrones, platos y ese tipo de cosas pero no sea una alfarería—respondió Etharn.

—¡Por los dioses! ¿Y cómo quieres que demos con él?, ¡sólo tenemos cobijo tres días más!—exclamaron Álerik y Gurvan muy alterados.

—¿Cuál es el problema?—preguntó Etharn.

—El problema es, que no podemos gastar el oro que nos dio Jack en buscar algo que quizá no exista, ¿comprendes?—aclaró Álerik desencajado.

—Si, además necesitamos comprar provisiones para volver a casa—añadió Gurvan.

—Ya veo... el problema es el oro—dijo Etharn. Chasqueó los dedos y sobre la cama aparecieron un centenar de pepitas de oro.

—¿Cómo lo has hecho?—preguntó Álerik sorprendido.

—Es fácil..., con magia, ¿tenéis bastante con eso?—preguntó Etharn tranquilo.

—Sí, pero nos iría bien tener monedas para comprar algunas cosas y no ir pagando con oro—dijo Gurvan.

—Está bien, tomad estas pocas, así pasareis más desapercibidos. ¿Entonces, seguiréis buscando?—preguntó Etharn mirando a los dos muchachos.

—Sí, Etharn, seguiremos buscando—respondieron ambos.

Álerik y Gurvan siguieron registrando el lugar de su visión por toda la capital casi dos semanas más, sin obtener resultado alguno.

—Álerik, no creo que encontremos a la persona de tu visión—dijo Gurvan cansado de la ciudad y su bullicio.

—No te agobies, antes o después la encontraremos. Volvamos a la posada a cenar y mañana será otro día —respondió Álerik animando a Gurvan con unas palmadas en la espalda.

—¡Vamos...! eso será lo mejor —murmuró Gurvan.

Los hermanos regresaron a la posada, saludaron a Váred y subieron a sus habitaciones a la espera de la campañilla que indicaba la cena. Poco después sonó y ambos bajaron al comedor de la posada, tomaron asiento y Váred les sirvió la cena. Cuando apenas habían terminado el primer plato, se abrió la puerta de la posada y un extraño encapuchado entró por ella, saliendo de la penumbra de la calle.

—Buenas noches, señor ¿Ha tenido buen viaje?— dijo Váred con mucha amabilidad.

—Sí, Váred —respondió el encapuchado.

—¿Le preparo la habitación de siempre?— preguntó.

—Si está disponible sí, pero ahora quiero cenar, luego ya nos ocuparemos —puntualizó el encapuchado.

—Muy bien señor, enseguida le traeré la cena— respondió Váred.

Los muchachos miraban de reojo al misterioso huésped: un hombre alto, de andares sigilosos y ágiles, totalmente tapado, ataviado por una especie de capa muy elaborada con infinitos matices de tonos apagados y discretos, de la cual sólo asomaban la punta de sus botas y la mitad de sus manos. El extraño viajero tomó asiento en una mesa cercana a la de Álerik y Gurvan, frente a ellos. Ambos no podían dejar de mirarle intrigados por sus movimientos, aunque lo que más les llamaba la atención era que ni cuando bebía le podían ver el rostro, tan sólo un mechón de cabello de un color naranja fuego salió de la penumbra de su capucha. Ni los ojos, ni un solo rasgo de su cara. El encubierto caminante se levantó de la mesa y en ese instante, Álerik dio un profundo suspiro. El encapuchado se quedó quieto unos segundos, con una de sus manos bajo la capa y se giró observando a los dos muchachos, subiendo a continuación hacia las habitaciones.

—¿Qué sucede?—preguntó Gurvan tragando saliva.

—Es él, es el hombre que buscábamos—murmuró Álerik asustado e intrigado a la par por el súbito encuentro.

—¿Estás seguro? Ese encapuchado parece peligroso—susurró Gurvan.

—Estoy completamente seguro, es él—respondió Álerik pensativo.

—¿No te parece extraño que lo hayas visto aquí? esto no es un comercio, no hay platos ni nada de eso—dijo Gurvan intrigado por la casualidad del encuentro.

—¿Qué más da?—exclamó Álerik.

Los dos jóvenes se terminaron la cena y subieron a su habitación. El oculto sujeto les divisó desde su puerta, que permanecía entreabierta, intrigado por el suspiro de Álerik.

—¿Cómo podremos hablar con él, Álerik?—preguntó Gurvan.

—No lo sé. ¿Tú qué piensas de esto Etharn?—preguntó Álerik inquieto.

Etharn frunció el ceño unos instantes, dio un salto y salió volando por la ventana.

—¡Vaya! no esperaba esa respuesta—exclamó Álerik estupefacto.

—Ni yo—cerró Gurvan.

Hacía un buen rato desde que Etharn se había marchado por la ventana sin regresar. Los hermanos esperaron pacientemente hasta que el sueño casi los venció.

Entonces, cuando estaban a punto de dormirse, su amigo regresó entrando de sopetón por la ventana. Los dos hermanos le observaron en silencio, esperando su respuesta.

—¡Ese hombre casi me atrapa, es muy hábil! Tendremos que ir con mucho cuidado. Mañana le seguiremos, vigilaré todos sus movimientos. Estad alerta, muchachos —dijo Etharn nervioso.

—¿Alerta? ¿Crees que quiere hacernos daño?— preguntó Álerik.

—No. Quiero que estéis preparados para salir tras él cuando salga de la posada.

Los dos hermanos pasaron la noche en tensión esperando el aviso de Etharn e intranquilos por si tenían que salir tras el desconocido en plena noche, pero nada sucedió hasta el amanecer. Los hermanos bajaron a desayunar como cada mañana y mientras bajaban, escucharon el misterioso inquilino hablando con el posadero. Se detuvieron un momento.

—Buen amigo, ¿Quiénes son esos dos jóvenes que se hospedan arriba?

—No lo sé señor, llegaron hace más o menos tres semanas, la verdad es que su aspecto me sorprendió— indicó Váred.

—¿Por qué?— preguntó el encapuchado.

—En principio pensaba que sólo estarían aquí una noche, pero me pagaron generosamente y desde entonces salen todos los días en busca de alfarerías y sitios por el estilo —explicó Váred.

—Qué curioso… —dijo el encapuchado.

—Eso mismo pensé yo… ¿qué pueden buscar dos jóvenes en una alfarería?, ¿un regalo quizá?— dijo Váred.

—Claro, claro, podría ser. Por cierto, anoche vi un cuervo en mi ventanal —comentó el encapuchado.

—¿No me diga señor?, es muy extraño, aunque dicen que traen muy buena suerte—respondió Váred.

—Sí, eso dicen. Estuve a punto de atraparlo ¿sabes?—dijo el encapuchado sonriente.

—Usted siempre me sorprende señor, es muy rápido—respondió Váred.

—Jeje, gracias. Vendré a comer—carcajeó el encapuchado.

—De acuerdo señor, le estaré esperando. Buena suerte, hasta luego—respondió Váred.

—Hasta luego—dijo el encapuchado, desapareciendo tras la puerta de la posada. Los dos jóvenes salieron tras él, a toda prisa.

—Luego vendremos, Váred—dijeron Álerik y Gurvan.

—Muy bien jóvenes señores—respondió Váred.

A duras penas pudieron seguir al extraño huésped que se deslizaba entre la muchedumbre con agilidad y destreza. Etharn desde lo alto no le perdía de vista y gracias a eso dieron con él.

—¡Ha entrado en la taberna, Álerik!—dijo Gurvan sin quitar ojo del lugar en el que había entrado el encapuchado.

—Ya lo veo, pero dudo que la visión que tuve suceda allí. De todas formas entraremos. ¿Llevas las monedas?—preguntó Álerik.

—Sí, siempre llevo algunas en el bolsillo—respondió Gurvan sonriente.

Álerik y Gurvan entraron en la taberna justo a tiempo para ver como el encapuchado se sentaba en una mesa del rincón con otra persona.

—¿Quién será ese?—preguntó Gurvan.

—Nos acercaremos para averiguarlo—respondió Álerik.

Los dos se acercaron con disimulo a la mesa, sentándose a la espalda del encapuchado. Al instante, apareció el tabernero en su mesa.

—¿Qué desean tomar, jóvenes señores?—preguntó con voz áspera el tabernero.

—Tráiganos un par de pintas y una ración de jabalí, si tiene—respondió Gurvan.

—Por supuesto señor—dijo el tabernero mientras pasaba con destreza un paño por la agrietada mesa. Luego se alejó en busca de la bebida.

—¡Está usted muy solicitado, señor!—dijo un hombre bajo guiñando el ojo al encapuchado.

—Por ahora será mejor no decir nombres, ¿sabes a qué me refiero?—comentó el encapuchado con un halo de misterio.

—Sí, señor, he descubierto algunos lugares nuevos donde podríamos encontrar lo que usted busca—añadió con disimulo el hombre de pequeña alzada.

—¿Qué quiere usted a cambio por su información?

—Verá señor, lo que deseo obtener de este viaje, es… El hombre bajo se acerca al oído del extraño encapuchado y le susurró:—¿De qué va todo esto?

—Sígueme el juego. Los dos jóvenes que tengo a mi espalda están escuchando, veamos a dónde nos lleva toda esta farsa—respondió el encapuchado en voz baja. —Bueno, como iba diciendo…, ver el interior de esos lugares y que usted me permita quedarme con parte del botín…, si lo encontramos…, por supuesto, no es lo que usted busca, pero el oro…, es algo que la gente de mi pueblo aprecia—comentó el hombre bajo.

—Debe ser de suma importancia para usted y su pueblo, ya que le veo empeñado para acompañarme en la búsqueda—respondió el encapuchado.

—Señores, sus cervezas y el jabalí—dijo el tabernero portando una gran bandeja.

—Tenga señor, cóbrese—dijo Gurvan dando una moneda al tabernero, que pareció alejarse sonriente mientras ellos seguían escuchando con atención la conversación.

—Supongo que eso que busco es tan crucial para mí, como para lo que busca usted—matizó el hombre bajo sonriente.

—De acuerdo, trato hecho. Mañana partiremos al alba—respondió el encapuchado.

—Señor, si me lo permite, sería buena idea no hablar con nadie de esto. Como usted sabrá, las mesas oyen muy a menudo—añadió el hombre guiñando su ojo derecho al encapuchado con una sonrisa de medio lado bajo su enorme y espesa barba.

—Lo sé, no se preocupe. Mañana en la puerta Norte—dijo el encapuchado.

—¡Allí estaré señor!—exclamó su compañero.

Al levantarse, la puerta de la cocina quedó abierta de par en par dejando a la vista el interior de la misma; los platos, las jarras y demás utensilios. Álerik contuvo su aliento, quedando en silencio unos instantes mientras el encapuchado se alejaba y resopló, aunque con el bullicio del local nadie se dio cuenta.

—Gurvan, jamás hubiéramos encontrado el lugar que buscábamos, es la cocina de esta taberna—señaló Álerik.

—¿Lo has visto? ¿Esa era tu visión?—preguntó Gurvan sonriente y extrañado a la vez.

—Sí, esa era. Vamos por buen camino.

Los hermanos terminaron su cerveza y salieron al exterior dirigiéndose de nuevo a la posada. Al llegar, ascendieron a su aposento, cerraron la puerta y abrieron la ventana entrando Etharn por ella rápidamente.

—¿Cómo ha ido?—preguntó Etharn.

—Muy bien, sabemos que mañana dejará la ciudad por la puerta Norte asociado con un hombre de pequeña estatura — dijo Álerik.

— ¿A qué te refieres? — preguntó Etharn extrañado.

—Pues es más o menos de tu altura, de voz áspera y parece fuerte como el cuarzo, además, sostiene una barba que le llega a la cintura — explico Álerik.

—Qué curioso..., no recuerdo tener noticias de un personaje como ese, en fin..., habremos de disponerlo todo para partir cuando amanezca — dijo Etharn.

— ¿Qué insinúas con eso? — preguntó Gurvan.

—Nada, mañana saldremos de aquí y seguiremos lo más discretamente posible al encapuchado y a su acompañante, el hombre bajo — respondió Etharn.

— ¿Seguirle? — exclamaron los dos hermanos asombrados.

—Exactamente no sé qué os preocupa tanto. ¿Quizá la solución esté cerca de aquí, verdad? — respondió Etharn.

—Ese hombre podría matarnos y su compañero también — dijeron ambos inquietos por la proposición de Etharn.

—No lo harán. Organizadlo todo, abandonaremos la ciudad con la primera luz del alba — insistió Etharn.

—Espero que tengas razón — Comentó Álerik.

—No habrá enfrentamiento alguno, sólo sigilo. Me encargaré de que no les perdáis el rastro — dijo Etharn dando brincos.

Se pasaron el resto del día organizando las mochilas y todas las cosas necesarias para emprender el viaje a la mañana siguiente. Al despertar, siguieron de cerca al extraño huésped hasta la puerta Norte de la ciudad. A la lejanía, entre penumbras y callejuelas, presenciaron el encuentro entre el encapuchado y aquel escueto pero robusto compañero que le esperaba.

—¿Lo ves, Etharn?, ese es el hombre bajo—indicó Álerik.

—Sí, lo veo, pero tendré que acercarme más para saber quién es o de dónde viene. Vosotros seguidlos de cerca, si os descubren, decid qué vais al Norte a la capital de Grailand—dijo Etharn.

—Etharn, ¿qué es Grailand?—preguntó Gurvan intrigado.

—Una capital del Norte, queda lejos, así no sospecharán nada si nos encontramos en el camino—respondió Etharn.

—Buena idea, lo haremos—dijeron Álerik y Gurvan animados.

Los dos jóvenes salieron de la ciudad siguiendo los pasos de los dos extraños en dirección norte mientras Etharn, se posaba en los árboles intentando saber a dónde se dirigían sin demasiado éxito. Pasaron casi una semana tras su pista sin saber de su destino. Entonces, se desviaron por un sendero.

—Es muy raro, muchachos. Ese sendero lleva a las cuevas de Las Montañas Perdidas, es un lugar poco recomendable—dijo Etharn preocupado.

—¿Por qué?—preguntó Gurvan.

—Muchos son los que han ido allí en busca de fortuna y pocos han regresado con vida—respondió Etharn.

—¡Vaya!—exclamaron los hermanos al unísono.

—Sigámosles, pero con muchísima cautela—dijo Etharn, posándose en el hombro de Álerik, dando a este el aspecto de ser un druida. Al llegar cerca de la entrada de las cuevas perdieron de vista a los dos extraños, que parecían haberse esfumado entre la espesa niebla del paraje. Siguieron avanzando. Sus pasos eran cada vez más cortos y la visibilidad se tornaba escueta, sus oídos parecían amplificar cualquier sonido emitido por los seres y criaturas del lugar. Sin duda, el miedo hacía que los dos jóvenes emitiesen involuntariamente un castañeo de dientes, que resonaba por toda la cueva.

—Muchachos, tranquilos o nos van a descubrir— susurró Etharn.

—No, no..., puedo..., parar, será el..., a..., aire..., helado—dijo entrecortadamente Álerik.

—Sí..., sí, al..., Álerik..., tienes..., razón—añadió Gurvan.

Un aire gélido salía del interior de la cueva como una corriente del mundo de los muertos, advirtiendo que no profanaran con su presencia su eterno descanso.

Capítulo 10

urvan y Álerik apenas podían dar un paso más; el frío y el miedo los había inmovilizado dejando sus cuerpos engarrotados. Entonces, unos codos más allá, adentrados en la oscura penumbra, escucharon unos roces metálicos.

—¡Vamos muchachos, hay que acercarse allí!, ese hombre es nuestra única pista, no podemos permitir que le pase nada—susurró Etharn tirando con fuerza de los jóvenes.

—¿Pero, por quién nos tomas? Ese hombre podría hacernos trizas, ¿cómo quieres que le ayudemos?— preguntó Álerik en voz baja, nervioso.

—Estoy de acuerdo. ¿Y si nos confunde con algún enemigo? No podemos acercarnos. Son dos, seguro que se apañan bien sin nosotros—susurró Gurvan.

—Vaya par de cobardes estáis hechos—refunfuñó Etharn.

—Es mejor ser un cobarde, que un pedazo de carne descompuesta—replicó Álerik en voz baja.

Etharn apresó a los muchachos por las orejas y los hizo avanzar unos codos hacia el interior de la cueva. Desde allí, lograron ver que los dos extraños compañeros habían matado a un ser de aspecto pútrido. El hedor que desprendía no tardó demasiado en inundar sus fosas nasales. Esperaron, escuchando a los dos extraños.

—Este ha sido el primero, ya saben que estamos aquí, recomiendo cautela—susurró el encapuchado.

—Estoy de acuerdo, pero no son rivales para nosotros —replicó el hombre achaparrado.

—Lo sé, pero no creo que vengan uno por uno durante toda la travesía—comentó el encapuchado mientras se adentraban más en el interior de la caverna, armas en mano. Etharn, Álerik y Gurvan se acercaron un poco más, hostigándolos con cautela.

—¡Alguien nos sigue!—exclamó el hombre bajo girándose de repente.

—Lo sé, hace ya un buen rato que me di cuenta. Prosigamos, no supondrán un problema para nosotros—respondió el encapuchado.

Él y su pequeño compañero prosiguieron peinando la zona ignorando a los muchachos que, en el momento, guardaban estricto silencio sólo interrumpido por algún que otro tropezón.

—Saben que les seguimos ¿Qué hacemos?—susurró Álerik apretando su vara.

—Seguirles, ¿o preferís que nos quedemos aquí?—preguntó Etharn.

—¡No! ¡Por los dioses!—exclamaron los jóvenes.

—Entonces…, andando y cerrad el pico—susurró Etharn.

Cada vez se adentraban más y más en la profundidad de la cueva, tras ellos, la luz de la entrada ya se había extinguido en una absoluta oscuridad y frente a ellos, las dos pequeñas luces de las antorchas parecían avanzar sin que nada las detuviera. Así estuvieron lo que pareció una eternidad hasta llegar a un rincón donde la caverna se ensanchaba y ante ellos, un panorama desolador, un surtido de huecos excavados en las paredes de la cueva los cuales se entreveía huesos de cadáveres junto un pánico como nunca habían sentido.

—¡Vosotros! ¡Salid de ahí! sabemos que nos seguís, si queréis algo, es el momento—gritó el hombre de la capucha.

Los jóvenes se asustaron y permanecieron en silencio unos segundos, como si allí no estuvieran. De repente, cuatro purulentos seres se abalanzaron sobre el encapuchado y su bajo compañero. A los muchachos, aquello les pareció el fin de su aventura. Etharn y los dos jóvenes corrieron para ayudarles, más por miedo que valor.

—¡Venga muchachos, atacad!—dijo Etharn.

Álerik cogió con fuerza el bastón, que en la penumbra de la cueva pareció relucir de forma extraña, como si quisiera evitar el conflicto. Gurvan clavó la punta de la espada en la tierra, que al igual que el bastón de Álerik también parecía desprender un brillo insólito. Puso una rodilla en el suelo y al igual que Álerik, empezó a recitar su hechizo.

—¡Torbellino!—gritó con fuerza Álerik.

Mientras los seres pútridos eran incapaces de sostenerse en pie, empujados y separados de los dos extraños viajeros. Gurvan ya estaba predicando el suyo mientras las criaturas fueron arrastradas unos codos atrás, partiéndose partes de ellos por la potencia del torbellino.

—¡Agujas de hielo!—Gritó Gurvan sosteniendo la espada.

Los dos extraños miraban a los jóvenes con sus armas levantadas y los ojos abiertos de par en par. Nunca en sus vidas presenciaron tal muestra de poder. En sus rostros, una pregunta contenida: ¿cómo era posible? En un instante habían destrozado a esos seres despedazándolos sin piedad sin que ninguno de ellos les tocase ni un solo pelo de sus cabezas. Después de eso, los dos extraños se acercaron a ellos con extrema desconfianza, avanzando con pasos cortos y seguros.

—¿Por qué nos estáis siguiendo? ¿Quién demonios sois?—voceó el hombre bajo.

—¿Qué queréis de nosotros?—preguntó el encapuchado.

—Quizá…, un poco de cortesía —respondió Gurvan fatigado.

Los dos individuos dieron un paso atrás, apretando con fuerza el mango de sus ensangrentadas armas, en guardia, dispuestos a todo.

—Tranquilos, no queremos problemas, tan solo es..., que mi hermano y yo vamos en busca de aventuras—respondió Álerik con voz calmada.

—¿Aventuras dices? ¿Para qué? ¿Quién os ha dado ese poder?—exclamó el hombre de pobre estatura.

Álerik esbozó una sonrisa de medio lado y dijo:

—Pues para lo que se buscan aventuras: encontrar tesoros y recorrer parajes. ¿Y vosotros?—preguntó Álerik.

—¡Eso no es de tu incumbencia! además ¿cómo puede ser que dos jóvenes enclenques como vosotros podáis tener todo ese poder? ¡Responde!—gritó el hombre bajo.

—Como bien has dicho, eso no es de tu incumbencia —respondió Gurvan estrechando sus dientes.

El guerrero cogió con ambas manos su enorme hacha pero el encapuchado, le puso una mano en el torso indicando que no se precipitara.

—Gracias por el apoyo que habéis ofrecido, pero sabemos valernos por nosotros mismos—dijo el encapuchado.

Etharn subió al hombro de Álerik y susurró a su oído: el encapuchado y su compañero están sorprendidos, nunca en sus vidas habían visto a un cuervo actuar de esa manera.

—¿Ese cuervo es tuyo?—Preguntó el encapuchado señalando a Etharn.

—Claro, de mi hermano y mío, ¿por qué quieres saberlo?—preguntó Álerik.

—Si es vuestro, no necesitáis nuestra ayuda, la suerte de los espíritus os acompaña—respondió el encapuchado.

—Eso es verdad, pero, quizá nosotros..., sí podamos ayudaros—dijo Álerik abriendo la palma de su mano.

—No sé cómo..., sólo sois dos alfeñiques debiluchos—recalcó el hombre bajo.

—Creo que sí lo sabes. Acabamos de hacerlo—respondió Gurvan.

—Sois valientes, pero nosotros estamos aquí en una misión muy importante, no tenemos tiempo de cuidar a nadie más que a nosotros mismos—dijo el encapuchado.

—¿Cuidar dices? No creo que necesitemos ningún cuidado, ¡menudo engreído!—murmuró Gurvan.

El encapuchado lo miró como el que mira a un niño con una espada de madera, suspiro y pensó que sería mejor que les acompañaran, así no tendría que acudir en su ayuda.

—Está bien, podéis acompañarnos, pero..., si os pasa algo no recibiréis nuestra atención—dijo el encapuchado.

—Gracias, pero aún queda una cuestión—comentó Álerik.

—¿A qué te refieres, muchacho?—preguntó el encapuchado extrañado.

—El botín. ¿Qué pasa con él?—respondió Álerik.

—¿El botín? ¡Jajajaja!

Álerik y Gurvan se miraron susurrando algunas frases entre ellos.

—¿Por qué no llegamos a un acuerdo?—comentó Álerik.

—¿Qué tipo de acuerdo?—preguntó el encapuchado.

—Nos quedaremos con la mitad de lo que encontremos y no queráis o busquéis, ¿Qué os parece?—propuso Álerik con voz calmada.

—Jajajaja, ¿Qué demonios esperas encontrar aquí dentro?—preguntó entre carcajadas el hombre bajo.

—No lo sé, pero si vosotros habéis entrado es que queréis hallar algo de relevancia—respondió Álerik rápidamente.

—Nosotros buscamos dos cosas concretas, si queréis lo que sobre, por mí no hay problema. Dijo el encapuchado.

—Por mí tampoco, mas quiero la otra mitad de lo que encontremos—añadió el hombre de corta estatura.

—¡Trato hecho!—añadieron los jóvenes al unísono

—Me llamo Álerik y este es mi hermano Gurvan—dijo Álerik ofreciendo su mano.

El extraño encapuchado alargó su mano y dio un fuerte apretón a las de Álerik y Gurvan.

—Todos me conocen como Tarium—dijo el encapuchado.

—¡Y yo, soy Ulfbar!—exclamó el hombre bajo.

Se dieron las manos ojeándose de arriba abajo y avanzaron hacia la inmensidad de otra cámara menor.

—¡Por los dioses! ¿Qué será todo esto?—exclamó Ulfbar.

Al destello de las antorchas se apreciaba un mar de cadáveres por los suelos, ataviados con escudos, lanzas y espadas que reflejaban reyertas y armaduras de remotas épocas, bajo blanquecinos huesos que se deshacían como arena.

—Parece que ya estamos cerca—susurró Tarium.

—Sí, no debemos estar lejos—confirmó Ulfbar.

Los hermanos temblaban ante aquel panorama moribundo, intrigados por la conversación y apretando sus mandíbulas con fuerza para que los dientes no castañearan por el miedo.

—¡Ahí está!—exclamó Ulfbar señalando con el dedo una leve seña resplandeciendo en la nebulosa.

Se acercaron y pudieron ver un arcaico sarcófago de piedra en mitad de la caverna decorado con escamas plateadas, que reflejaban la luz desde la oscura penumbra como un reclamo para todo aquel que lo contemplara.

—Espera. Esto parece demasiado tranquilo ¿no crees?—dijo Tarium.

—Tienes razón, miremos bien, he oído historias de esta cueva que hablan de terribles trampas—comentó Ulfbar.

Avanzaron con extrema cautela hasta llegar casi a la mitad de la distancia que les separaba del sarcófago, entonces, una fuerte corriente de aire casi apaga las antorchas.

—¡Cuidado! ¡Parece un foso muy profundo!—exclamó Tarium.

—Cierto. De habernos acercado deprisa ahora estaríamos en su fondo ¿Cómo vamos a cruzarlo?—refunfuño Ulfbar.

—Miremos bien, tiene que haber un sitio para bajar o un puente para cruzar al otro lado—dijo Tarium.

Los muchachos observaban ensimismados a sus dos nuevos compañeros que con meticulosa precisión buscaban la manera de cruzar hasta el otro lado del foso, empezaron a rodearlo por la derecha, mientras el suelo se estrechaba bajo sus pies.

—Esto no parece que nos lleve a ningún lado—comentó Gurvan deteniéndose.

—¿Tienes una idea mejor, Gurvan?—preguntó Tarium un poco molesto.

—No, pero quizá por la izquierda haya el paso que buscamos—respondió Gurvan.

El grupo dio la vuelta y emprendió un intento por el lado contrario y cuando parecía que lo iban a conseguir, un nuevo ataque de seres en descomposición se les vino encima.

—¡Muchachos, poneros detrás nuestro!—gritó Ulfbar sujetando con fuerza el mango de su hacha.

Álerik susurró a Gurvan unas palabras y empezó a recitar uno de sus hechizos, las manos y las piernas le temblaban y mientras Tarium lo protegía con gran habilidad, Ulfbar hacía lo mismo cubriendo a Gurvan, entonces, Álerik pronunció el hechizo.

—¡Bola de fuego!—exclamó Álerik. Sobre los pútridos atacantes se formó una enorme esfera en llamas en lo alto de la caverna, iluminando todo a su alrededor.

—¡Ahora, Gurvan!—exclamó Álerik perdiendo momentáneamente la concentración.

—¡Hundir suelo!—boceó Gurvan, creando un hueco enorme.

Álerik, con dolorosos movimientos de su bastón, dirigió la gran bola de fuego al interior del hueco abrasando y calcinando el amasijo de carne pútrida de aquellos horribles seres, que aun ardiendo como antorchas, intentaban subir por las lisas paredes del agujero. Después de semejante esfuerzo, ambos cayeron de rodillas muy debilitados.

—¿Qué os pasa muchachos, estáis heridos?— preguntó Ulfbar. Él y Tarium contemplaban a los jóvenes buscando heridas o magulladuras.

—No es eso. Es que no podemos recitar dos grandes hechizos en tan corto espacio de tiempo sin padecer fatiga—explicó Álerik.

Descansad lo que necesitéis, nosotros seguiremos buscando la forma de cruzar hasta el sarcófago—comentó Tarium.

Los hermanos permanecieron sentados juntando sus manos para coger el agua que fluía de los rincones la cueva, mientras sus dos nuevos amigos buscaban la forma de cruzar la cavidad habida entre ellos y el sarcófago.

—¡He encontrado un hueco! ¡Por aquí!—Exclamó Ulfbar moviendo su antorcha.

Los dos hermanos y Tarium se acercaron hasta allí. En efecto, había un paso para llegar hasta el sarcófago hecho de piedra, no muy ancho, pero suficiente para llegar hasta él.

—Vamos, cuanto menos tiempo estemos aquí dentro, mejor—dijo Tarium.

—Estoy de acuerdo. Se me están erizando los pelos de la nuca y mi estómago me ruge—añadió Ulfbar.

Pasaron con cuidado por el estrecho paso hasta alcanzar el sarcófago. Se detuvieron junto a él y lo abrieron con cuidado dejando la tapa de piedra en el suelo.

—Veamos si está lo que buscamos—dijo Tarium. Surcó su daga y empezó a rebuscar en el fondo apartando papiros, viejos ropajes, copas de oro y plata y todo tipo de objetos de valor y exclamó:

—¡Lo que yo busco no está aquí!

Ulfbar hizo lo mismo, pero esta vez retiró despacio lo que le parecía un estorbo. Lentamente fue quedando al descubierto la enorme cantidad de oro que había en el interior del sarcófago y varias piedras preciosas de gran tamaño.

—¡Vaya! lo que yo busco tampoco está, parece que sois los únicos con suerte en esta aventura muchachos—refunfuñó Ulfbar. Por fin llegó el momento de los hermanos. Se acercaron y observaron la ingente cantidad de monedas de oro y otros objetos del noble metal que había en el interior del sarcófago.

—Ulfbar, coge todo lo que quieras, lo que dejes lo cogeremos nosotros, ese era el trato—dijo Álerik.

—Veo que tenéis palabra. Cogeré lo que pueda llevar y el resto es vuestro—respondió Ulfbar con voz recia.

—De acuerdo—dijeron Álerik y Gurvan.

Ulfbar llenó una bolsa mediana de monedas y otros objetos y dijo:

—Lo que veis es vuestro, ya tengo bastante.

Los hermanos tomaron ejemplo, Gurvan cogió cantidad de monedas y Álerik algunos objetos, minerales, un antiguo libro y algunos papiros sueltos.

—¿Ya está?—preguntó Tarium.

—Sí, lo demás quizá para otra ocasión, jeje—carcajearon con picardía los dos hermanos.

—Salgamos de aquí lo antes posible—indicó Tarium.

El grupo salió con cautela, evitando hacer ruido. Álerik y Gurvan estaban orgullosos por el trato realizado con sus nuevos amigos. Poco después ya estaban a la salida de la enorme cueva sin problema alguno.

—Bueno amigos, ya estamos fuera, nuestros caminos se separan de nuevo—dijo Tarium.

—¿Dónde iréis ahora?—preguntó Gurvan.

—Tenemos que conversarlo, pensábamos que los objetos que buscábamos estaban aquí, no nos habíamos planteado otras opciones, ¿verdad Ulfbar?—preguntó Tarium.

—Es cierto, pero vosotros os vais con los bolsillos llenos, con seguridad seréis los más ricos de vuestra aldea—recalcó Ulfbar a los muchachos.

—Sí, es posible, pero como hemos dicho antes, vamos en busca de aventuras, no son solo los tesoros lo que anhelamos, también queremos aprender y viajar—respondió Álerik sonriendo.

Tarium y Ulfbar se retiraron de Álerik y Gurvan para hablar entre ellos, mientras los dos jóvenes los vigilaban atentos. Pasado un rato, los dos se acercaron a los muchachos en silencio.

—Si queréis, podéis venir con nosotros, aunque no nos gusta admitirlo vuestra ayuda nos ha facilitado el trabajo, además, parece que vuestro cuervo también nos ha protegido. Ulfbar quiere deciros algo más—dijo Tarium.

—Muchachos, no entendemos muy bien quienes sois, pero como Tarium ha dicho, nos habéis ayudado. Lo que sí quiero decir es, que todo lo que encontremos a partir de ahora se dividirá a partes iguales, con esto pagaremos la comida, el alojamiento y todo lo que necesitemos. También hemos decidido instruiros para la batalla puesto que, aunque guardáis un gran poder, cuando dejáis de usarlo sólo sois unos enclenques que no saben defenderse ¿lo entendéis, verdad?—comentó Ulfbar mirando fijamente a los jóvenes hermanos.

Álerik lo miró con indignación y luego asintió con la cabeza, en cambio, Gurvan estaba entusiasmado por aprender a luchar.

—Por mí no hay problema, pero Álerik debe seguir practicando magia, es muy importante que dedique el máximo de tiempo a sus hechizos. Yo le defenderé—expuso Gurvan con convicción.

—De acuerdo, pero tú deberás tener destreza por los dos, el entrenamiento con arma pesada será duro, luego no te arrepientas—respondió Tarium.

—No lo hará. Gurvan nunca se rinde—respondió Álerik con voz seria.

—Gracias, yo te protegeré—dijo Gurvan apoyando su mano en el hombro de Álerik.

Parecía que una fuerte alianza se había fraguado en la salida de aquella terrible cueva. Gurvan seria adiestrado como montaraz, por Tarium y Ulfbar mientras Álerik seguiría esforzándose por alcanzar su sueño de dominar el arte de la magia. Después de una rápida y reconstituyente comida, partieron rumbo al Norte por el camino que los llevaría al paso entre las montañas. Durante aquellos días surgió una pregunta como tema principal de conversación entre los muchachos, la cual tenía totalmente absorbidos sus pensamientos: ¿qué buscaban sus nuevos compañeros? Los días se sucedieron uno tras otro, así como los largos y angostos caminos que según Tarium, los acercaban a su siguiente aventura. También en esos días, Álerik estaba inmerso durante las horas en su curioso entrenamiento, en el estudio de aquel extraño libro que hablaba de la vida y la muerte, la luz y la oscuridad, el equilibrio de la naturaleza y de extraños seres. Etharn pasaba largas horas con él alejados de los demás mientras le traducía aquellos textos antiguos intrigado también por el poder oculto del libro, que parecía proceder de una antigua y poderosa magia ancestral.

—Álerik, has de tener cuidado con el poder de este libro, es muy extraño que alguien que no sea mi creador pudiera saber algo de lo que aquí se explica— susurró Etharn.

—¿A qué te refieres?

—Lo que trato de decir es que la escritura de este libro se aleja de lo común. No es la que alguien emplearía para formular todos estos hechizos, el poder mágico de alguno de ellos es inimaginable— explicó Etharn entre murmullos.

—Creo que deberíamos probar alguno que no sea muy poderoso, ¿no?— dijo Álerik con ansia.

—Si quieres probaremos con este— dijo Etharn señalando un hechizo del libro.

—¡Probemos! pero no sé cómo leerlo ni como pronunciarlo— comentó Álerik.

—Ese es el problema. Esta lengua solo es conocida por los elfos. Como ya te dije, yo no puedo hacer magia, eso levantaría sospechas. Te diré al oído como se dice y tú tendrás que hacerlo—respondió Etharn.

—Dímelo, estoy dispuesto a convertirme en un mago cueste lo que cueste—dijo Álerik muy seguro de sus aptitudes.

Etharn se acercó al oído del joven y le susurró unas palabras. Álerik escuchó con máxima atención cada sonido pronunciado por Etharn, memorizándolo. Cuando creyó haberlo entendido a la perfección, meditó y transmitió con la mirada al viento lo que Etharn le había susurrado, pero nada sucedió.

—¿Qué ha pasado, Etharn?—preguntó Álerik intrigado.

—No lo sé, pero está claro que el hechizo no ha dado resultado. ¿En qué pensabas?—preguntó Etharn.

—Sólo he dicho lo que tú me has susurrado..."Sphaera lucis" (esfera de luz).

Ante ellos se formó una esfera inerte en el aire, en medio de la noche que iluminaba todo a su alrededor. Álerik quedó sorprendido mirándola sin comprender nada. Etharn lo observó bastante extrañado, ni siquiera portaba el bastón en sus manos.

—¿Cómo lo has hecho, Álerik?—preguntó Etharn.

—No lo sé, solo dije Sphaera lucis —respondió Álerik.

De nuevo se formó otra esfera frente a ellos. Los demás detuvieron el entrenamiento y desde la distancia observaron los dos círculos luminosos que alumbraron perfectamente el lugar donde estaba Álerik.

—¿Cómo deshago el hechizo?—preguntó nervioso Álerik.

—Lo desconozco, pero una cosa es segura, has hecho dos hechizos y no te has desmayado, es muy extraño. Intenta deshacer el hechizo—susurró Etharn. Se acercó a Álerik y le dijo el contra hechizo en el oído.

—¡Undo lumen sphaerae! (Desvanecer esferas de luz)—dijo Álerik con decisión.

Las dos esferas se extinguieron hasta desaparecer.

—Lo has conseguido..., es increíble Álerik—dijo Etharn muy contento.

Su bastón brillaba de forma extraña, Álerik se dio cuenta y lo cogió entre dedos observando que un nuevo signo hallaba grabado en él.

—Mira Etharn, ¿qué significa esto? Ha salido una nueva runa en el otro extremo del bastón—indicó Álerik.

—No lo sé, pero está claro que el encanto es lo bastante poderoso como para aumentar la energía del bastón, ten cuidado, todo esto es muy misterioso—respondió Etharn fascinado por el poder oculto del libro.

Gurvan se acercó a ellos, con intriga, viendo el asombro de su hermano.

—¿Qué era eso, Álerik?—preguntó mientras llegaba a su altura.

—Una esfera de luz —respondió Álerik orgulloso.

—Más bien dos, o por lo menos, es lo que hemos visto desde allí—dijo Gurvan.

—Sí, eso..., dos esferas —respondió con voz inquieta.

—¿Cómo te sientes? ¿Estás muy cansado?—preguntó Gurvan.

—Eso es lo extraño, los dos hechizos no han requerido esfuerzo—respondió Álerik pensativo.

—¡Vaya, es increíble! no creía que tuvieras ese nivel de destreza tan rápido—dijo Gurvan sonriendo.

—Ni yo, mira—dijo Álerik. Se ensimismó de nuevo y sosteniendo su vara gritó:

—¡Sphaera lucis!

Un astro de gran dimensión relucía como una estrella iluminando varios miles de codos alrededor de los jóvenes hermanos que ante ese resplandor habían quedado cegados. El bosque entero se quedó en silencio.

—¡Para eso, Álerik! ¡Por los dioses!—gritó Gurvan.

—¡Undo lumen sphaerae!—gritó Álerik, y la gigantesca esfera se esfumó de repente.

—No vuelvas a hacer eso, Álerik, casi me quedo ciego—dijo Gurvan frotando sus ojos con fuerza.

—¿Álerik, en qué pensabas para hacer semejante esfera de luz?—reprochó Etharn.

—Sólo en la misma esfera de antes—respondió Álerik.

—¿Cómo es posible? antes no era tan potente, solo era una pequeña bola iluminada—dijo Etharn.

—Lo sé, no sé qué ha ocurrido. Sólo cogí el bastón y lo dije para que Gurvan lo viera—explico Álerik aún cegado.

—¿El bastón dices?—inquirió Etharn.

—Sí, tenía la vara en las manos—respondió Álerik.

—Sospecho que ha podido ser eso..., Gurvan, coge el bastón y aléjalo de Álerik—dijo Etharn, vigilando que Tarium y Ulfbar no pudieran escucharlo.

—Espera que recupere la vista, apenas veo sombras después del fogonazo—dijo Gurvan.

Todos, pasados unos minutos, fueron recuperando la vista. Tarium y Ulfbar se acercaron hasta la posición de Álerik y Gurvan para ver qué pasaba.

—¿Qué demonios haces, Álerik? Han debido ver esa luz desde más allá de las montañas. ¡Insensato!, ¿no te das cuenta que en estos momentos todo el mundo debe saber dónde nos encontramos?—reprochó Tarium con severidad.

—Perdonad, no ha sido mi intención—respondió Álerik.

Gurvan intentó coger el garrote Álerik, lo agarró con la mano y a medida que lo alejaba de su hermano, el bastón parecía pesar más y más hasta que a una distancia de diez codos, el peso era insoportable. Gurvan, agotado, lo dejó caer en el suelo mientras Álerik se concentraba de nuevo.

—¿Qué haces Álerik?—preguntó Tarium.

—Es solo una prueba, no temáis, esta todo controlado—respondió Álerik.

Etharn se puso detrás de una roca, para no quedarse ciego, mientras los demás observaban a Álerik.

—¡Sphaera lucis!—exclamó Álerik.

Frente a ellos, al igual que la primera vez, se formó una esfera de luz normal; su luz era intensa, pero no cegadora.

—Eso nos será de utilidad en las cavernas, muchacho—dijo Ulfbar.

—Es cierto Álerik—afirmó Tarium.

—Sí, Tarium, ¿pero cómo lo hará si no puede sujetar su propio bastón?—preguntó Gurvan dubitativo.

Al pronunciar la palabra bastón, Álerik tuvo un pensamiento del mismo. En ese instante, el bastón surcó el aire encajándose en la mano de Álerik, que no comprendía nada de lo que acababa de pasar y como consecuencia, de nuevo la esfera se expandió, aumentando en magnitud su luz y tamaño.

—¡Para eso!—exclamó Gurvan cegado por completo.

—¡Undo lumen sphaerae!—gritó Álerik y la esfera se desvaneció como las veces anteriores.

El grupo al completo estaba otra vez cegado por la intensidad de aquella esfera. Después de unos minutos, decidieron irse a otro lugar. Sin duda, aquellas luces podían alertar de su presencia a más de un curioso.

—Hay que irse de aquí, cogedlo todo, pasaremos la noche en otro lugar—dijo Tarium, que cada vez que cerraba los ojos veía puntitos blancos, al igual que el resto de ellos.

—Estoy completamente de acuerdo con Tarium, ¿quién sabe lo que esas señales han podido alertar?—dijo Ulfbar.

Álerik y Gurvan no dudaron ni un instante de las palabras de sus experimentados compañeros. Recogieron sus cosas y emprendieron el camino, todos juntos, en busca de un lugar más tranquilo y alejado de aquel paraje.

Capítulo 11

Capítulo I

Durante los días que siguieron, llegaron a la aldea de Icebern, un lugar lleno de supersticiones y rumores que, sin duda, alimentaban un sinfín de leyendas del lugar. Permanecieron allí tres días en una tranquila taberna llamada "La Taberna del Paso". Indagaron por posadas y mesones en busca de alguna pista hablando con ancianos y jóvenes; pero nada de lo que contaban aquellas personas, contentó a Tarium o Ulfbar lo suficiente como para seguir más tiempo allí. Compraron varias cosas que ellos consideraron imprescindibles: un par de mapas del reino y algunos enseres de primera necesidad, como piedras de afilar y cuerdas. Después de aquella escueta visita a Icebern, decidieron seguir por la senda del Norte. En muchas ocasiones, Álerik y Gurvan estuvieron tentados de preguntar cómo eran los objetos que con tanta devoción buscaban sus nuevos amigos; pero luego desistieron, comentando ambos que cuanto más tiempo estuviesen junto a ellos, mejor sería para cumplir su importante misión.

Ante el largo camino, el grupo seguía con sus entrenamientos y aprendizajes, cada vez más unidos y de este modo sucedían las semanas. Pronto llegarían a su nuevo objetivo: la pequeña ciudad de Ydber. Gurvan estaba cogiendo destreza en el manejo de la espada, estaba claro que sus nuevos compañeros eran excelentes guerreros. Álerik continuaba adaptando y practicando con cautela todos los encantamientos del libro. Cuando quisieron darse cuenta, la puerta de la ciudad estaba ante ellos, solo necesitaban una pista que seguir y de inmediato partirían de nuevo.

—Tarium, ¿crees que aquí encontraremos lo que buscamos? —preguntó Gurvan.

—Sí, esta ciudad es mayor que Icebern, probablemente hayan escuchado rumores de algún lugar extraño, una cueva, unas ruinas o algo por el estilo—respondió Tarium.

—¿Y si hay más de un lugar?—preguntó Gurvan intrigado.

—Pues mejor, ¿no crees Gurvan? Por lo menos compensaría toda esta caminata —respondió Ulfbar.

—Sí, sinceramente. Tengo ganas de poner en práctica lo que me habéis enseñado—dijo Gurvan con voz seria.

—Jajajaja, no tengas prisa muchacho—carcajeó Ulfbar.

El grupo se dirigió en busca de una taberna para saciar su sed y escuchar alguna historia que les condujera a su próxima aventura.

—Vamos a la Taberna del Estribo Roto, allí me han dicho que se reúnen todo tipo de personajes; aventureros, ladrones y algún que otro soldado—dijo Tarium dando largas zancadas.

—Eso me da igual, ahora mismo lo que tengo es la garganta seca y mi estómago hambriento—dijo Ulfbar.

—¡El mío también!—exclamaron los dos hermanos al unísono.

—Jajajaja, ves, estos muchachos son como yo Tarium, sin embargo tú, no comes demasiado...se te ve algo consumido—dijo Ulfbar carcajeando.

—Sólo como lo que necesito, así me mantengo ágil—respondió Tarium con una escueta sonrisa.

Al llegar abrieron la puerta de la taberna. El panorama era extraño, una nube de humo hacía casi invisible el techo de la taberna y los susurros ininteligibles ensordecían cada rincón del lugar. Avistaron, entre el tumulto, una pequeña mesa vacía en una esquina cerca de la chimenea.

—¡Vamos! Allí hay una mesa libre—dijo Tarium, indicando el lugar con el dedo.

El grupo le siguió entre la multitud, que de tanto en tanto los miraba de reojo, desconfiados. El tabernero se acercó con desgana hasta la mesa y preguntó:

—¿Qué queréis tomar?

—Buenas, sírvanos cuatro pintas—dijo Tarium.

—¿Algo más?—gorjeó el tabernero.

—Sí, ponga también una ración de algo bueno para acompañarlas—replicó Ulfbar.

El ambiente de adversidad se podía masticar, el grupo de amigos era observado a conciencia, como si en cualquier momento estuviera a punto de estallar una sangrienta pelea. Entonces, Ulfbar hizo algo inesperado.

—¿Qué haces Ulfbar?—preguntó Tarium sorprendido al ver que Ulfbar se subía a la mesa.

—Ahora verás. ¡Invito a todos a una pinta!—gritó Ulfbar.

La taberna entera se quedó en un incómodo silencio mirando a Ulfbar que se había subido a la mesa. Una voz desde el fondo del local dijo:

—¡Viva el enano!

Un bullicio de vivas se escuchó por el local. Los ojos maliciosos que les habían estado clavando la mirada, se tornaron en miradas amigables y despreocupadas. Un extraño personaje con una extensa capa y una gran capucha, se acercó a ellos desde el fondo del local y al llegar dijo:

—Buenas, amigos, ¿puedo compartir su mesa?

—Si, por supuesto—respondió Tarium.

El grupo entero lo miró mientras él se retiraba un poco su caparazón. Parecía un anciano, en su mejilla lucía una larga barba blanca.

—Mi nombre es Arni—dijo el anciano.

—Es un placer conocerte Arni. Me llamo Ulfbar— respondió este alargando su mano, correspondida por Arni que se la estrechó.

—Yo soy Tarium—este hizo lo mismo que Ulfbar.

—Yo Gurvan y este es mi hermano Álerik—dijeron los hermanos repitiendo el ritual.

—Curioso grupo, ¿puedo preguntaros adónde os dirigís?—preguntó Arni con voz amable.

—La verdad es que aún no tenemos claro nuestro destino—respondió Tarium con sagacidad.

—Vaya, pensé que quizá podría compartir mi camino con vosotros—dijo Arni, masando su barba.

—¿A dónde se dirige usted?—preguntó Tarium.

—Veréis, mi profesión es muy amable, poco agradecida y menos aún reconocida. Me dedico a recopilar historias…, pero supongo que…, tampoco tengo un rumbo fijo—respondió Arni sonriente.

—¡Qué casualidad! como Nadhiel y su compañero, ¿recuerdas Gurvan?—comentó Álerik.

—Sí, quizá se conozcan—dijo Gurvan.

—¿Nadhiel decís, joven?, creo que sí le conozco, hace años nos cruzamos durante una travesía. ¿Cómo está?—preguntó Arni.

—Pues bien, está en nuestra tierra, o por lo menos, ese es el último lugar al que se dirigía, al Sur, a la aldea de Scorchedland, nuestra aldea—respondió Gurvan.

—Caray muchachos, sí que venís de lejos…Una vez estuve por esa aldea, hace muchos… muchos años— dijo Arni con la mirada perdida.

—¿Qué tipo de historias recopila, señor Arni?— preguntó Álerik intrigado.

—Pues de todo tipo; de monstruos, de leyendas, de tesoros…en fin, de todo tipo. Incluso de seres mágicos que se hacen pasar por animales—respondió Arni mirando a los dos hermanos fijamente.

—¿Sabe usted alguna historia sobre los elfos?— preguntó Álerik.

Tarium agudizo sus sentidos al oír esa pregunta, adoptando un curioso gesto en su semblante.

—A ver..., déjame que piense..., sí, creo recordar una canción que relataba una leyenda suya— respondió Arni.

—¿Podría cantarla? Por favor—pidieron los muchachos.

—No creo que este sea el lugar más indicado, jovencitos. Quizá en otra ocasión—dijo Arni.

Los hermanos quedaron profundamente decepcionados, cabizbajos, tras la respuesta del anciano. Este les miró, y con un gesto les indicó que se acercaran. Los hermanos le miraron intrigados. Él se acercó y les susurró en voz baja:

—Os diré la letra..., pero sin música, ¡no tiene gracia!, escuchad bien, dicen que es una profecía.

Los hermanos se acercaron a él, para poder oír cada sonido que saliera de la débil y suave voz del anciano. Entonces Arni empezó a murmurar la letra de la canción.

Esta es la historia, de palabra emplumada
heroica cruzada, antaño contada
la trova entonada, por tiempo olvidada
el fuego, las garras y las dos espadas.

¡Dolor! ¡Venganza! ¡Guerra!
Palabras funestas que la oscuridad alberga
así se recuerda, así se relata
siglos atrás en las Montañas Aladas.

Aquellos dos reyes, llegaron de lejos
de tierras perdidas, de lugares inciertos.

armados, sagaces, de golpes certeros.
de férreas miradas y corazones sinceros.

El poder de sus garras, su piel engarzada
con negra coraza, de escamas formada
de Áureas miradas y mente afilada
de boca dentada y de ígnea palabra.

Sendas espadas, de magia forjadas
en sus hojas labradas, poderosas palabras
destronando tinieblas, templando sus almas
refulgen sus runas, como la luz del alba.

Marchitas sus almas, de furia inundadas
las noches ahogadas, los días en llamas
el crepitar de las rocas, fragor en las lomas
la bestia estocada, de muerte alcanzada.

Al fin los dos reyes, lograron matar
a la oscura bestia en aquel lugar
destino marcado, terrible presagio,
heridos de muerte y el tiempo agotado.

Con una brizna de vida, fragmentaron el sello
el poderoso legado, el pergamino enrollado
el riachuelo hechizado, un pozo olvidado
sus cuerpos dormidos, a la muerte han burlado.

Se cuenta que un día, perdido en el tiempo,
dos hermanos irán a su encuentro.
la vara, la espada y el negro cuervo,
las montañas, los amigos y el largo sendero.

En tierras lejanas al otro lado del mar
esperan las nuevas que han de llegar.

En sus baladas se tañe la gesta ancestral.
un día lo oculto se descubrirá
entonces los reyes se desvelarán
unidos los elfos, de nuevo estarán.

Al finalizar, ambos se quedaron con los ojos abiertos como platos ante los susurros del anciano; en silencio, pensativos y asombrados.

—¿Qué os ha parecido mi historia, muchachos?— preguntó Arni.

—¡Impresionante!—exclamaron ambos.

—Bueno, no es para tanto, sin música el relato pierde mucho, pero volvamos al asunto, un grupo tan interesante como el vuestro, seguro que ha vivido alguna que otra aventura—dijo Arni sonriente.

Un par de mesas más allá, se encontraba un hombre robusto, ataviado con una armadura y de prominente melena negra como el azabache, que le cubría el rostro. La espesa humareda que liberaba su pipa dibujaba a media altura brumosas figuras de humo.

—Lo cierto es que…, hace poco que nos conocemos —respondió rápidamente Tarium, que hacía rato que bajo su capucha observaba al hombre de la mesa.

—Comprendo…, aún estáis indecisos—dijo Arni con voz calmada.

—¿Sabe usted de algún lugar extraño por estos parajes?, comentó en voz baja Tarium.

—¿Extraño? ¿Te refieres a misterioso? Déjame pensar…Sí, recuerdo algunos, pero están más al Norte. Cuentan que en uno de ellos habitan un grupo de seres que sólo salen de noche y que custodian un gran tesoro. Muchos han intentado apoderarse de él, pero muy pocos han escapado para contarlo—explicó Arni.

—¿Podría indicarnos cómo de lejos está ese lugar? —preguntó Tarium muy interesado.

—Si tuviera un mapa…, incluso podría indicaros ese y dos más, pero por desgracia los mapas son muy caros y, sinceramente, yo no puedo pagarlos— respondió Arni.

—Por eso no se preocupe, incluso podemos pagar por la información —comentó Ulfbar.

—No es dinero lo que quiero, solo amabilidad y vosotros habéis sido atentos y comprensivos con un pobre anciano como yo —respondió Arni felizmente.

Tarium sacó uno de los mapas de su mochila y lo extendió sobre la mesa. Su habilidad y destreza eran tales que nadie se dio cuenta en la taberna, excepto el hombre de la mesa, que ahora parecía prestar toda su atención a la conversación del grupo. El anciano, no pareció sorprenderse en absoluto por la casualidad, extendió su dedo indicando los lugares, siempre hacia el Norte de Ydber.

—Yo diría que este, está casi en Olberg —comentó Ulfbar señalando uno de los puntos en el mapa.

—Veréis, al primero se le conoce como "La Cueva de la Noche", al otro le llaman "La Gruta de Hood" en ambos hay…, según cuentan, criaturas antinaturales y, por supuesto, un sinfín de historias sobre tesoros y muerte. El tercero es un tanto extraño y no puedo deciros con seguridad el lugar exacto, pero lo nombran como "El Sendero Oscuro" y cuentan de él, que se encuentra donde el viento quiera que se encuentre— explicó Arni con un aura de misterio en sus sigilosas palabras.

—¡Vaya! —exclamaron los hermanos con los ojos abiertos.

—Gracias por la información —dijo Tarium en voz suave. Miró a Ulfbar y le hizo un gesto para que se acercara. Este sin dudar se aproximó a Tarium y escuchó con máxima atención el susurro de su amigo.

—Gracias a vosotros, amigos—respondió el anciano. El resto de la velada trascurrió entre historias de nobles guerreros de brillante armadura, doncellas en peligro y cofres legendarios hasta que llegó el momento de despedirse. El anciano posó una mano sobre cada hermano en gesto de apoyo, se despidió de todos ellos y luego, con paso tranquilo, se perdió entre la noche como una sombra extinguida por la luz.

—Vamos a descansar. Mañana emprenderemos un largo camino al Norte—dijo Tarium.

El grupo asintió con la cabeza mientras recordaban la multitud de cosas que el anciano les había relatado. Poco después, lo hizo también el montaraz de la mesa sin que ninguno de ellos pudiera verlo.

Al amanecer, los cuatro salieron de la aldea de Ydber, antes de que el sol hiciese acto de presencia y emprendieron la travesía a su nuevo destino: la ciudad de Olberg. En los pocos momentos que los dos hermanos se adelantaban o se quedaban atrás, Ulfbar comentaba con Tarium:

—¿Crees que el guerrero de la taberna nos sigue?— preguntó Ulfbar pensativo.

—Sin duda. Yo lo he visto en un par de ocasiones, será mejor que actuemos con normalidad. Puede ser que se dirija al Norte simplemente, aunque lo dudo— respondió Tarium.

—Yo también creo que nos sigue—refunfuñó Ulfbar.

Los días pasaron uno tras otro. Los muchachos seguían entrenando como de costumbre adquiriendo habilidad y destreza.

—Mañana llegaremos a Olberg, muchachos. Nos aprovisionaremos de todo lo que necesitamos después de buscar una posada donde hospedarnos—dijo Tarium.

—Si una buena…, que tengan comida de verdad—respondió Gurvan.

—¡Eso mismo!—añadió Álerik pensando ya en una buena cama y un baño caliente.

—Pues no perdamos más el tiempo y apresuremos el paso, la ciudad está muy cerca—dijo Tarium.

Aquella noche, vieron pasar de lejos al guerrero de camino a la ciudad.

—¡Míralo! ahí va sin detenerse—dijo Ulfbar.

—Sí—confirmó Tarium con la mirada puesta en él.

—¿Crees que nos sigue o que va a la ciudad?—preguntó Ulfbar.

—Ahora es imposible decirlo, puede que nos siga, pero ha deducido que haremos parada en Olberg, habrá que esperar para saberlo con certeza—respondió Tarium pensativo.

Al día siguiente llegaron a Olberg, una ciudad bulliciosa llena de gente, mercaderes, todo tipo de viajeros y tiendas para todos los gustos en las cuales se podía encontrar cualquier cosa. El grupo se detuvo unos instantes mientras Tarium entraba en una de ellas.

—¿Ulfbar, crees que tendrán buena cerveza por aquí?—preguntó Gurvan guiñando un ojo a su hermano de forma picaresca.

—Eso espero, tengo la garganta seca—respondió Ulfbar sediento.

Álerik y Gurvan esgrimieron una sonrisa, pues esa frase era una de las más habituales en Ulfbar y a los dos hermanos les recordaba a Jack. Pasado un momento salió Tarium de la tienda.

—Aquí nos preparan todo lo necesario para nuestro siguiente tramo, al amanecer lo tendrán todo listo—dijo Tarium.

—¿Mañana?—replicó Ulfbar.

—Sí, ¿Por qué?—preguntó Tarium asombrado.

—Saldremos pasado mañana, esta noche voy a pillar una buena borrachera—respondió Ulfbar alegre.

—Jajajaja, de acuerdo entonces, saldremos pasado mañana, no hay problema, vayamos en busca de la posada—carcajeó Tarium.

Durante algún tiempo Tarium había recorrido aquellos lugares, por lo cual sabía por propia experiencia la mejor posada y las mejores tabernas. El grupo le seguía mientras Tarium se encaminaba calle arriba.

—"La Garra del León", la mejor posada del lugar, comida excelente y comodidad—dijo Tarium.

Tarium abrió la puerta de la posada y el grupo entero entró en su interior. El lugar era realmente lujoso, todo el erigido en roble rojo de las montañas. Una voz se escuchó de fondo diciendo:

—Buenos días noble señor, ¿ya está usted de vuelta?

—Sí, buen amigo, ¿tienes alojamiento para mí y mis acompañantes?—preguntó Tarium.

—Llega usted justo a tiempo, ya que al amanecer salieron tres huéspedes hacia el Sur y hace poco llegó un caballero precisamente de Ydber, así que me quedan cuatro habitaciones, las justas, dos dobles y dos sencillas.

—Perdone—dijo Álerik interrumpiendo—. Mi hermano y yo dormiremos juntos en una doble, si no es molestia.

—Ni mucho menos señor, en realidad me hace un favor, así si llega otro huésped podré darle cobijo—respondió el posadero con amabilidad.

—De acuerdo amigo, enséñanos nuestros habitáculos—dijo Tarium cavilando tras la noticia del caballero.

El posadero subió una enredada escalera hasta el piso de arriba, se detuvo y dijo:

—Las dos individuales están a la derecha y las dobles a la izquierda, son las que están abiertas con la llave puesta por fuera. Cuando terminen de acomodarse cojan la llave y bajen al comedor, si son tan amables. El grupo se distribuyó por las habitaciones y al poco bajaron al comedor. Por la noche celebraron por todo lo alto su llegada a la ciudad y bien entrada la madrugada se retiraron a descansar hasta que una campanilla los sacó de sus sueños. Indicando con su tintineo la hora de la comida al grupo.

—Vaya, Gurvan...ayer nos pasamos un poco con la celebración—dijo Álerik abriendo los ojos.

—Eso no es nada. Piensa en todos los días que nos hemos tirado bebiendo agua en los arroyos, sin probar ni una gota de esos deliciosos brebajes—comentó Gurvan balbuceando. Un sonido conocido hizo silenciar a los hermanos, era el estómago de Gurvan que rugía de nuevo indicando la hora de comer.

Vamos a comer algo, hace un rato escuché la campanilla—respondió Gurvan.

Al bajar al comedor, vieron bastante gente sentada. El posadero les indicó un buen lugar para comer algo retirado de las demás mesas. Mientras tomaban asiento, el grupo se unió a ellos.

—Ahí está de nuevo el guerrero—susurró Ulfbar.

—Sí, esto se pone interesante—respondió Tarium.

Al sentarse, el aguerrido hombre se levantó de su silla y se acercó a la mesa del grupo, se detuvo junto a ellos y dijo:

—Buenos días señores.

—Buenos días—respondió Ulfbar

—¿Podría preguntarles algo?—dijo el guerrero.

La tensión se podía masticar, pero la inocencia de los osados hermanos que no sabían nada les hizo responder.

—Usted dirá señor—dijo Álerik con decisión.

—El posadero me ha comentado que quizá se dirijan ustedes al Norte.

Tarium reflexionó la respuesta pensando que su amigo, el posadero, jamás comentaría con nadie su ir y venir y mucho menos, su dirección.

—La verdad es que vamos de aquí para allá ¿sabe?—respondió Tarium.

Entonces el guerrero se presentó formalmente diciendo:

—Disculpen por no presentarme como es debido; mi nombre es Anstgar Malow, comandante del primer regimiento de los caballeros del rey.

Los muchachos dejaron de comer y fijaron mejor sus miradas para ojear de arriba abajo al guerrero, ataviado con un reluciente revestimiento metálico el cuál le otorgaba protección.

—Disculpe, señor comandante, ¿es usted de la capital de Skywaveland?—preguntó Gurvan.

—Sí, así es joven—respondió Anstgar.

—Vaya, que casualidad, nuestro mejor amigo se llama Jack Malow—dijo Gurvan.

—¿Jack Malow decís?, no conozco a nadie con ese nombre—respondió Anstgar.

—A lo mejor es familia del viejo Wood—preguntó Álerik mirando a Gurvan.

—Wood, ¿habéis dicho?—preguntó pensativo Anstgar.

—Sí, el tío de Jack—respondió Gurvan.

—Déjenme pensar…, el hermano de mi abuelo se llamaba Wood Malow, ¿le conocéis?—preguntó Anstgar en un tono menos incisivo.

223

—Sí, por supuesto, era como un abuelo para nosotros.

—Será mejor que se siente, comandante. Yo soy Tarium y él, es mi amigo Ulfbar—dijo Tarium interrumpiendo la conversación de los dos muchachos.

—Muy agradecido, señor Tarium, ¿y vosotros jóvenes, cómo os llamáis?—preguntó Anstgar Malow sentándose junto a los jóvenes.

—Yo soy Álerik y este es mi hermano Gurvan.

—¿Qué le trae por aquí, Malow?, ¿puedo llamarle así?—preguntó Ulfbar con osadía.

—Sí, pueden llamarme Malow si lo desean. Verá usted, hace poco el gobernador de la capital deshizo nuestro regimiento en Skywaveland, muchos de los míos abandonaron el cuerpo y otros se fueron a la segunda capital Wavsea. Naturalmente, yo no dejé el cuerpo, pero he decidido recopilar toda la información necesaria para encontrar a los familiares más cercanos del rey, si es que aún siguen con vida—explicó Anstgar.

—Por lo que veo está usted decidido a hacerlo—comentó Tarium.

—Por supuesto, aunque deje mi vida en el intento—respondió Anstgar orgulloso.

—¿Qué piensa de ello el gobernador?—preguntó Tarium con picardía.

El semblante del guerrero esbozó un gesto de odio, recordando que su regimiento había sido disuelto de un plumazo por el gobernador.

—¡Yo sólo sirvo al rey!—Exclamó Anstgar golpeando la mesa.

Se hizo el silencio en la posada. Tarium y los demás le miraron un instante hasta que su faz recobró de nuevo su aspecto calmado y la tensión que se palpaba se rebajó.

—Tranquilo Malow, debe ser un duro golpe para usted que el gobernador elimine la guardia del rey— dijo Tarium con voz moderada.

—Así es, disculpen..., pero es que sólo de pensarlo me dan ganas de..., —dijo Anstgar entre dientes.

—Cálmese Malow, está usted lejos de casa y supongo que le conviene pasar desapercibido—comentó Tarium.

El guerrero reflexionó sobre aquellas palabras, ahora más sosegado, alejándose de sus pensamientos y siguiendo la conversación con tono pausado.

—Son ustedes un curioso grupo; dos jóvenes, un montaraz y un enano.

—Sí, lo cierto es que ellos dos son nuestros ayudantes, ya sabe, llevan la carga—comentó con disimulo Ulfbar.

Los muchachos quedaron sorprendidos por el comentario que brindó su amigo.

—Lástima..., pensé que podían ser aventureros— añadió con sutileza Anstgar.

—¿Por qué lo dice señor Malow?—preguntó Tarium.

—Verán, hace tiempo no tan solo se perdió la estirpe de la casa real, durante la última batalla, fue robado un objeto muy valioso—dijo Anstgar.

—Vaya, es usted una caja de sorpresas, señor Malow—respondió Ulfbar dando un trago a la cerveza.

—Pues verá, maese enano, eso es precisamente lo que necesito encontrar..., una caja—dijo Anstgar.

—¿Por qué nos cuenta todo esto, señor Malow?— preguntó Tarium.

—Bien, señor Tarium, me llevó meses encontrar un grupo para adentrarme en "El Foso Negro", un túmulo cerca del pico Irnish. En ese grupo había un arquero llamado Griver, que me habló de un montaraz que deambulaba de aquí para allá buscando un objeto en lugares como aquel. Por desgracia, sólo yo conseguí salir de allí con vida y sin encontrar la caja—explico Anstgar.

—Esa caja debe de ser extremadamente valiosa— murmuró Gurvan.

—Para mí, sí. Es la única manera de probar la realeza de los familiares que encuentre.

Tarium guardó silencio unos instantes pensando en Griver y la búsqueda del audaz guerrero.

—Si lo que busca es ayuda, no creo que podamos dársela, aunque es muy noble lo que usted trata de hacer, desgraciadamente, tenemos otros planes—dijo Tarium.

—Comprendo. Es solo que al verles hablando con el anciano en la ciudad de Ydber, pensé que podía ser usted el montaraz del que Griver me habló y que tal vez les vendría bien uno más—respondió Anstgar.

La sinceridad de Anstgar Malow hizo mella en Tarium, sólo alguien noble se descubriría de esa forma. Bajo su capucha reflexionaba sobre la misión que aquel hombre había emprendido. En ese momento, Anstgar se levantó de la mesa y dijo:

—Bueno señores, disculpen por las molestias.

—Espere Malow, no creo que podamos ayudarle, pero eso no significa…, que no vayamos a hacerlo— dijo Tarium.

Malow tomó asiento de nuevo junto a los muchachos.

—Dígame señor Tarium, ¿es que quizás podría unirme a su grupo?—preguntó Anstgar Malow intrigado.

Tarium indicó al posadero que trajera un vaso más y algo de licor. El posadero lo trajo con rapidez, lo dejó sobre la mesa y se retiró. Tarium llenó los vasos y guardando silencio un instante dijo en voz baja:

—Tenemos unas reglas muy claras en este grupo: el botín a partes iguales y los primeros en dar un paso somos yo y mi amigo Ulfbar. Por supuesto, si encontramos la caja que busca, suya será.

La cara del curtido comandante esbozó un gesto de alegría, brindaron por Griver y por la búsqueda. Más tarde, se retiraron a la habitación de los dos jóvenes, pues era la más amplia de todas ellas. Etharn permanecía en ella esperando. En un momento, Tarium volvía de su habitación con el mapa para enseñar los lugares marcados en él y debatir sobre su partida. En ese instante entraron en la habitación de los hermanos.

—¡Benditos sean los dioses, no puedo creerlo, un cuervo!—exclamó Anstgar señalando a Etharn.

—Es nuestro compañero alado—respondió Álerik con una sonrisa picaresca dibujada en la cara.

—Vaya, veo que te ha sorprendido tanto como a nosotros—comentó Ulfbar sonriendo.

—Como ves, los dos muchachos tienen la suerte consigo—añadió Tarium entrando por la puerta en ese momento.

Tarium y Ulfbar mostraron el mapa a Anstgar, este observó con detenimiento cada lugar y marcó dos parajes más que ellos desconocían.

—En estos dos ya he estado y nada queda en ellos— comentó Anstgar tras observar las múltiples marcas del mapa con detenimiento. Allí permanecieron hasta la hora de cenar. Tras la cual, emprendieron la vuelta a sus habitaciones. Al llegar al piso superior, se detuvieron un momento y Tarium dijo:

—Bien…, mañana emprenderemos el camino a "La Cueva de la Noche". Reponed fuerzas y al alba partiremos. El grupo se fue a descansar hasta el día siguiente en el que partirían en busca nuevos objetivos.

Capítulo 12

En el transcurso del viaje, Anstgar fue cogiendo confianza con ellos, que con los dos muchachos y su cuervo parecía más a una banda de feriantes de poca monta que un grupo de audaces aventureros. Aquel fornido guerrero tenía todo lo que necesitaba para llevar a buen término la misión que él mismo se había encomendado. Tardaron unos días hasta llegar a las inmediaciones de su destino. Poco antes, el grupo hizo un alto para pasar la noche y recobrarse después del largo sendero.

—¡Mañana es el gran día, muchachos! ¡Tanta tranquilidad acabará conmigo!—Exclamó Anstgar frotándose con fuerza las manos, como si tuviese ganas de entrar en combate. Entonces, Tarium susurró:

—Malow, no grites, llamas demasiado la atención y debemos pasar desapercibidos.

Anstgar se apoyó en una roca refunfuñando.

—¡Pues que vengan! así me sacaré las pulgas de encima—murmuró entre dientes.

—Todos haremos guardia esta noche. El anciano advirtió que este lugar lo habitan criaturas nocturnas—comentó Ulfbar en voz baja.

—Yo haré la primera guardia—dijo más animado Anstgar proyectando una excitante pelea.

—Yo me quedo con Malow en la primera guardia—comentó Gurvan mientras apilaba unas ramas secas.

—Eso no puede ser. Tú y tu hermano haréis la última guardia—respondió Tarium.

Mientras tanto…, Álerik y Etharn se habían alejado un poco para seguir con el estudio del extraño libro, que tras cada hechizo iba ocupando la mente del muchacho.

—¡Etharn! ¿Qué hechizo aprenderemos hoy?—preguntó Álerik.

Etharn permaneció en silencio unos segundos preocupado por aquel libro, el cual no había sido escrito por su maestro, pero que en sus páginas yacían encantamientos sumamente poderosos.

—Verás, este libro también ocupa mis pensamientos desde hace días—comentó Etharn con voz de preocupación.

—¿Esa es la causa de que desaparezcas durante días?—preguntó Álerik.

—Sí, lo cierto es que yo mismo he estado probando alguno de los hechizos del libro y son realmente terribles, me preocupa que este libro caiga en malas manos, ¿comprendes?—respondió Etharn.

—Sí, claro. A mí también me preocupa—dijo Álerik.

—Hay pocas cosas por las que sienta miedo..., perder este libro sería una de ellas—comentó Etharn mientras ojeaba los hechizos—. Creo que podríamos intentar este, hasta nos puede ser útil para ocultar algo—añadió.

—¿A qué te refieres?—preguntó Álerik intrigado.

—Este hechizo sirve para que un objeto desaparezca para todos excepto para el que lanza el hechizo—respondió Etharn.

—Explícate mejor, Etharn. Ya me duele bastante la cabeza memorizando hechizos y aprendiendo su lenguaje como para tener que descifrar lo que dices—explicó Álerik.

—Te lo explicaré con un ejemplo—dijo Etharn. Cogió una roca del suelo y la dejó delante de Álerik.

—¡Pervagor invisibilitate! (impregnar invisibilidad)—Etharn pronunció el hechizo con su mirada en la roca y esta, a ojos de Álerik, desapareció.

—¿Cómo es posible? ¿Dónde has metido la roca, Etharn?—preguntó Álerik mirando a todos lados. Palpó el lugar donde estaba la roca y la encontró.

—La roca sigue en el mismo lugar—respondió Etharn. Es solo que ni tú ni nadie puede verla salvo yo, que he realizado el hechizo.

—¡Asombroso!—exclamó Álerik sosteniendo la roca en su mano que, aunque no podía vislumbrarla, notaba su peso y su forma.

—Cómo puedes ver, este hechizo puede ser de gran utilidad, este libro no debe ser visto por nadie que no seamos nosotros—comentó Etharn.

—Sí, creo que será lo mejor—dijo Álerik, que en ese instante comprendió que el temor de Etharn era justificado—. Si hago desaparecer el libro, ¿cómo podrás ayudarme con los hechizos, Etharn?—preguntó Álerik.

—Los hechizos son palabras o frases y como a cualquier cosa, se le pueden añadir matices. Recuerda, puedes moldearlos como hiciste con el hechizo del viento, este no debería ser diferente—respondió Etharn.

—¿Quieres decir con ello, que puedo hacer que más de una persona vea el libro?—preguntó Álerik.

—Así es, por ejemplo, que sólo lo veamos los que lo hemos visto, que podamos verlo nosotros o incluso hacer que los que lo vean crean de él que es un relato sin importancia—explicó Etharn.

—¿Y cómo lo haremos?—preguntó Álerik.

—Eso no será muy difícil—Etharn cogió el libro en sus manos, ojeó el hechizo y pronunció unas palabras:—Scriptum invisibilia impregnating (hacer el escrito invisible)—Etharn pasó el libro a Álerik para que pudiera verlo.

—¡Este hechizo es increíble!—exclamó mientras contemplaba las páginas en blanco del libro. Etharn pronunció entonces el contra hechizo:—Scriptum facere uisibilia (hacer visible lo escrito). Ante los ojos de Álerik, las páginas del libro recobraron sus escrituras.

—¿Quieres probar?—preguntó Etharn.

—Sí, claro, pero ahora quiero que el libro sea visible para nuestro grupo, para nadie más—dijo Álerik.

—¿Por qué quieres que sea visible para el grupo?—preguntó Etharn intrigado.

—Lo quiero así por si tuviésemos algún problema durante nuestras aventuras o se me extraviara, si sólo puedo verlo yo, los demás no podrían ayudarme a encontrarlo, ¿comprendes?—explicó Álerik con claridad.

—Bien pensado. Nunca se sabe lo que puede suceder—respondió Etharn.

El olor a comida ya se apreciaba desde la posición de Álerik.

—Etharn, dime el hechizo para que pueda recitarlo. Tengo un hambre que no me aguanto—comentó mientras su estómago empezaba a rebelarse. Etharn se acercó al oído de Álerik susurrando el hechizo; este se concentró, fijó la mirada en el libro y lo pronunció con cautela, pues en varias ocasiones por falta de precisión al recitar los hechizos, se había llevado algún traspié.

—¡Coetus videre potest solum voluminis! (sólo el grupo puede ver este libro)—cogió el libro y lo guardó en una bolsa que llevaba colgada en un lateral de su cinturón.

—Vamos a comer, Etharn—propuso. Este le miró y dijo:—He de marcharme. Hay muchas cosas que no comprendo aún.

—¿A qué te refieres, es que vas a marcharte de nuevo?, ¡pero si casi no has estado con nosotros!—exclamó Álerik.

—Sí, además, he de llevarme el libro.

Álerik cogió la bolsa que contenía el libro sacándola del cinturón.

—Así nunca aprenderé...

—No necesitas este libro para hacerlo. Recuerda que llevas el medallón y el bastón; eso es lo único que necesitas. Dentro de unos días volveré, no te preocupes—dijo Etharn.

—De acuerdo—respondió Álerik, mientras Etharn se alejaba en el atardecer.

—¿Qué ha pasado Álerik, por qué se ha ido?— preguntó Gurvan al ver la tristeza en el semblante de su hermano.

—Tenía cosas que hacer—respondió Álerik sin un atisbo de alegría en su voz. Gurvan no quiso hacer más preguntas sobre el tema, rodeó con su brazo a Álerik y le dio un apretón para animarle.

—No te preocupes, volverá pronto. ¿Qué te ha enseñado hoy?—preguntó Gurvan.

—Nada, ni siquiera me acuerdo ya. Su ayuda es escueta y desde que encontré el libro su comportamiento es más misterioso que nunca—respondió Álerik con tristeza.

—¡Cuando aparezca por aquí se va a enterar!— exclamó Gurvan entre dientes.

El grupo cenó con calma mientras el crepúsculo se cernía sobre ellos con su gran manto de estrellas. A media noche, Anstgar hacía guardia erguido en una piedra mientras el grupo permanecía dormido. En ese instante se escucharon crujidos extraños a escasos codos de él.

—Ya están aquí—pensó Anstgar mientras desenvainaba su arma encaminándose hacia el lugar de los sonidos. Tras cruzar altos matorrales, tuvo un presentimiento y con intuición asestó un espadazo. Unos terribles gritos se escucharon mientras el guerrero caía a plomo.

—Maldita bestia—refunfuñó Anstgar Malow poniéndose en pie mientras sacaba una daga del cinturón con su mano izquierda. Fijó su mirada un instante y fue embestido de nuevo por su terrible adversario que, lejos de morir, se enfurecía ensañándose cada vez con más fuerza. Malow clavó la espada en el suelo, sujetó como pudo a la enorme bestia asestándole varias puñaladas muy rápidas y certeras.

El grupo se despertó exaltado con el estruendo; los gritos y el sonido inconfundible de una reyerta. Se acercaron con presteza temerosos de no llegar a tiempo hasta el lugar de donde provenían los inquietantes alaridos en ayuda de Anstgar, que no paraba de maldecir a los dioses.

—¡Sphaera lucis exiguo!—dijo Álerik. Una pequeña esfera de luz salió tras sus palabras, iluminando unos codos a su alrededor y mostrando a su compañero en pie lleno de sangre, asestando un último espadazo a una enorme bestia.

—¿Qué pasa?—preguntó Anstgar al ver a sus compañeros preparados para la batalla y aquella esfera de luz en el aire.

—¡Pensábamos que no lo contabas! —replicó Ulfbar observando la vigorosa criatura yaciendo en el suelo.

—¡Por los dioses!—exclamó Gurvan viendo lo que Anstgar le había hecho a su contrincante.

—¡Sólo es un jabalí! —exclamó Tarium enfundando su arma.

—Mañana estofado de jabalí y chuletas de segundo, jajajaja —carcajeó Anstgar.

El grupo se echó a reír durante un rato. El cambio de guardia sobrevino poco después. Tarium velaría ahora por el grupo que de nuevo estaba descansando y pasadas unas horas le relevó Ulfbar, somnoliento entre lagañas.

—Vete a descansar, parece que todo está tranquilo—susurró Ulfbar en un bostezo aproximándose a Tarium.

—Eso parece —respondió Tarium. Los sonidos del bosque enmudecieron de repente. Los dos compañeros agarraron con fuerza sus afiladas armas y agudizaron sus oídos para percibir el más mínimo sonido. En aquel momento escucharon pasos sobre las hojas secas y el crujir de pequeñas ramas a su alrededor.

—Prepárate Ulfbar, esto no son jabalís—susurró Tarium.

—Lo sé—respondió Ulfbar, mientas ponía sus sentidos en asestar un buen hachazo a lo primero que pudiera ver.

Pasó un incómodo instante. Ulfbar dio un soplido y cargó hacia la oscuridad sin mediar palabra.

— ¿Qué haces?—exclamó Tarium con preocupación mientras veía a su compañero adentrarse en la penumbra. Se escuchó un sonido hueco, quebradizo y chorreante, al que le aconteció otro unos segundos después.

— ¡Tarium!—exclamó Ulfbar desde la bruma.

Tarium se acercó para comprobar qué había sucedido y vio sorprendido cómo su compañero había matado a dos desagradables seres y plantaba cara a cuatro más.

— ¡Grainfern!—exclamó Tarium clavando su espada en el vientre de una de las criaturas, que sigilosamente se acercaba por detrás a Ulfbar. Miró a su compañero un instante y luego volteó la cabeza mirando de reojo el lugar en el que descansaban el resto de sus compañeros, escuchando un silbido que procedía de allí. Ulfbar y Tarium cruzaron sus miradas temiendo lo peor. Retrocedieron aproximándose a sus compañeros envueltos en sueño mientras liquidaban a dos bestias más cuando, de repente...

—¡Sphaera lucis!—Exclamó Álerik tras ellos sujetando firmemente el bastón. Una enorme esfera luminosa salió de la nada deslumbrando el lugar como si fuese de día, cegando a todos ellos.

—¡Rápido! ¡Acercaos!—gritó Gurvan a sus compañeros, que se aproximaron con rapidez observando casi a ciegas que estaban rodeados. Tras ellos, se escuchó el ruido silbante una vez más seguida de una conocida voz.

—¿Pensáis ayudarme o son todos para mí?—preguntó Anstgar a voces mientras despedazaba con su gran espada las infectas criaturas, que permanecían inmóviles ante la intensa luz. Tarium miró sorprendido el gran número de cadáveres que su nuevo compañero había despedazado en un abrir y cerrar de ojos.

—¡Ulfbar, ve con él! ¡Yo protejo la retaguardia! ¡Vosotros dos, quedaros en el centro!—gritó Tarium desenfundando su segunda espada, dispuesto a rebanar cualquier cosa que se acercara.

Las bestias, huían entre la maleza dando fuertes alaridos. Los pocos que quedaban eran masacrados por Anstgar, Ulfbar y Gurvan, que se defendía con eficacia. Pasado el momento de peligro, siguieron colina abajo hasta el valle.

—¿Ya estamos a salvo?—susurró Álerik febril.

—Sí, eso parece—respondió Gurvan, viendo a su hermano desplomarse como muerto—. ¡Álerik! ¿Qué te pasa?—exclamó zarandeando a su hermano.

Tarium se acercó a ver qué sucedía, puso su mano en la frente del muchacho y dijo:

—Gurvan, mira si lo han herido en alguna parte. Tu hermano está ardiendo, si no le bajamos la fiebre, morirá. ¿Ulfbar, llevas alguna poción?—preguntó Tarium preocupado por Álerik.

—Me queda una, pero es para los cortes y las inflamaciones, no para la fiebre—refunfuñó Ulfbar agraviado por no llevar algo que podría serles de utilidad en ese momento—. ¡Maldita sea!—exclamó.

A escasa distancia había un arroyo cercano que con su murmullo rompía el silencio en la frondosidad del bosque.

—Si lo que tiene es fiebre, lo meteremos en el río, siempre ha funcionado—propuso Anstgar.

Cogió a Álerik y lo llevó hasta el río, dejándolo con suavidad en el agua. Álerik se recuperó un instante y se desmayó de nuevo. Unos segundos después, la fiebre ya le había bajado. Lo sacaron del agua helada y lo taparon con unas mantas.

—¿Qué le pasa, Tarium?—preguntó Gurvan preocupado.

—No lo sé, no tiene ninguna herida; habrá tocado algo. Vigílalo bien por si se recupera—respondió Tarium.

Las últimas horas de la noche dieron paso a la madrugada pero Álerik seguía inerte, como muerto y sus ojos permanecían cerrados. Gurvan apenas parpadeaba mientras observaba exhaustivamente la cara de su hermano en busca del más mínimo movimiento.

El grupo permanecía inmóvil y preocupado por el joven muchacho sin saber qué podría haber causado su actual estado.

—Bueno…—carraspeo Ulfbar. Habrá que preparar algo de comida, ya casi es medio día. Si Álerik recobra el sentido seguro que tendrá hambre—dijo Ulfbar en tono rasgado. Tarium y Anstgar asintieron con la cabeza y dijeron:

—Yo me encargo de la leña—comentó Anstgar.

—Yo de la caza, traeré una buena pieza—dijo Tarium. Tras esas palabras los dos se alejaron del grupo adentrándose en la espesura. Poco rato después, Anstgar ya regresaba con un buen montón de leña.

—¿Aún no ha vuelto Tarium?—preguntó Anstgar.

—No. Aun no, aunque es normal en él—comentó Ulfbar, dando una profunda calada a su bonita pipa tallada. Pasado un buen rato apareció Tarium por un extremo del bosque con las dos enormes piernas del jabalí que abatió Anstgar la noche anterior, una en cada hombro.

—Míralo, por ahí viene y trae parte de un jabalí—comentó Ulfbar con hambre.

—Sí, parece que ha regresado a nuestro campamento, de ahí la espera—respondió Anstgar agachado, prendiendo la leña.

—Toma Ulfbar, cocinar es cosa tuya—exclamó Tarium entregando ambas piezas de carne. No lo vais a creer, pero estuvimos acampados a menos de ochenta codos de la entrada de La Cueva de la Noche, por eso notaron nuestra presencia, y nos atacaron —comentó Tarium.

—¿Esas horrendas criaturas son las que nos comentó el anciano?—preguntó Ulfbar, que ya estaba sazonando y empalando la carne con estacas.

—Sí. Esas son—respondió Tarium. Pero hemos matado unas treinta durante la pelea—dijo Tarium.

—¿Cuántas más crees que quedan dentro?—preguntó Anstgar, frotándose las manos frente a la hoguera.

—Estas criaturas suelen estar en grupos de cincuenta individuos, más o menos; eso quiere decir que pueden quedar unas veinte—respondió Tarium.

El olor a jabalí asado podía saborearse en el aire. El estómago del joven así se lo hizo saber, mas su desaliento le impedía separarse de su hermano. Pasado un momento, el sonido se amplificó llegando a oídos de Anstgar.

—Ven a comer algo. Mirando a tu hermano no harás que se recupere más rápido—comentó Anstgar. Gurvan se levantó, dio dos pasos hacia la hoguera y una voz lo detuvo en seco.

—¿Es que me abandonas aquí para irte a comer?—susurró Álerik volviendo en sí, con una sonrisa de medio lado.

—¡Álerik! ¿Qué te ha pasado? ¿Por qué te desmayaste?—preguntó Gurvan sorprendido y alegre al mismo tiempo.

—¿Desmayar? ¿Dónde estamos?—preguntó desorientado.

—Estamos en el valle, ¿recuerdas?—respondió Gurvan.

—¡Ah! ¡Sí! ¡Mi cabeza!—Exclamó Álerik con incesante dolor de cabeza.

—Vamos, deja que te ayude—dijo Gurvan. Pasó su brazo por la espalda de su hermano y lo llevó junto a la fogata.

Tras la suculenta comida, Álerik explicó lo sucedido:

—Gurvan..., ahora sé que realizar la esfera de luz tiene un coste, aunque hubiese sido menor si no hubiese cogido mi bastón. Hacerlo con la vara en la mano ha consumido toda mi energía, además, mantuve el hechizo demasiado tiempo y por eso me desplomé, ¿entiendes?—explicó Álerik.

El grupo observó a Gurvan asentir con la cabeza sin entender ni una palabra de lo que los hermanos hablaron entre ellos, pero contentos de que todo quedara en un pequeño susto. A lo lejos, se escuchó el graznido de un cuervo aproximándose.

—¡Mira quién viene, Álerik!—comentó Gurvan frotándose las manos con fuerza—. Nuestra cobarde urraca ya está de vuelta—murmuró Gurvan con voz malévola.

Etharn se acercó hasta los muchachos bajo la atenta mirada de Gurvan, que portaba un palo escondido en su espalda. El grupo entero contemplaba a Gurvan intentando adivinar qué haría con el palo mientras Etharn, miraba al grupo extrañado. Entonces, Gurvan propinó un buen palazo al oscuro animal, que no supo ni de dónde le vino.

—¿Se puede saber qué te ha hecho el pobre animal?—Exclamaron Ulfbar, Tarium y Anstgar a la vez, sobresaltados—. ¿Es que has perdido el juicio, muchacho? ¿No has tenido bastante con lo que le ha pasado a tu hermano como para enfurecer más a los dioses? ¡Insensato!—Replicaron sin cesar, nuevamente.

—¡Yo sé bien lo que me hago!—atajó Gurvan con una sonrisa maliciosa en su cara mientras observaba a Etharn retumbando de un lado a otro.

Álerik cogió al mareado Etharn y lo puso a su lado para que se recuperara. Pasados unos minutos, Álerik ya se sentía con fuerzas; cogió a Etharn y se alejó tras un árbol. Gurvan le seguía de cerca sin quitar ojo a Etharn.

—¿Por qué me has dado semejante garrotazo, Gurvan?—exclamó Etharn dolorido.

—No se lo tengas en cuenta, lo ha pasado muy mal por mi culpa la pasada noche—comentó Álerik.

—He vuelto por eso, sentí que estabais en peligro y he regresado tan pronto como he podido—dijo Etharn.

—La próxima vez quizá no llegues a tiempo, hemos estado a punto de no contarlo—dijo Álerik un tanto enojado.

Etharn lo miró fijamente y se dio cuenta de la verdad en las palabras de Álerik. Gurvan asomó la cabeza tras el árbol con el palo entre sus manos y dijo:

—¿Quieres más, Etharn, o ya has tenido bastante?

Etharn chasqueó sus dedos y una rama se desplomó sobre la cabeza de Gurvan, que cayó redondo al suelo con los ojos en blanco.

—Lo que acabas de hacer no ha sido una buena idea, cuando se despierte, prepárate—dijo Álerik mirando fijamente a Etharn que sonreía.

—Tranquilo, ahora lo pondré en pie. Es que me pone nervioso con el palo en mano —dijo Etharn—. Lo que me comentas, me hace reflexionar. También creo que lo que me dijiste antes de irme el otro día era razonable. Este libro me está desviando de mi cometido principal que es protegeros y enseñaros, tanto a ti como a tu hermano. Álerik, toma el libro. Sólo tú lo llevarás a partir de este momento—comentó Etharn muy serio.

Álerik extendió su mano, cogió el libro y dio una suave palmada en la espalda a Etharn para pedirle que auxiliara a su hermano.

Capítulo 13

la mañana siguiente, el grupo trepó colina arriba con entusiasmo decidido a entrar en La Cueva de la Noche sabiendo de antemano con lo que podrían encontrarse en el interior de dicho lugar.

—Debemos evitar a los Grainfern. Aunque no son gran cosa, se crecen si su número es alto—comentó Tarium durante el ascenso.

—Veinte más no supondrán gran cosa para nosotros—susurró Anstgar ciñéndose su peto de cuero endurecido al pecho.

—No te confíes, Malow. Podrían ser veinte o cincuenta, no lo sabemos—puntualizó Tarium.

Los demás permanecían prudentes, pensando en los problemas que podrían ocasionar las desdichadas criaturas si llegaran a percatarse de su presencia.

—¡Ahí está!—indicó Ulfbar señalando la oscura entrada de la cueva.

—Sí, ahí es…, adelante, entremos—dijo Tarium.

—¿Tú qué piensas Gurvan, saldremos de esta?—preguntó Álerik inquieto.

—Siempre que te acuerdes de no pasarte con el bastón, sí—respondió Gurvan sonriendo.

Álerik esgrimió una sonrisa cómplice recordando su desmayo la noche anterior. Apretó su cinturón para no perder la bolsa con el libro y avanzó con decisión siguiendo a Gurvan. El aire helado que salía del lugar, recordó a los dos jóvenes lo peligroso que podía llegar a ser adentrarse en un sitio como ese. Después de un vistazo, el grupo penetró en la cueva. A lo lejos, en la insondable oscuridad de la cueva, se escuchaban débiles chirridos.

—Sin duda hay más aquí—susurró Tarium—. No hagáis ruido—añadió.

—¿Estáis bien, muchachos? —susurró Ulfbar viendo el rostro de los dos muchachos.

—Sí, estamos bien —respondieron ambos entre dientes.

—De acuerdo…, cuidado con las piedras —añadió Ulfbar sonriendo escuetamente.

Los dos hermanos apretaron sus mandíbulas para no ser descubiertos por el castañeteo de los dientes, lo que les impedía hablar con claridad.

Tras unos minutos, la vista del grupo se adaptó a la falta de luz. No podían ver demasiado, pero sí lo suficiente para esquivar obstáculos. La cueva se dividía en tres pasajes, Tarium indicó que empezarían por la parte más alejada de los Grainfern. El grupo asintió con la cabeza, desviándose a la izquierda entrando en un paso. Unos codos más allá, en total oscuridad.

—Álerik, ¿puedes iluminar esto? —preguntó Tarium.

—Sí, pero…, la esfera será algo pobre —respondió Álerik.

—Hazlo —dijo Tarium.

—¡Sphaera lucis exiguo! —dijo Álerik, tras esas palabras surgió una esfera que iluminaba diez codos a su alrededor.

—¡Así se hace! —susurró Gurvan a su espalda.

La necesidad por encontrar los objetos que buscaban Tarium, Ulfbar y Anstgar, impulsó al grupo a seguir adelante adentrándose cada vez más en la profunda cueva hasta llegar a una pequeña cámara.

—¡Mirad! —susurró Gurvan señalando numerosos destellos que venían del suelo unos pasos más adelante.

—Gurvan tiene razón, hay algo ahí delante —confirmó Anstgar señalando también en la misma dirección.

—No hay tiempo que perder—susurró Tarium encabezando el grupo.

En el fondo de la sala encontraron cientos de monedas de oro por el suelo, un sarcófago medio destrozado, un libro casi entero y un grueso medallón con una forma circular unido a una cadena; todo ello, realmente sucio.

—¡Aquí no hay nada!—refunfuñó Ulfbar entre susurros.

—Lo que yo busco tampoco está—comentó Anstgar.

—Ni lo que busco yo—añadió Tarium.

—Cojamos lo que podamos y salgamos de aquí lo antes posible—susurró Álerik.

El grupo cogió lo que quiso; Álerik cogió el libro, Gurvan el medallón y el resto, monedas de oro. Lo que no quisieron se quedó allí, a la espera de otros osados aventureros que buscaran fortuna y gloria. Con su astucia, lograron salir del lugar sin tener ningún desagradable encuentro. Pasado el mediodía ya se encaminaban colina abajo, en las caras de Tarium, Ulfbar y Anstgar se podía intuir la decepción de no encontrar ni la más mínima pista, ni siquiera la esperanza de localizar aquellos singulares objetos que buscaban. Se alejaron tanto como pudieron del lugar, haciendo camino en busca del siguiente punto en el mapa.

—¡Maldita sea! llevo casi diez años buscando y no consigo encontrar ni una señal—exclamó Ulfbar con amargura.

—No desesperes, compañero—respondió Tarium.

—Lleváis mucho tiempo buscando—preguntó Anstgar que escuchaba la conversación.

—Sí, es inevitable. Los reinos del Este son extensos y de repletos lugares para buscar—respondió Ulfbar.

Unos pasos más allá encontraron un claro donde acampar junto al camino que se dirigía al Norte.

—Pasaremos la noche aquí mismo—comentó Tarium descargándose la mochila de la espalda.

—¡Por fin!—exclamó Gurvan—. ¡Los pies me escuecen!—añadió.

—Jajajaja—El grupo entero olvidó por unos instantes el desengaño de La Cueva de la noche. Se detuvieron en la llanura, prepararon una fogata y comieron unos víveres que llevaban consigo mientras comentaban su incursión en la oscura gruta.

—¿Habéis visto?, estaba todo por los suelos, eso no es muy común—comentó Ulfbar.

—Sera cosa de los Grainfern, ellos no le dan valor al oro ni a los objetos, debieron acabar con los guardianes originales y lo que hemos encontrado es el escenario después de la reyerta—comentó Tarium.

—Sí, opino lo mismo—dijo Anstgar.

—¿Este es el libro que has cogido, Álerik?—preguntó Tarium.

—Sí, este es, ¿quieres mirarlo? Parece un relato—respondió Álerik entregándoselo.

—Gracias—dijo Tarium ojeando por encima el libro—. Parece que solo le falta una página…, la última, ¡qué lástima! Es posible que no averigües cómo acaba la historia—comentó Tarium.

—Es cierto, pero si leo todo el libro puedo hacerme una idea —respondió Álerik con voz tranquila.

Esa misma noche, Álerik empezó a leer el libro con Gurvan quedando cautivados por el relato. Durante las once noches siguientes, continuaron ensimismados por la gran historia que el libro contenía hasta que llegaron a la penúltima página.

—¡Lástima! todo lo importante está en esa última página que falta—exclamó Gurvan dando un fuerte manotazo sobre su pierna derecha.

—Sí. Nunca lo hubiese dicho, pero por lo que se ve, no sabremos el lugar en el que reposa aquel antiguo dios; ¡qué pena!—añadió Álerik con desanimo.

Etharn se acercó al oído de Álerik y le susurró unas palabras, este se volteó asombrado y pregunto:

—¿Eso se puede hacer? ¿De verdad? —A continuación se quedó pensativo.

—Sí, inténtalo—añadió Etharn.

—¡Librum emendare!—ante los ojos de los tres, el libro tomó su aspecto original como si acabara de ser escrito; la tapa posterior y la página perdida estaban en su lugar, los hermanos hojearon la página que faltaba con asombro.

—¿Cómo acaba el libro, Álerik?—preguntó Gurvan con impaciencia.

—Espera un poco, he de leerlo primero; además, aquí sólo hay cuatro frases —respondió Álerik—dice que el dios está reposando en El Valle Gris, cerca de las Montañas Aladas.

Los hermanos miraron con cara de satisfacción el libro, entre risas y vivas por haber podido recuperar el final del relato. El grupo, un poco más allá, permanecía ensimismado en sus planes por encontrar los extraños objetos echando una breve mirada a los hermanos.

—¿Qué estarán celebrando?—preguntó en voz alta Ulfbar.

—Quién sabe..., son tan extraños que puede ser cualquier cosa—respondió Malow, que no alcanzaba a comprender cómo Álerik hacía aquellas esferas de luz.

—Tarium, Ulfbar, hemos terminado el libro. ¿Queréis leerlo?—Exclamó Álerik—Es muy interesante;

habla de cómo unos hombres encuentran un dios y este, pasado unos años, se duerme para la eternidad.

—No gracias, tengo la mente en otras cosas—respondió Ulfbar—. No puedo llenarme la cabeza con dioses ahora—añadió.

—¿Cómo acaba el libro?—preguntó intrigado Tarium.

—Dice que ese dios está durmiendo en el Valle Gris, cerca de las Montañas Aladas. Espléndido final, ¿verdad? —Comentó Álerik—. Lástima que no exista un lugar así—matizó este con voz suave.

—Pues la verdad es que sí existe. Está bastante al Norte. Quizá algún día pasemos por allí—respondió Tarium.

—¿Ese lugar sale en tu mapa?—preguntó Gurvan intrigado.

—Por supuesto, ¿queréis verlo?—respondió Tarium.

Los dos hermanos y Etharn se acercaron a ver el mapa mientras Tarium lo sacaba con habilidad del interior de su capa. Lo abrió e indicó el lugar.

—¿Veis?, es justo aquí. Esto es el Valle Gris y estas, las Montañas Aladas. Déjame el libro, quizá encuentre alguna reseña más—dijo Tarium. Álerik entregó el libro a Tarium que lo observó un instante, bastante sorprendido.

—Está como nuevo—exclamó tras ver las tapas del manuscrito. Lo abrió por la última página y leyó lo mismo que los dos muchachos—. Sí, ese es el lugar —comentó mientras cerraba el libro lentamente—. ¡Vaya, qué extraño! ¡Aquí hay algo más!—exclamó Tarium. El grupo se arremolinó entorno a él, intrigado tras esas palabras.

—¿Qué ves, Tarium?—preguntó Ulfbar.

—No estoy seguro…, hay como unos brillos…— murmuró Tarium. Este volteó el libro poniéndolo a la luz de la rugiente hoguera—. ¡Sí, eso es! —Exclamó asombrado— ¡Por fin, una pista después de tantos años! ¡Mira Ulfbar!—exclamó de nuevo Tarium. Pasó el libro a Ulfbar, este lo hojeó con atención.

—Este es el símbolo que buscas, Tarium—dijo Ulfbar

—¿Quizá lo que buscas está allí, no?

—Es posible. De todas formas, es la única pista que tenemos, muchachos, muy pronto veréis ese valle —comentó Tarium ilusionado—. Aunque primero, pasaremos por los otros dos lugares que nos indicó el anciano. Podría ser que Ulfbar y Malow encontrasen allí lo que buscan, o alguna pista de dónde hallarlo—añadió Tarium.

El grupo festejó el hallazgo que sin querer los dos jóvenes habían realizado. Pasó la noche y llegó el nuevo día y, con él, una nueva caminata que les acercaría más a su siguiente destino, La Gruta de Hood, que según el mapa parecía encontrarse muy cerca de la ciudad de Erler, en la que descansarían y se aprovisionarían. Diez días de incesante travesía les separaban de su objetivo. Durante la mañana del onceavo día, Tarium se detuvo un instante oteando el horizonte.

—¡Ahí está!—Exclamó Tarium señalando a lo lejos la ciudad de Erler—. Buena bebida y una comida caliente—concretó.

El grupo se animó tras aquellas alentadoras palabras y aligeraron su paso con la intención de llegar a media tarde a las inmediaciones de la ciudad con las gargantas secas y polvorientas, estaban seguros que allí podrían encontrar todo lo que necesitaban y quizá alguna pista sobre los elementos que andaban buscando. A media tarde, el grupo cruzaba las puertas de la ciudad. Tarium miró a Ulfbar y se detuvo.

—¿A qué posada quieres ir? ¿A la posada de Las Tres Calles o a la posada de La Jarra Dorada?— preguntó Tarium mirando con una sonrisa a su compañero Ulfbar.

—Esta vez nos toca la Posada de las Tres Calles, tiene los mejores asados y su cerveza es rubia como el trigo—respondió Ulfbar frotándose su enorme barba, deseoso de dar un buen tiento a una jarra de cerveza.

—Pues vamos, seguro que Rick se alegrará de vernos—comentó Tarium con voz alegre.

Subieron por un par de calles y llegaron a una bonita plaza no muy grande, pero hecha con gracia, en la cual confluían tres calles.

—Ahí es. Vas a disfrutar Malow, esta posada es la mejor—comentó Ulfbar. Malow le miró con una amplia sonrisa, pensando también en remojar su gaznate.

—Tampoco está mal la Posada de La Jarra Dorada—comentó Tarium con picardía.

Tarium mostró una sonrisa en el escueto trozo de cara que se entreveía bajo la capucha mientras llegaban a la puerta. Ulfbar abrió la decorada puerta diciendo:

—Rick…, tus mejores clientes han llegado. Una voz les dio la bienvenida desde el fondo del local.

—Bienvenidos, Caballeros — Rick se acercó a la expedición con presteza, diciendo:

—¿Qué tal señores? Veo que vienen bien acompañados esta vez.

—Así es Rick, venimos sedientos, hambrientos y cansados, ¿tienes sitio para todos?—Preguntó Tarium.

—Por supuesto, señor. En esta época del año recibimos pocos huéspedes por aquí—respondió Rick.

—Mejor. Así estaremos más tranquilos—añadió Ulfbar.

Rick se dirigió tras la enorme barra, cogió unas llaves y les invitó a seguirle, diciendo:

—Por aquí, señores.

El grupo subió las escaleras. Rick se detuvo en un recibidor y dijo:

—Escojan los cuartos que quieran, los hay grandes y sencillos.

—¡Nosotros una doble!—exclamaron Álerik y Gurvan.

—Muy bien señores, cuando se hayan acomodado bajen al comedor y les serviré todo aquello que sea de su agrado—dijo Rick amablemente.

—Gracias Rick, para mí una pinta de cerveza de las grandes, bajaré en un segundo—exclamó Ulfbar.

Rick se encaminó escaleras abajo con una sonrisa, sabía muy bien que Tarium y Ulfbar tenían la costumbre de pagar lo que hiciera falta. El grupo dejó sus cosas en las habitaciones. Los dos hermanos abrieron la ventana para que entrase Etharn, que como era habitual, quería pasar lo más desapercibido posible. Bajaron al comedor y se aposentaron en una de las mesas.

—¿Que te he dicho, Malow? ¿Es buena la cerveza de aquí o no?—preguntó Ulfbar sonriente, sujetando una enorme jarra de cerveza en alto.

—Es deliciosa. Mucho mejor que el agua de cualquier arroyo—respondió Anstgar mientras daba largos tragos.

Álerik y Gurvan, por su parte, daban buena cuenta del ciervo estofado y el jabalí braseado, todo ello, remojado con una no menospreciable cerveza afrutada.

—Si Jack pudiese probar esta cerveza…, se relamería—comentó Álerik.

—Sí—respondió Gurvan, que desde hacía bastante tiempo no pensaba ni en la aldea ni en su querido amigo Jack.

—¿Y si enviamos unos cuantos barriles a la Guarida del Tejón?, así Jack sabrá que estamos bien y que nos acordamos de él —propuso Álerik alegre.

—¡Eso sí que ha sido una gran idea!—exclamó Gurvan sonriente.

—Perdone, señor Rick—dijo Álerik levantando su mano derecha.

El posadero se acercó con presteza a la mesa y dijo:

—Dígame, joven señor.

—¿Cree usted que sería posible enviar unos barriles de esta cerveza hasta Scorchedland?—inquirió Álerik.

El posadero lo miró asombrado y dijo:

—Claro que sí, joven señor, es posible, pero sería muy caro.

Álerik rebuscó en su bolsa, sacó cuatro monedas de oro y entonces preguntó de nuevo a Rick:

—¿Llegaría con esto?—. Álerik dejó caer las cuatro monedas sobre la mesa mientras el grupo observaba.

—Por supuesto señor, con una sola podría enviar doce barriles al fin del continente, si usted quisiera—respondió Rick obnubilado por las monedas de oro.

—Pues envíe usted esos doce barriles al reino de Skywaveland a nuestra aldea Scorchedland, a nombre de Jack Malow—dijo Álerik.

—Muy bien señor, pero sólo necesitará una moneda para enviar doce barriles—respondió Rick. Álerik cogió las cuatro monedas, se las dio a Rick y dijo:

—Envíe doce barriles ahora y doce más la próxima primavera, las otras dos monedas son para usted, por su amabilidad.

—¡Gracias, joven señor!—respondió Rick. Luego se retiró observando las cuatro monedas de oro que Álerik le había entregado en la palma de su mano. El grupo dio su aprobación a los dos jóvenes hermanos por su noble gesto y siguieron a lo suyo. La comida fue estupenda, la bebida increíble y disponer de toda la posada para ellos solos, fue aún mejor ya que, su amigo Rick, después del regalo de Álerik, colgó un cartel en la puerta en el que ponía "completo" para que sus huéspedes disfrutasen de su estancia lo mejor posible. Pasados tres días, el grupo emprendió de nuevo su camino dejando una buena propina a su estimado amigo Rick, que con una luminosa sonrisa colgada de su cara los despedía en la puerta diciendo:

—Que tengan un buen viaje, señores, el encargo que me encomendó el señor Álerik ya está de camino. Vuelva con sus amigos siempre que quieran.

—¡Así lo haremos Rick, gracias por todo!— respondió Ulfbar.

—Gracias Rick, hasta la vista—dijeron los demás, emprendiendo de nuevo el camino hacia "La Gruta de Hood".

Las Runas Olvidadas I

Capítulo 14

Pasaron los días, cruzaron campos y ríos hasta llegar a su destino. El grupo acampó en los alrededores de la gruta. Todo en aquel lugar parecía extrañamente tranquilo y sin atisbo alguno de peligro.

—¿Seguro que este es el lugar?—preguntó Anstgar extrañado por la paz del bello paraje.

—Sí, aquí es; no bajemos la guardia por si acaso— respondió Tarium, que estaba tan atónito como los demás por la quietud.

La noche antes de adentrarse en la gruta, sólo el murmullo del aire entre las hojas de los arboles entorpecía el silencio del claro firmamento. Con las primeras luces del amanecer, el melodioso canto de los pájaros anunció la llegada del nuevo día.

—¡Arriba, perezosos!—exclamó Gurvan, que junto a Álerik habían hecho la última guardia.

Tarium, Ulfbar y Anstgar los miraron con cara de sueño, un tanto desafiantes ante las osadas palabras del joven Gurvan.

Todos ellos se dispusieron en círculo alrededor de un delicioso banquete que Etharn había preparado con un mero chasquido de dedos. Comieron y bebieron todo lo que les apeteció y una vez saciado todo su apetito, se pusieron en marcha. Al llegar a la entrada de la gruta se detuvieron un momento en absoluto silencio, tratando de escuchar los sonidos de su profundidad, pero ningún sonido extraño salió de allí.

—Recordad, con cautela—dijo Tarium adentrándose en el interior de la gruta el primero. El aire de la gruta no era frío, más bien, parecía calentarse a medida que avanzaban. Pasaron por el borde de un pequeño lago rodeado de innumerables balsas de agua y arropado por el sonido de gotas que caían de vez en cuando.

—¿Álerik, puedes dar un poco de luz?, parece que aquí no hay peligro—dijo Ulfbar.

—Eso está hecho. ¡Sphaera lucis exiguo!—dijo Álerik.

—No tengo palabras—comentó Ulfbar mirando el interior de la gruta ahora iluminada.

La visión de la cavidad montañosa era impresionante; el suelo estaba formado por miles de pequeños charcos con forma circular mientras que del techo, colgaban enormes estalactitas, grácilmente enfrentadas a las estalagmitas que subían del suelo elevándose muchas de ellas hasta la bóveda de la caverna, como columnas naturales de múltiples y brillantes colores adornadas con miles de gotas, reflejaban la esfera de luz que Álerik había creado.

—Un poco más de luz, Álerik. A ver si hay algún paso—dijo Tarium.

—¡Sphaera lucis!—dijo entonces Álerik. Una esfera de luz bastante más grande, se materializó en el aire iluminando por completo la gruta. El grupo, embobado por la belleza del lugar, tardó un rato en reaccionar.

—¡Es impresionante!—exclamó Gurvan maravillado por la divinidad de aquel rincón.

—Es como llegar victorioso a casa después de una larga batalla—comentó Ulfbar con un brillo inusitado en sus oscuros ojos, ante aquel prodigio de la naturaleza.

—¡Mirad!—dijo Tarium—. La cavidad continúa por allí, ¡vamos!—indicó este señalando el fondo de la cavidad.

Los cinco llegaron hasta un paso angosto. Se detuvieron y escucharon la fluidez inconfundible del agua. Frente a ellos, había un paso estrecho y un abismo bajo él del que ni tan solo se llegaba a vislumbrar el fondo. Siguieron sin saber si aguantaría o no y mientras cruzaban pacientemente por el estrecho sendero, tuvieron la sensación de andar sobre las nubes. Pasado un rato, llegaron al otro extremo sin problemas pero bastante angustiados, pensando en el camino de vuelta.

—He notado una corriente de aire frío—dijo Anstgar.

—Yo también la he notado—afirmó Ulfbar.

—Sigamos, a ver dónde nos lleva esto. No pensé que este lugar era tan grande —murmuró Tarium.

El grupo siguió adelante hasta que a lo lejos se vio luz.

—¡Aquello podría ser la salida!—exclamó Álerik.

—Pronto lo sabremos—respondió Tarium, aligerando el paso hasta alcanzar la apertura luminosa—. Tenías razón, Álerik, es una salida—afirmó Tarium. Ante el grupo, había un pequeño valle rodeado por montañas al cual solo se podía acceder desde La Gruta de Hood.

—Precioso paraje—comentó Tarium—. Pero aquí no está lo que buscamos—añadió desanimado.

El grupo descansó un momento contemplando el bello lugar y regresó de nuevo a la gruta, llegando al estrecho paso y luego a la cavidad. Al dar con la brecha, Ulfbar se detuvo un instante y grabó con mucha maña un mensaje en el leguaje de los enanos en una de las anchas columnas.

—¿Qué has grabado en la enorme columna plateada?—preguntó Tarium intrigado.

—Ulfbar, el buscador, siempre llevará este lugar en su corazón—respondió Ulfbar emocionado.

El grupo siguió caminando en silencio mientras Ulfbar observaba una pequeña roca de color plateado en la palma de su mano, suspirando. Así pasaron tres largas semanas en las que no faltaron todo tipo de elogios de aquella zona hasta llegar a la enorme ciudad de Grailand, capital del reino.

—Tarium, esta vez eliges tú—dijo Ulfbar—. ¿La Posada del Ala Blanca o la Posada del Arce?—comentó a continuación con una sonrisa.

—Nos alojaremos en "La Posada del Arce". Además, está bastante cerca de la herrería de Warvery— respondió Tarium sonriente.

—Bien pensado. Quiero que ese bribón me grabe algo en el hacha—dijo Ulfbar.

Una vez instalados en la posada del arce, el grupo volvió a la carga en busca de la herrería.

—Ya estamos cerca—comentó Tarium apretando el paso. Los muchachos le seguían entre el laberinto de calles y ellos, a su vez, eran seguidos por Anstgar y Ulfbar.

—¡Ahí está!—indicó Tarium con su dedo.

A lo lejos, casi al final de una de las calles, se podía distinguir una columna de humo saliendo de una gran construcción.

—¡Vaya! espero que mi amigo no tenga cerrado— comentó Tarium.

Él y sus compañeros se adentraron en el interior de la construcción. Entonces Tarium se detuvo un instante y dio un silbido extraño parecido al de un pájaro. El incesante martilleo que se escuchaba al fondo de la construcción se detuvo y una figura se desveló entre las sombras.

—Jajajaja, ¡pero si es mi amigo del alma!—carcajeó Warvery.

—¡Warvery, viejo amigo!—exclamó Tarium que ardía en deseos de volver a ver a su estimado compañero.

—Mi gran amigo Tarium Nerver por aquí. ¡Horrados sean los dioses!—exclamó Warvery muy contento.

—Estos jóvenes son mis amigos, Álerik y Gurvan— dijo Tarium.

El herrero les dio la mano en signo de amistad siendo correspondido de inmediato por los dos hermanos.

—Él es Anstgar Malow—dijo Tarium. El herrero le dio con un fuerte apretón de manos.

—Al enano cascarrabias ya lo conozco…—dijo Warvery bromeando.

Mientras Tarium hablaba, los dos hermanos y Anstgar estuvieron admirando el trabajo de Warvery, un artesano de primera, principalmente armero aunque según les dijo Ulfbar, también hacía y ponía las herraduras del ejército de Grailand, incluso, las del caballo del rey. Durante la extensa conversación, Tarium enseñó su daga al herrero al que pareció complacerle mucho.

—¡Vaya, amigo, aún llevas la daga que te hice!— dijo Warvery.

Sacó una daga nueva y se la ofreció a Tarium, este la sostuvo en su mano, sopesándola, hizo una mueca apretando sus labios y le dio las gracias.

—Warvery, quiero que labres unas cosas en el hacha, ¿podrás hacerlo?—preguntó Ulfbar.

—Claro que sí Ulfbar, pero tardaré un par de días, el metal de los enanos es duro como sus cabezas, jajajaja—carcajeó Warvery.

—De acuerdo. Te la dejo aquí—dijo Ulfbar mientras dejaba el hacha sobre el banco de trabajo—. El dibujo es este y lo quiero en este lado—puntualizó Ulfbar dejando un pergamino sobre la mesa y señalando el lado izquierdo de su hacha con el dedo.

—¡Muy bien, Ulfbar! ¡Pero te costará una buena borrachera!—exclamó Warvery.

—No te quejarás, herrero del demonio... ¡nuestras borracheras son legendarias!—respondió Ulfbar efusivamente.

—Pásate por La Posada del Arce, allí pagaré mi deuda—exclamó Ulfbar sonriendo.

—Pasaré a cobrar pasado mañana, así aseguro que tendré tu encargo hecho—dijo Warvery despidiéndose.

Tarium dio un abrazo a Warvery y dijo:

—Ya sabes..., si necesitas algo, dímelo.

—Gracias Tarium, todo lo que necesito es verte más a menudo—respondió Warvery.

Tarium se alejó despidiéndose de su amigo, deseando que los dos días pasaran con rapidez. Un poco más allá le esperaba el resto del grupo.

—Es un armero excelente—comentó Anstgar, que no podía olvidar la preciosa daga que Warvery había regalado a Tarium.

—Lo es, posiblemente es el mejor armero de este reino y de los reinos vecinos—respondió Tarium orgulloso.

—Es cierto. A ningún otro dejaría mi hacha para añadirle unas filigranas—añadió Ulfbar.

—A propósito, Ulfbar, ¿qué quieres que grave Warvery en tu hacha?—preguntó Gurvan intrigado.

—Quiero que me grave las palabras que escribí en La Gruta de Hood, no quiero olvidar ese lugar jamás—respondió Ulfbar, mientras palpaba su bolsa buscando el tacto de la roca plateada que se llevó de allí. El grupo caminaba en silencio recordando la magnificencia del lugar.

—Bueno, no se vosotros pero a mí el calor de la fragua me ha hecho venir sed—dijo Ulfbar quebrantando el incómodo silencio.

—Pues vayamos a beber algo, ha sido mencionarlo y la garganta se me ha secado de repente—apoyó Anstgar—supongo que sabréis de algún sitio interesante—añadió.

—Claro que sí—respondió Tarium.

—¡La Taberna del Barril!—dijeron Ulfbar y Tarium.

—Está unas calles más allá—añadió Ulfbar sonriente.

Todos ellos siguieron a Ulfbar, que parecía conocer la ciudad como la palma de su mano. Unos minutos después, ya podía oírse el murmullo de la taberna.

—Es aquí, veamos que se cuece dentro—dijo Ulfbar.

Abrió la puerta del antro y el grupo entró tras él. La taberna siempre quedaba en silencio cuando alguien entraba en ella. Tarium miró entre la gente, pero no había mesa para sentarse y dijo:

—Será mejor ir al final de la barra, desde allí podremos ver si queda alguna mesa libre.

—Sí, eso será lo mejor—respondió Ulfbar abriéndose paso entre la muchedumbre. Poco después, el murmullo fue subiendo de tono hasta llegar al nivel habitual.

—¿Qué desean tomar?—preguntó el tabernero con un tono de voz bastante alto.

—Unas pintas de cerveza, si es posible—respondió Ulfbar mientras escuchaba una disputa al fondo del local.

—¡Extranjero, has de pagar si quieres información! —gritaba un desgarbado personaje, (que con toda seguridad era o había sido un ladrón) a un relajado encapuchado que había sentado en una mesa en el otro extremo del local.

—Parece que tienen algún tipo de disputa comercial—dijo Malow, como si quisiera meter baza en la discusión.

267

—No es cosa nuestra—respondió Tarium, que en ese momento se fijaba en el hombre sentado en la mesa, observando con detenimiento sus ropajes oscuros.

—¡Quiero que me pagues, bicho raro!—exclamó a gritos el ladrón. El ente de oscuros ropajes que permanecía sentado dejó caer una moneda sobre la mesa. El ladrón cogió la moneda y se fue por la puerta diciendo:

—¡Si vuelves a engañarme, estás muerto! ¡Te ha quedado claro!

El encapuchado permaneció inmóvil unos minutos, luego se levantó de la mesa y salió por la puerta de la taberna. Tarium no le quitó la vista de encima ni un solo instante, pensativo y nervioso por el aspecto de aquel hombre encapuchado.

—¿Qué pasa, Tarium? ¿Algún problema?—susurró Ulfbar, al ver la atención que su compañero prestaba al extraño encapuchado.

—Ninguno —respondió Tarium sumamente preocupado—. Vayamos a su mesa, ahora está libre—añadió, quitando importancia a lo sucedido. Allí estuvieron bebiendo hasta el anochecer, momento en el que todo el grupo se retiró a la posada hasta el día siguiente.

—Toc, toc, toc.

Unos golpes en la puerta de la posada sacaron de sus sueños al grupo. Poco después, se escucharon unos pasos apresurados dirigiéndose a la puerta, oyeron como se habría y luego una conversación en voz alta:

—Buenos días, posadero ¿tienes algún huésped extraño alojado aquí?—dijo el capitán.

—No, capitán, mis huéspedes son conocidos, ¿ha pasado algo?—preguntó el posadero.

—Sí, han matado a un ladrón que buscábamos hace tiempo—respondió el capitán con voz recia.

—Vaya, ¿y saben quién ha sido?—preguntó el posadero.

—No, pero según nos han dicho sus amigos, discutió con un hombre encapuchado ayer por la tarde. En fin..., si ve usted algo extraño, avísenos—instó el capitán.

—Por supuesto, capitán. Espero que tengan suerte en su búsqueda—dijo el posadero.

—No lo creo. Estos asesinatos de rateros y ladrones nunca se resuelven..., adiós—respondió el capitán cerrando la puerta de la posada. Un leve crujido se escuchó en la puerta de la habitación de Tarium.

—¿Tarium, has oído eso?—susurró Ulfbar mientras se adentraba en la habitación completamente a oscuras.

—¡Maldita sea Ulfbar!, ¿cuántas veces he de decirte que llames primero?—dijo la voz de Tarium pegada a la oreja de Ulfbar.

—¡Por los dioses, Tarium! casi se me sale el corazón por la boca, menudo susto—susurró Ulfbar con una gota de sudor frío recorriéndole la frente. Tarium abrió la ventana; estaba vestido y con su espada en la mano ante la sorpresa de su amigo Ulfbar.

—¿Tú sabes algo, verdad?—murmuró Ulfbar mirando fijamente a Tarium.

—Lo único que sé, es que el hombre de la taberna era muy extraño, demasiado para ser un hombre—respondió Tarium nervioso.

Unos suaves golpes se escucharon en la puerta de la habitación increpando enormemente a Ulfbar.

—¿Quién es?—preguntó Ulfbar algo alterado.

—Soy Anstgar, ¿puedo pasar?—preguntó Anstgar en voz baja.

—¡Pasa, Malow!—exclamó Tarium

—¿Habéis oído la conversación? Parecen buscar a una persona que encaja con tu descripción —dijo Anstgar contemplando a Tarium.

—Sí, precisamente hablábamos de eso. ¿Tú qué opinas? —preguntó Tarium.

—Creo que podemos tener problemas —respondió Anstgar, bastante avezado en ese tipo de situaciones.

—¿A qué te refieres? ¡Explícate! —refunfuñó Ulfbar.

—Como ya sabéis, soy militar. Estoy seguro que alguien no tardara en relacionar a Tarium con el asesinato de ese ladronzuelo, la gente a menudo ve cosas y confunde situaciones. Tú vistes casi igual que aquel hombre así que, no tardarán en venir a buscarte —explicó Anstgar.

—¡Tú también te diste cuenta! —comentó Tarium interrumpiendo.

—Sí. Estas indumentarias tan elaboradas no son comunes entre la gente normal, si alguien más se fija… —añadió Malow cogiendo la esquina de la capa de Tarium en su mano—. Tendremos problemas —añadió.

—Tienes razón, podrían confundirme con él y eso nos causaría más de un quebradero de cabeza. Debemos encontrarlo antes de que me confundan con él —dijo Tarium alterado.

—A estas horas puede estar muy lejos de la ciudad y quizá jamás volvamos a verlo —respondió con voz calmada Anstgar.

La puerta se abrió de repente, cayendo Álerik y Gurvan dentro de la habitación de Tarium de rodillas.

—¿Estabais escuchando? —preguntó Tarium enojado.

—Perdona, es que no sabíamos si molestarte o no y cuando llegamos a tu puerta, escuchamos la conversación y, verás… —dijo Álerik entrecortadamente.

—Sí…, sí, eso mismo —añadió Gurvan con voz nerviosa.

—Cerrad la puerta, esto parece un circo —exclamó Ulfbar.

Los hermanos cerraron la puerta y se sentaron en un lateral de la habitación, en silencio, intentando no increpar a Tarium.

—Entonces… ¿Se te ocurre alguna idea, Malow? —preguntó Tarium.

—Sí, tengo dos; permanecer aquí hasta entrada la noche y luego irnos de la ciudad sin que nadie nos vea o que cambies tu indumentaria por completo.

—Eso es muy fácil de decir —respondió Tarium. Cogió la esquina de su capa y la cortó dejando caer el trozo en el suelo. El grupo lo miró esperando algún tipo de explicación, pero Tarium permaneció en silencio. Pasados unos segundos, el trozo del suelo se consumió hasta convertirse en polvo y luego, desapareció. Entonces, Tarium levantó la capa por la esquina cortada y estaba perfecta, como si no la hubiese cortado.

—Es más que una indumentaria, fue hecha expresamente para mí, es como una segunda piel y jamás me la quitaré —dijo Tarium muy serio.

—¡Eres una caja de sorpresas, viejo amigo! —dijo Ulfbar impresionado.

Álerik permanecía pensativo. Aquella indumentaria parecía ser mágica pero, ¿cómo podía ser? Etharn les había dicho que solo los elfos y, más concretamente, su maestro, era el único capaz de hacer magia. Por fin empezó a comprender el significado de su visión que meses atrás les había conducido hasta Tarium. Álerik se levantó cogiendo a su hermano por el hombro mientras Ulfbar, Anstgar y Tarium discutían una estrategia. Lentamente se acercaron a la puerta y cogieron la maneta con mucho cuidado.

—¿Se puede saber adónde vais?—preguntó Tarium observando de reojo.

—Vamos con Etharn. Es que ayer ya estuvo todo el día encerrado y el pobre animal se agobia un poco—respondió Álerik disimulando.

—De acuerdo, pero no bajéis al comedor sin pasar por aquí primero—replicó Ulfbar

—Tranquilos, no saldremos de nuestra habitación—respondió Álerik. Los dos hermanos salieron de la habitación de Tarium, entrando rápidamente en la suya.

—Etharn, he visto algo increíble, la ropa de Tarium es mágica—dijo Álerik.

—No es mágica, está confeccionada por los elfos. Me di cuenta el primer día que lo vi—respondió Etharn sin dar importancia a las palabras de Álerik.

—Te lo dije Álerik. Etharn es una urraca traicionera, lo sabía y no nos dijo nada—exclamó Gurvan, que buscaba algo con que dar un buen garrotazo a Etharn.

—¿Eso en qué os habría ayudado? ¿Es que quizá habría cambiado algo?—preguntó Etharn mirando fijamente a los dos hermanos.

Gurvan se calmó momentáneamente y preguntó:—¿Entonces, la ropa hecha por elfos se regenera?

—No. La ropa hecha por los elfos es perfecta en todos sus aspectos, muy dura pero no irrompible y menos aún capaz de regenerarse—respondió Etharn extrañado por la pregunta de Gurvan.

—¡Pues la ropa de Tarium es capaz de hacerlo!—exclamó Gurvan reprochando su indiferencia a Etharn.

—¡Escuchad bien los dos!—Exclamó Etharn—. No daréis a ese hecho la más mínima importancia, yo me encargaré de ver qué tipo de magia es en un instante. Vosotros, quedaos aquí—añadió Etharn haciendo un chasquido con sus dedos y desvaneciéndose en el aire ante la cara de interrogante que esgrimían los dos hermanos. Unos minutos después, apareció de nuevo ante ellos y dijo:

—Ya sé por qué su ropa se regenera.

—Explícate, nos tienes en vilo—dijeron los dos hermanos fijando toda su atención en Etharn.

—Su ropa es mágica—Aclaró Etharn.

—Eso ya lo tenemos claro pero, ¿sabes algo más?—interrumpió Gurvan alterado.

—Sí, que su magia procede de mi creador y es muy poderosa, a la vista de cualquiera lleva unos bonitos ropajes, pero nada más. Gracias a un hechizo que conozco, he podido ver las runas de protección y regeneración que lleva bordadas. Y como os he dicho, es una magia muy poderosa incluso para mí, sin duda es la persona que buscábamos. Sólo alguien que conoce en persona a mi maestro llevaría esas runas—explicó Etharn.

—¿Quieres decir que Tarium puede llevarnos ante tu maestro?—preguntó Álerik sonriente.

—Sí, eso es exactamente lo que os estoy diciendo, quizá no ante mi creador, pero sí muy cerca de él. No diremos nada, solo le ayudaremos a buscar lo que necesita. De ese modo, lograremos que nos lleve a nuestro destino o muy cerca de él—comentó Etharn.

—¡Por fin una buena noticia!—dijo Álerik.

—Si la pista de lo que busca Tarium está en el libro que encontramos en la gruta de Hood, quizá haya algo más...—propuso Gurvan mirando a Etharn.

Álerik hurgó en su bolsa con presteza, sacó el libro y dijo:

—Haz con el libro lo que has hecho para ver las runas de Tarium. Etharn se concentró y sus ojos relucieron como el sol de la mañana. Cogió el libro entre sus manos, lo ojeó de arriba abajo y dijo:

—Sólo he visto el símbolo que vio Tarium, no hay runas grabadas en él—comentó con voz sosegada. Entregó el libro a Álerik y este lo guardó en su bolsa.

—¿Podrías dibujarnos el signo del libro?—preguntó Álerik.

Etharn chasqueó los dedos y un papiro apareció en el aire con el dibujo del libro.

—¿Para qué lo quieres?—preguntó Etharn intrigado.

—Necesito que lo hagas invisible para todos menos para nosotros tres—comentó Álerik mirando a Etharn.

Este pronunció el encantamiento sin problemas.

—Ya está, ¿ahora qué?—preguntó Etharn intrigado.

—Ahora lo esconderé en mi bolsa y tú buscarás cosas mágicas en la habitación—respondió Álerik.

Los ojos de Etharn brillaron de nuevo mientras avistaba a su alrededor—(cuando Etharn realizaba ese hechizo no veía las cosas como objetos sólidos, las veía como neblinas entre las cuales los objetos mágicos resplandecían con luz propia), desde allí podía ver perfectamente la ropa de Tarium a través de la pared, como también veía con claridad la espada de Gurvan y el bastón de Álerik relumbrar con intensidad al igual que sus medallones y el libro que Álerik llevaba en la bolsa. Entonces, vio algo más y dijo:

—¡Vaya, aquí hay algo en lo que no habíamos reparado!—exclamó Etharn, dirigiéndose a la mochila de Gurvan. La abrió con cautela y sacó de su interior el sucio medallón que habían encontrado—. ¡Esto también tiene magia!—exclamó Etharn con el medallón en la mano.

—¿Eso? —Preguntaron Álerik y Gurvan asombrados.

—No es más que un medallón roñoso, ni siquiera he podido limpiarlo—comentó Gurvan asombrado.

Etharn chasqueó sus dedos de nuevo y el medallón relució como un astro, mostrando un elaborado trabajo de orfebrería. Etharn lo sostuvo en su mano mirando los curiosos símbolos, sin decir nada.

—¿El grabado tiene algún sentido para ti, Etharn?— preguntó Álerik asombrado.

—Sí, este medallón pertenece a los elfos, en concreto, a uno muy especial. Aquí pone su nombre, Whidrel—dijo Etharn señalando una parte de la escritura élfica que rodeaba al medallón—. Además, no es sólo un adorno, también es una herramienta—añadió Etharn sonriente.

—¿Para qué sirve?—preguntó Gurvan.

—Este medallón nos llevará directamente hasta su dueño, en este caso, hasta un elfo que se llama Whidrel, si es que vive todavía, claro está—respondió Etharn.

Tras la puerta se escuchó el sonido de unos pasos acercándose rápidamente.

—¡Cuidado!—dijo Gurvan.

Etharn chasqueó los dedos y el medallón desapareció en el aire. Los pasos se detuvieron tras la puerta de los muchachos y unos suaves golpes se escucharon.

—¿Sí?—preguntó Gurvan nervioso.

—Somos nosotros—respondió Ulfbar abriendo la puerta—. Venid, tenemos un plan. Etharn, bonito, tú también puedes venir—dijo Ulfbar con voz suave.

Álerik, Gurvan y Etharn acompañaron a Ulfbar hasta la habitación de Tarium.

—Ya estamos aquí—dijo Ulfbar abriendo la puerta de la habitación.

—Muy bien. Vosotros dos iréis a la herrería de Warvery y le pediréis que os acompañe hasta aquí—dijo Tarium entregando una nota a Gurvan—. No paréis en ningún sitio bajo ningún pretexto, nadie debe veros. Etharn llama demasiado la atención, por eso se quedará aquí con nosotros—explicó Tarium con voz seria. Los hermanos asintieron con la cabeza cogiendo la nota de Tarium.

—¿Os acordáis cómo se llega hasta la herrería?— preguntó Anstgar un tanto preocupado.

—Tranquilos, podéis confiar en nosotros, no tardaremos—respondió Gurvan.

Álerik y Gurvan salieron de la posada saludando al posadero. Recorrieron las calles que les separaban de la herrería de Warvery y se adentraron en ella.

—Buenos días, Warvery. Te traemos una nota de Tarium—dijo Álerik alargando su mano.

—Buenos días. ¿Habéis oído la noticia? Anoche mataron a un ladrón y esta madrugada han venido a la herrería para saber si había visto alguien extraño rondando por aquí. ¡Qué locura!—comentó Warvery. Cuando leyó la nota de Tarium, el semblante de Warvery cambió por completo, cogió una espada y el hacha de Ulfbar y las colgó en su ancho cinturón de cuero—. ¡Vamos, no hay tiempo que perder!—dijo Warvery nervioso.

Los dos hermanos no añadieron ni una sola palabra a la conversación siguiendo a Warvery de cerca, que con presteza recorría el entramado de calles. Al divisar la posada, aceleró el paso.

—¡Venga muchachos, daros prisa!—Exclamó Warvery casi llegando a la puerta. Entonces se detuvo, abrió con tranquilidad la puerta de la posada y los tres entraron.

—Buenos días, Greg ¿Cómo va todo?—preguntó Warvery con amabilidad.

—¡Hombre, Warvery! ¿Qué haces por aquí?— preguntó Greg, que le conocía como casi todo el mundo, pues Warvery era el mejor herrero del lugar.

—Vengo a ver a mi amigo; se aloja con estos muchachos—respondió Warvery.

—Muy bien, pasa, pasa, creo que está descansando arriba. Si está despierto, dile que en una media hora la comida estará lista—dijo Greg.

—Considéralo hecho, Greg—respondió Warvery.

Él y los dos muchachos subieron las escaleras con tranquilidad, como el que no tiene ninguna prisa.

—Es aquí—indicó Gurvan llamando con suavidad a la puerta. Esta se abrió un segundo después.

—Pasad—dijo Ulfbar entre susurros.

—¡Cabezón, toma tu hacha!—dijo Warvery a Ulfbar. Ulfbar miró con una sonrisa su queridísima hacha, comprobando que Warvery había terminado el encargo. Tarium alargó su mano en busca de Warvery que le dio un buen apretón.

—¿Qué pasa, Tarium? en la nota me ponías que viniera lo más rápido posible, pensé que quizá estabas mal herido, o algo peor—preguntó Warvery intrigado.

—No se trata de eso—comentó Tarium calmando a su amigo—. Verás…, ayer, cuando salimos de la herrería, fuimos a tomar unas cervezas a La Taberna del Barril—dijo Tarium cuando Warvery le interrumpió.

—¿Os metisteis en algún lio, verdad?—preguntó Warvery quitando importancia a los hechos.

—No es eso. Allí presenciamos una conversación entre un ladrón y un personaje encapuchado y esta mañana, la guardia del reino ha venido preguntando por el encapuchado, ¿comprendes?—dijo Tarium.

—También han venido a la herrería así que, estabais en mal sitio en el momento preciso y como tú también vas encapuchado, crees que este asunto te puede traer problemas. Entiendo…—dijo Warvery pensativo.

—Ese encapuchado no vestía ropa común, sus ropas eran excesivamente parecidas a las mías, ¿comprendes?—explicó Tarium.

—Eso es imposible, tu ropaje es muy especial—respondió Warvery con un gesto de complicidad en el rostro.

—Eso ya lo sé, pero si no fuese porque yo mismo las vi, diría que son casi iguales. Las suyas son más oscuras y su estatura, casi un palmo más alto que yo. Pero tú sabes que la gente no se fijará en eso, solo se fijarán en el parecido—dijo Tarium inquieto.

—Entonces, ¿qué pensáis hacer?—preguntó Warvery.

—Necesitamos que traigas un carro a la parte trasera de la posada y nos lleves a las afueras de la ciudad esta noche. Nosotros estaremos preparados—dijo Tarium.

—¡Así lo haré, cuenta conmigo!—dijo Warvery, que a continuación echó un vistazo al grupo y se despidió diciendo:—Ulfbar, la próxima vez la borrachera será doble.

—No lo dudes amigo, tienes mi palabra de enano—respondió Ulfbar.

—Jajajaja ¡Sin excusas, cabeza hueca!—exclamó Warvery entre carcajadas abriendo la puerta de la habitación.

El grupo comió en un elegante salón del primer piso, haciendo tiempo para que Warvery apareciera por la parte trasera. Las horas transcurrieron lentamente. Al atardecer, se escuchó el extraño silbido que indicaba que todo estaba dispuesto. Tarium dejó una nota y una excelente propina al posadero en su habitación. Los cinco subieron al carro cubierto que Warvery había traído y, ocultos bajo la lona, los condujo hasta las afueras de la Capital de Grailand.

—Gracias compañero. No hace falta que te recuerde que las puertas de Frostwind siempre están abiertas para ti—dijo Tarium dando un fuerte abrazo a Warvery.

—Lo sé, quizá algún día vuelva...,—respondió Warvery.

—Eso sería lo mejor que podrías hacer—comentó Tarium con media sonrisa colgada de su cara.

Warvery se giró hacia el grupo estrechando la mano a todos ellos y en especial a Ulfbar, al que apreciaba muchísimo.

—Ulfbar, no olvides tu promesa o serás el primer enano volador del reino—carcajeó Warvery.

—No la olvidaré—respondió Ulfbar con voz triste.

Warvery se montó en el carro, dio la vuelta y retornó a la ciudad de Grailand. El grupo caminó durante varias horas para alejarse al máximo de Grailand. De nuevo estaban en camino, al Norte, en busca del Valle Gris y las Montañas Aladas en el reino de Cliffsland.

La gran distancia, era lentamente rellenada por el paso de las semanas que paulatinamente, les acercaba cada día más a la ciudad de Goldberg. En el camino, se hablaba del extraño personaje de la taberna que les había ocasionado su precipitada partida de la ciudad. A media tarde del quinceavo día, tuvieron la ciudad a la vista, descansaron para reponer fuerzas y hacer entrada en ella al atardecer.

Capítulo 15

Al caer la noche el grupo se adentró en la ciudad. No era tan grande como Grailand aunque, en ella, encontrarían todo lo necesario para su viaje. El grupo siguió a Tarium hasta una posada de la cual tenía buenas referencias; La Posada del Canto Rodado, muy discreta situada en el extremo Norte de la ciudad.

—Buenas noches—dijo Tarium entrando en la posada.

Cuando una voz procedente de la cocina respondió:

—Buenas noches, un momento, ahora mismo salgo.

Pasados unos instantes, el posadero salía de la cocina entre nubes de vapor.

—Buenas noches, señor ¿Qué desea?—Preguntó el posadero observando a Tarium de arriba a abajo.

—Buscamos alojamiento para dos días, comida caliente y tranquilidad—respondió Tarium, intrigado por el comportamiento del posadero.

—Han llegado ustedes al sitio indicado, el último huésped se fue esta misma mañana—respondió amablemente el posadero.

—¿Quiere usted el pago por adelantado?—preguntó Tarium.

—No hace falta señor, por sus ropajes se nota que es alguien importante—respondió el posadero confiado.

—¿Por qué lo dice?—preguntó Ulfbar muy intrigado.

—Señor verá usted, el caballero que se fue esta mañana vestía casi igual—respondió el posadero—. Era una persona muy recatada y respetuosa aunque, poco habladora, aunque no me quejo, me dejó una buena propina—añadió el posadero.

El grupo pareció enmudecer de repente.

—¿He dicho algo malo? ¿No son ustedes conocidos?—preguntó el posadero un tanto desconcertado.

—Sí, se podría decir que somos conocidos—
Respondió Anstgar rompiendo el incómodo silencio.

—¿Entonces, se quedan?—preguntó el posadero.

—Sí, nos quedamos. Indíquenos cuales son las habitaciones. Por cierto, ¿no sabrá por casualidad adónde se dirigía nuestro conocido?—inquirió Tarium con picardía.

—Pues la verdad es que no. Como ya le he dicho, es una persona muy recatada—respondió el posadero con un paño entre manos. Luego se encaminó escaleras arriba hasta llegar a un rellano en el que había varias puertas, se giró y dio las llaves al grupo diciendo:

—Será mejor que ustedes mismos escojan las habitaciones que sean de su agrado. Si no han cenado aún, tengo un rico estofado de cordero recién hecho—comentó el posadero mientras bajaba al piso del comedor.

—Gracias, posadero. Dentro de un rato bajaremos, no se preocupe—respondió Tarium.

El grupo se alojó en las habitaciones y aunque eran sencillas, estaban completamente equipadas. Los muchachos, una vez más abrieron la ventana para que Etharn entrara sin llamar la atención al resto del grupo, sin embargo era del todo innecesario, pues él, con un solo chasquido de sus dedos era capaz de entrar donde quisiera. Cuando se hubieron acomodado, bajaron al comedor para cenar. La comida era excelente y su bebida, lo suficientemente buena como para quedarse allí sin meterse en más problemas. Después de la cena, se dirigieron todos en la habitación de los hermanos para comentar la inquietante coincidencia que había ocasionado el personaje del bar alojándose allí.

—¿Qué crees que busca, Tarium? ¿Quizá lo mismo que alguno de nosotros? —Preguntó en voz baja Ulfbar.

—No lo sé, pero ha estado aquí y por lo que parece nos lleva ventaja, extremaremos nuestros movimientos a partir de ahora—comentó Tarium, completamente ofuscado por el mar de incógnitas que el extraño personaje suscitaba.

Los dos días en la posada recuperaron por completo al grupo. Al amanecer del tercer día, el grupo partía en dirección Este hacia las montañas guiados por Tarium a través de un angosto sendero, que se perdía zigzagueante entre los picos de Geist y Ohima en la cordillera de Nerthz, también conocido como "paso de los desdichados". Por aquel estrecho sendero anduvieron más de una semana hasta llegar al otro extremo, adentrándose en el reino de Cliffsland, unas tierras llenas de exuberantes prados y frondosos bosques.

—Quedan bastantes jornadas para hallar nuestro destino—comentó Tarium dejando su mochila junto a un árbol.

—Bueno Tarium, eso no es una sorpresa—exclamó Gurvan sentándose en el mullido suelo de hiervas y musgo.

—Jajajaja, ¿no dirás que quieres quedarte aquí?—carcajeó Álerik con voz cansada.

—Deja tranquilo a Gurvan, Álerik. Creo que hablo en nombre de todos cuando digo, que estas últimas semanas han sido agotadoras y la senda que acabamos de abandonar, ha sido lo más duro de todo—dijo Ulfbar tomando asiento sobre un viejo tronco caído—. Ni siquiera el sol nos ha visitado en este oscuro lugar—añadió Ulfbar refunfuñando.

—Si os parece bien, pasaremos la noche aquí. ¿Qué decís?—preguntó Anstgar.

—De acuerdo—respondieron todos. El grupo entero se puso manos a la obra, empezaron a preparar la hoguera y salieron a cazar una buena pieza para la cena, tarea en la que Tarium era todo un especialista. Cuando la hoguera ya contaba con unas ascuas anaranjadas, apareció Tarium con un par de pollos salvajes. Entre todos los desplumaron y Ulfbar los preparó magníficamente en un periquete, sazonándolos con algunas hierbas que llevaba en la mochila.

—¡Delicioso!—exclamó Gurvan chupándose los dedos.

—¿Te gusta? No hay cocina como la de los enanos—comentó Ulfbar orgulloso.

—Sí, está bueno, pero el pollo con especias de Jack es mejor, quizá algún día lo puedas probar—dijo Álerik.

—Estoy deseando echar mano a ese famoso pollo de Jack, ¡por los dioses!—exclamó Ulfbar entre dientes.

Los demás, que estaban a lo suyo, se echaron a reír por el comentario de Ulfbar, este siempre era desprestigiado por uno de los muchachos, que no dejaban de compararlo con Jack. La noche cayó sobre ellos y, como siempre durante la misma, las guardias se sucedieron. El fuego siguió calentando con sus brasas hasta bien llegada la mañana, momento en el que lo apagaron para proseguir su camino después de un escueto tentempié.

El grupo se adentró con paso firme en los frondosos prados y después en los espesos bosques, en busca del lugar indicado por el libro. Con el paso de los días, los senderos y caminos parecían llevarlos cada vez más cerca de su destino. Durante el atardecer del décimo día, el grupo se detuvo escuchando atentos un sonido.

—¿Escucháis eso?—comentó Ulfbar poniendo máxima atención en un murmullo lejano.

—Sí, yo también lo he oído—respondió Tarium. Poco después, Anstgar dijo lo mismo añadiendo:—Se parece al trote de los caballos.

—¡Rápido, salid del camino! ¡Apresuraos, no sabemos quién puede ser!—exclamó Tarium con movimientos apremiantes de sus manos. El grupo se escondió tras unos árboles agazapándose en el suelo. En un instante, un estruendo atronador llegó hasta el grupo y con él, una guarnición de jinetes al galope que pasó a toda prisa sin detenerse hasta perderse de nuevo en la distancia.

—¡Vaya, ha estado cerca!—comentó Gurvan levantando la cabeza del suelo lentamente.

—Sí, pero volverán —refunfuñó Ulfbar.

—No. Esos jinetes parecen patrullar el paso de los desdichados de un extremo a otro, creo que aún tardarán algo tiempo en regresar, estamos bastante lejos—explicó Anstgar con voz tranquilizadora mientras se incorporaba.

—No creo que tuviésemos problemas con ellos, aquí nadie nos conoce—añadió Tarium desempolvándose los ropajes.

—Eso nunca se sabe, quizá los extraños no sean bien recibidos. He oído historias sobre este reino…, si mal no recuerdo, llevan siglos batallando contra unos bárbaros de las montañas—comentó Ulfbar.

—Eso es cierto, pero está claro que nosotros no somos bárbaros ¿no crees?—respondió Álerik.

Ulfbar resopló, cogiéndose la espesa barba mientras refunfuñaba.

—Dejémonos de preguntas y busquemos un sitio para pasar la noche—comentó Tarium rápidamente tras el resoplar de Ulfbar, calmando la tensión del momento. El grupo anduvo por el camino serpenteante, muy atentos a cualquier sonido. Lo último que deseaban en ese momento era entrar con mal pie en aquel reino.

—Ese parece un buen sitio, está cerca del camino y además aquellos árboles son el lugar perfecto para ocultarnos—indicó Anstgar señalando con el dedo un claro que se veía unos codos más allá.

—Tienes razón, es perfecto, pasaremos la noche allí. Haremos una hoguera pequeña y fácil de apagar por si escuchamos algo y comeremos víveres..., nada de cocinar esta noche—comentó Tarium. Llegada la media noche el suelo se empezó a remover. El grupo se despertó mientras Anstgar apagaba la hoguera con presteza. Ulfbar y el resto del grupo cogieron los enseres y se ocultaron tras los árboles seguidos de cerca por Anstgar, que sin demasiada dificultad, había extinguido la pequeña fogata. Detrás de los anchos troncos de los árboles tenían buena visión del camino al que no quitaban ojo.

—Silencio—susurró Tarium mirando a los dos hermanos que cuchicheaban nerviosos.

Pasados unos minutos, los impactos hacían estremecer el suelo bajo los pies del grupo, que contemplaba con estupor dos enormes criaturas, portando grandes picas de metal. En la distancia se escuchaba el murmullo de una batalla que lentamente se aproximaba, las dos enormes criaturas parecían huir de la ofensiva.

—¿Habéis visto eso?—exclamó entre susurros Gurvan, que permanecía camuflado tras uno de los árboles de tal forma que parecía formar parte de la corteza.

—Hay que salir de aquí, la batalla viene justo detrás—susurró Tarium mientras se alejaban las dos enormes criaturas perdiéndose en la oscuridad.

—No. Yo me quedo—dijo Anstgar con decisión—. Un caballero del rey nunca rehúsa una batalla—añadió con orgullo en sus palabras.

—¿Quieres cumplir tu misión o no?—Replicó Ulfbar aclarándose la voz—. Pensé que tu misión era lo primero, ¿acaso crees que yo o Tarium no deseamos entrar en batalla?—preguntó Ulfbar haciendo recapacitar a Anstgar.

—Perdón si os ofenden mis palabras—respondió Anstgar.

—Ni siquiera sabemos quiénes son. Si entramos en batalla quizá nos pongamos del bando equivocado y entonces todo sería un problema—explicó Tarium apresuradamente.

—¡Tarium tiene razón! Aunque, esas criaturas que han pasado..., no creo que sean muy amables—exclamó Álerik.

Tarium se encaminó bosque adentro lejos de la batalla casi llegando a su altura. El grupo le siguió entre árboles, ramas y matorrales. Lentamente, el sonido se fue apagando por la distancia que los separaba del enfrentamiento.

—Vosotros dos os quedaréis aquí—dijo Tarium señalando con firmeza a los hermanos—. Cuidaréis de nuestras cosas, ¿entendéis?—ordenó Tarium muy serio a los dos hermanos, que asintieron con la cabeza. Ulfbar y Anstgar vendrán conmigo, necesitamos información—comentó Tarium.

Los dos hermanos escondieron las mochilas y se subieron a un árbol cercano mientras sus compañeros desaparecían en la inmensidad del bosque.

—¡Rápido Álerik! este árbol es bastante grande, quizá podamos ver algo desde su copa—dijo Gurvan. Los dos hermanos empezaron a trepar por las gruesas ramas hasta casi alcanzar la cima del antiquísimo árbol. —Mira, allí está la batalla y más allá las dos enormes criaturas—exclamó Gurvan desde una rama bastante alta mientras Álerik seguía trepando hasta ella.

Aquel emplazamiento tenía una perspectiva única del camino, que gracias a la luna llena y el cielo estrellado, quedaba suficientemente iluminado. Desde allí, observaron el desarrollo del enfrentamiento. Unos jinetes con armadura luchaban contra unos seres extraños.

—¿Quiénes serán esos hombres que van a caballo?—susurró Gurvan pensativo.

—Se parecen a los hombres que pasaron esta mañana, ¿te acuerdas?—respondió Álerik.

—¿Crees que los otros serán los bárbaros de los que habló Ulfbar?—preguntó Gurvan extrañado.

—No parecen bárbaros, son demasiado delgados—respondió Álerik observando detenidamente. Un gruñido de bestias se escuchó en la base del árbol como si estuvieran destrozando algo silenciando la conversación de los hermanos, que con estupor bajaron las miradas observando atónitos unos lobos de gran tamaño con extraños jinetes montando sobre sus lomos.

—¡Álerik, nos están robando la comida!—susurró Gurvan.

—Cállate, nos van a oír—respondió entre susurros Álerik.

Uno de los jinetes escuchó el murmullo y miró hacia arriba mientras ellos lo observaban con impotencia. El jinete subió por el tronco en busca de los muchachos cuando un seco chasquido se escuchó tras los dos hermanos y unas piedras de considerable tamaño salidas de la nada cayeron del cielo arrastrando a su paso a aquellos seres.

—Daros prisa, coged lo que haya quedado en las mochilas, Tarium os despellejará si llega a enterarse de que habéis subido al árbol, dejando sin vigilancia sus cosas—dijo Etharn sonriendo.

—Gracias, Etharn—respondieron Álerik y Gurvan muy asustados.

Los dos hermanos bajaron rápidamente del árbol, al margen de lobos y sus jinetes mientras recuperaban todo lo que podían.

Etharn permanecía tranquilo sobre una rama del árbol, mientras los muchachos se afanaron por dejar las cosas lo mejor posible, sin conseguirlo.

—Etharn, podrías ayudarnos un poco ¿no crees?— exclamó Gurvan con voz de preocupación.

—Sí, eso sería fácil para mí, pero como soy una hurraca traicionera, pues...—respondió Etharn con maldad.

—Etharn, no creo que este sea el mejor momento para recriminar cosas del pasado—exclamó Álerik enojado.

—Está bien..., os ayudaré, pero Gurvan tiene que dejar de darme garrotazos por sorpresa; la última vez tardé dos días en recuperarme—dijo Etharn sonriente en la rama, sobre la cual hacía piruetas burlescas. Se detuvo un segundo, dio una vuelta en el aire y chasqueó los dedos. Las mochilas del grupo estaban como siempre. Los dos hermanos dieron un suspiro de alivio, cargaron las mochilas a sus espaldas y subieron otra vez al árbol.

—¿Has conseguido ver dónde están Tarium y los demás?—preguntó Gurvan con voz preocupada.

—Sí, están muy cerca de la batalla, quizá demasiado—respondió Etharn, que desde allí podía ver con claridad todo lo que sucedía—. No os preocupéis, no son rivales para ellos—añadió Etharn mientras veía a sus tres compañeros abriéndose paso con maestría entre los extraños seres—. Están allí, en el lado Norte del recodo del camino—señalo finalmente Etharn con el dedo.

Los hermanos fijaron la mirada y vieron una fuerte lucha en esa zona de la batalla.

—Ese es el peor lugar, la batalla allí es más intensa—exclamó Álerik agarrándose a las ramas.

—Está claro. Malow no podrá decir que viaja con unos cobardes—respondió Gurvan orgulloso.

Pasadas un par de horas, la terrible batalla iba llegando a su fin. Las extrañas criaturas se batían en retirada, mientras los jinetes las perseguían sin darles tregua.

—Ahora sabremos si somos bien venidos o tenemos que acabar siguiendo a nuestros compañeros presos hasta el verdugo más cercano—dijo Etharn con voz seria.

Etharn alzó el vuelo y se aproximó hasta sus compañeros del camino, observó cómo los jinetes les rodeaban apuntándoles con sus lanzas.

—¿Quiénes sois?—preguntó el capitán de la guarnición.

—Somos viajeros en busca de un poco de hospitalidad—respondió Anstgar enfundando su espada.

—¿Y ese?—preguntó el capitán señalando a Ulfbar.

—Él es Ulfbar, del reino de los enanos—respondió Tarium—. Yo soy un caballero de Frostwind—añadió.

Un murmullo se escuchó entre los jinetes.

—¡Silencio!—Exclamó el capitán—. ¿Eres un caballero de la guardia negra?—preguntó el capitán muy respetuoso, pero dubitativo.

—Sí, así es—respondió Tarium con voz sosegada—. ¿Ahora qué? ¿Podremos seguir nuestro camino?—preguntó.

—He de pediros a los tres que nos acompañéis hasta la fortaleza de Braar, para que podáis explicaros ante el consejo—respondió el capitán.

—¿Qué quiere decir, somos prisioneros?—preguntó con voz desafiante Anstgar.

—El honor que habéis demostrado en la batalla me impide haceros prisioneros, pero mi palabra como capitán de los jinetes del paso me obliga a llevaros ante el consejo—respondió el capitán.

—De acuerdo, iremos. Pero primero dejad que cojamos nuestras cosas—dijo Tarium con voz firme.

—Sois personas de honor, no obstante..., sólo uno de vosotros irá a buscarlas, pero si el que va no regresa, la suerte de los demás estará echada. Los otros dos se quedarán conmigo—dijo el capitán.

No hubo dudas. Tarium se alejó en la espesura en busca de los dos hermanos, con mucha prisa. Al llegar, observó a las bestias muertas en el suelo y ni rastro de ellos.

—¡Maldita sea!—refunfuñó, pensando que habían sido presa de algún huargo. Un siseo se escuchó sobre su cabeza.

—Tarium, estamos aquí—dijeron los hermanos.

—¡Por los dioses, bajad!—exclamó Tarium nervioso.

Los hermanos bajaron rápidamente con las mochilas.

—Escuchad, dadme las cosas. Ahora no puedo explicaros mucho, pero volved por el camino. Allí encontraréis algún caballo, cogedlo y seguid por el camino hasta la capital del reino—explicó Tarium atropelladamente.

—¿A qué te refieres?—Preguntó Gurvan interrumpiendo la explicación de Tarium, que se molestó bastante.

—¡Maldita sea! ¡Quieres callarte! Nosotros hemos de ir con los jinetes para presentarnos ante el consejo, parece que esta gente no se fía de nadie. Con seguridad nos dejarán marchar en unos días y vendremos a buscaros, pero hasta entonces, lo mejor que podéis hacer es dormir en las copas de los árboles y seguirnos hasta la capital, no seáis alfeñiques —añadió dando un coscorrón a Gurvan, que le miraba con una cara de interrogante que lo desconcentraba—. ¿Entendéis lo que he dicho? —preguntó Tarium apresuradamente.

—Sí. Conseguir caballos, seguiros de lejos y llegar a la capital del reino sin ser descubiertos —dijeron a la vez.

Tarium se despidió de ellos penetrando con agilidad entre la maleza. Los muchachos se colgaron las mochilas y se pusieron en marcha, dejando la distancia necesaria para no ser avistados. Etharn sobrevolaba el lugar vigilando el entorno para evitar sorpresas desagradables.

—Eres hombre de palabra, encapuchado. Dad caballos a nuestros invitados, mañana por la tarde llegaremos al fortín de Inghart y en un par de semanas más, a la capital —exclamó el capitán que custodiaba a sus compañeros.

Los tres colgaron sus mochilas de los caballos y emprendieron el viaje. Cuando se perdieron en la distancia, Álerik y Gurvan retrocedieron por el camino en busca de algún caballo descarriado. Entonces, fueron sorprendidos por un par de seres de aspecto extraño que rebuscaban entre los cadáveres.

—¡Atrás! —Exclamó Gurvan sacando su espada—. ¡Este par se va a enterar! —boceó Gurvan seguro de sí mismo.

Los insólitos seres lo miraban con sus grandes ojos almendrados intercambiando unos chirridos extraños y sacando un trozo de metal que blandían como si fuese una espada. Álerik captaba la situación cogiendo con fuerza el bastón cuyas runas empezaron a brillar como rugientes brasas en la hoguera.

—Gurvan, ten cuidado, no son humanos—dijo Álerik nervioso.

—Tranquilo, llevo entrenando mucho tiempo y se algunos trucos—respondió Gurvan fanfarroneando.

Una de las criaturas se abalanzó sobre él con el trozo de metal en alto. Gurvan esquivó con rapidez el golpe quedando espalda con espalda y en un instante, hundió su poderosa espada entre las costillas del extraño ser, que tras un alarido cayó muerto en el suelo.

—¿Lo ves?, el siguiente será visto y no visto—comentó Gurvan orgulloso, más seguro que nunca. Gurvan se retiró del cadáver observando fijamente al compañero de la agónica criatura, la cual permanecía inmóvil entre ruidos. No parecía temer a Gurvan y su magnífica espada, a la cual miraba sin miedo.

—¡Vas a decidirte o no!—gritó Gurvan desafiante.

Pero la extraña criatura permanecía impasible en medio del camino, sin moverse.

—¿Por qué demonios hace esos ruidos?—Se preguntaba Gurvan en voz alta—. ¡Prepárate, vas a morir!—exclamó finalmente haciendo una carga frontal hacia la criatura. Mientras se dirigía hacia ella tropezó con un saliente del suelo propiciando una estrepitosa caída. Las pupilas de Álerik se dilataron en su totalidad al ver que su hermano estaba a merced de la criatura y temiendo lo peor, gritó con una fuerza terrible:

—¡Gurvan, cuidado, no está solo! ¡Apártate!

El tiempo pareció ralentizarse mientras Gurvan interpretaba las palabras de Álerik en su cabeza. En el tiempo de un parpadeo, Gurvan se echó a un lado y una frase de Álerik iluminó el valle entero.

—¡Aire de Fuego!—gritó Álerik. Del bastón salieron unas bocanadas de fuego a forma de dedos llameantes que abrasaron a las criaturas, dejándolas calcinadas al instante. Álerik estaba con una rodilla hincada en el suelo, temblando y sujetando el bastón que fulguraba con intensidad mientras se grababa una runa más en su pulida madera.

—¿Estás bien?—Preguntó Gurvan mientras se acercaba—. Me has salvado la vida—repitió varias veces entre susurros. Ayudó a su hermano a ponerse en pie observando la expresión de los ojos de Álerik—. Vámonos de aquí—dijo—. No creo que podamos encontrar ningún caballo después de esto. Descansaremos y mañana ya encontraremos el modo de llegar hasta nuestros compañeros—añadió Gurvan mientras se alejaban del lugar.

Los dos habían sido observados de cerca por Etharn, que estaba realmente satisfecho de los progresos de Álerik. Cuando el joven Álerik se hubo recuperado, se encaramó a un gran roble con la ayuda de Gurvan. Una vez arriba, se ataron con unas cuerdas al tronco del árbol asegurándose de no caer mientras dormían. La noche pasó sin más hasta que el sol y el relinchar de unos caballos los hizo despertar de súbito.

—¡Mira Gurvan, caballos!—exclamó Álerik. Bajaron del gran roble que durante la noche había velado por ellos. Tras varios intentos se ganaron la confianza de los caballos con trozos de azúcar. Subieron en ellos y cabalgaron en ayuda de sus compañeros Tarium, Ulfbar y Anstgar.

Cuando llegaron a las inmediaciones del fortín, (gracias a las innumerables indicaciones de Etharn), los jinetes y sus amigos salían de él. Los dos hermanos, con astucia, dejaron alejarse a los jinetes, que desde entonces seguirían hasta a la capital del reino.

—¿Cómo lo haremos cuando lleguen a la capital, Etharn?—preguntó Gurvan preocupado.

—Tarium os dijo que lo esperaseis, ¿no?—respondió Etharn con voz seria.

—Sí, eso dijo ¡Pero no pienso permitir que les pase nada!—exclamó Gurvan, que parecía un jinete experimentado sobre aquel caballo.

—Yo me encargaré de eso. Vosotros dos haréis exactamente lo que Tarium os dijo—respondió Etharn.

Los dos hermanos y Etharn siguieron a sus amigos sin descanso día y noche sobre sus monturas, hasta las inmediaciones de la capital del reino.

—Recordad el plan y nada de tonterías. Yo entraré y escucharé lo que el consejo quiere de nuestros amigos—dijo Etharn.

—De acuerdo, Etharn. Que tengas suerte—respondió Gurvan cabizbajo.

Etharn, antes de alejarse volando, chasqueó los dedos dejando a los dos hermanos un espléndido surtido de deliciosa comida—Volveré pronto—dijo Etharn con una sonrisa maliciosa colgada de su cara de niño, desvaneciéndose en el aire.

Capítulo 16

Capítulo 16

os jinetes se adentraron en la ciudad amuralla-
da por la puerta Sur. Tras sortear una segunda
muralla como medida de protección, se alzaba
la fortaleza imponiéndose con su altura por encima de
las construcciones de la capital. A medida que se adentraban por sus calles, eran observados por los lugareños, que susurraban y murmuraban de ellos mientras
el capitán de los jinetes del paso los llevaba hasta la
fortaleza. Minutos después ya penetraban por sus
gruesas puertas fuertemente protegidas. El capitán
levantó la palma izquierda ordenando el alto y luego
exclamó:

—¡Desmonten! El capitán y el grupo dejaron su
montura al igual que los jinetes, que rápidamente se
dispusieron en formación. El capitán indicó a Tarium,
Ulfbar y Anstgar que le siguieran al interior de la fortaleza, se adentraron por un largo pasillo hasta la sala
del consejo y el capitán dijo:

—Esperad aquí—. El capitán, se dio la vuelta y llamó a la puerta. Una voz de mujer se escuchó tras ella
diciendo:

—Adelante. El capitán abrió las gruesas puertas de
la sala y dijo:

—Majestad, traigo novedades del paso Sur—Dijo el
capitán postrando una rodilla en el suelo e inclinando
su cabeza con respeto.

—Adelante, capitán—respondió la reina. El capitán
se puso en pie y cerró la puerta tras él. Unos minutos
después la entrada se abrió de nuevo y el capitán observó a Tarium, Ulfbar y Anstgar y dijo:

—¡Vosotros, pasad! ¡Su majestad la reina quiere veros!

Los tres entraron a la sala del consejo cerrando tras
ellos la puerta. Ante ellos, una bella mujer que lucía
vestimenta de tono apagado, rodeada por una docena

de ancianos que permanecían sentados a unos diez codos frente a ella formando un semicírculo. La sala estaba detalladamente decorada con motivos de batallas ancestrales y algunos trofeos de caza. La reina observaba con detenimiento los ropajes de Tarium mientras su mirada intentaba penetrar en la oscuridad de su capucha. Los tres se acercaron lentamente hasta situarse frente a ella e hicieron una reverencia, sorprendiendo a la reina.

—Vaya, veo que tenéis modales caballeros..., el capitán me ha dicho que sois unos magníficos guerreros—comentó la reina—. También me ha dicho que vuestro honor es tan grande como vuestra destreza con las armas. ¿Quizá queráis explicarme, cómo un simple caminante puede pertenecer a la guardia negra?—Preguntó la reina fijando con intensidad su vista hacia la silueta de la capucha de Tarium—. ¿El consejo tiene alguna respuesta a mi pregunta?—preguntó la reina mirando a los ancianos del consejo.

El grupo de ancianos debatió en voz baja la mejor respuesta. Entonces, uno de los ancianos se levantó y dijo:

—Majestad.

—Habla Thyd, te escuchamos—dijo la reina con voz firme.

—Quizá este montaraz tenga algún mensaje para vos de los reinos del Norte. En nuestra humilde opinión deberíamos escuchar lo que tenga que decir, un caballero de la guardia negra nunca ha de ser menospreciado—expuso Thyd amablemente.

—Él puede que sea un caballero de la guardia negra, pero ese otro no, de eso estoy segura. Quiero saber quién es—Replicó la reina observando la enorme barba de Ulfbar—. Además, no es muy alto y el otro, está claro que es militar, por su indumentaria diría que de algún reino del Sur. ¡Hablad!—Exclamó la reina con voz severa.

—Majestad, mi nombre es Tarium, de los reinos del Norte. El hombre que está a mi lado, es Anstgar Malow, comandante de la guardia del rey en el reino de Skywaveland y él es Ulfbar, de los reinos de los enanos, en los reinos del Sur—respondió Tarium.

—Eso aclara de dónde venís, pero no lo que andáis buscando en mi reino—zanjó la reina.

—Verá majestad, mi rey me encomendó una misión—comentó en voz baja Tarium. En ese instante vio a Etharn en una de las ventanas abiertas de la sala.

—¡Habla, montaraz! ¿Qué misión es esa?—preguntó la reina con un tono de intriga en su voz.

—Sólo puedo decírsela a usted, majestad. Ni siquiera mis compañeros la saben—comentó Tarium con picardía.

—Dejadnos a solas, este montaraz parece hombre de honor—dijo la reina.

—Pero majestad, apenas le conocemos...—comentó el capitán con recelo.

—¡Déjanos a solas!—repitió la reina molesta. El capitán se cuadró ante la reina y se retiró con los demás.

—Ahora ya estamos solos. ¡Explicaos montaraz!—dijo la reina con voz severa. Tarium extendió su mano mostrando un elaborado anillo con un escudo de armas grabado en él.

La reina se levantó de repente sorprendida diciendo:

—¡Tú eres..., el príncipe Tarium, de Frostwind!

—Sí ¿comprende ahora, que quiera permanecer en el anonimato?—preguntó Tarium.

—Sí, lo comprendo, pero... ¿entonces tus amigos no lo saben?—preguntó la reina.

—No, y así debe seguir siendo. Estamos aquí por haber ayudado a sus jinetes. Como comprenderá, eso no ha sido muy cortés por vuestra parte majestad, si mi padre se enterara de esta ofensa, no tardaría en enviar a la guardia negra a vuestro reino —comentó Tarium con tono intimidatorio.

La reina mostró un gesto de preocupación en su rostro, se sentó en el trono y con sus delicadas manos se tapó la cara entre suspiros.

—No se preocupe, majestad. Si promete guardar mi anonimato, yo juro no contar nada de lo sucedido a mi padre, pero hay un asunto muy importante al que debo prestar toda mi atención en estos momentos. En el camino, cuando fuimos obligados a cabalgar hasta aquí, dejamos a dos jóvenes amigos nuestros abandonados, sin comida y sin caballos. Entenderá su majestad que quiera partir de aquí lo antes posible y no volver a ser molestado por nadie más —explicó Tarium.

La reina le miró con gratitud. El miedo y la congoja habían desaparecido de su rostro.

—Perdonad príncipe Tarium, no ha sido nuestra intención molestarle, claro está…, que no es muy habitual que alguien como usted viaje rodeado de un grupo tan infrecuente. Y tampoco que vaya recorriendo los caminos sin ningún escolta. Ordenaré que preparen un salvoconducto con el cual podrá moverse con libertad por todo el reino —comentó la reina con voz afligida—. Desde que murió el rey, he tenido que tomar decisiones difíciles, los incesantes ataques no hacen más que empeorar la situación, si por lo menos la suerte nos sonriera… —añadió la reina entrecortadamente mientras unas lágrimas brotaban de sus ojos.

—Majestad, no debe usted apenarse, pues la suerte es como el aire y el favor de los dioses… caprichoso—

comentó Tarium fijando la mirada en Etharn, que en ese instante se deslizaba volando hasta su hombro.

La reina abrió los ojos asombrada y preguntó:

—¿Ese bello animal es suyo?

—No, es de mis jóvenes amigos. Ha venido como indicativo de que ya están a las afueras de la ciudad esperándonos—dijo Tarium.

—¡Groac!, estamos a tus ordenes, Tarium. Preparados para todo, compañero, ¡Groac!—graznó Etharn con astucia.

—¿Habla?—preguntó sorprendida la reina.

—Sí, majestad. Está muy bien enseñado, pero respecto a lo que hablábamos... —dijo Tarium retomando la conversación, alejando la sorpresa suscitada por Etharn de los pensamientos de la reina.

—Os esperan tiempos mejores. No hay maldad en vos. Intercederé ante mi padre para que se establezcan vínculos comerciales entre su reino y el nuestro; además, hablaré con mi primo el rey de Windzern para que haga lo mismo—dijo Tarium en signo de amistad.

La reina acortó la distancia entre ambos y alargó su mano retirando un poco la capucha de Tarium, viendo sus cabellos del color del fuego y una mirada penetrante fijada por sus ojos esmeraldas. La reina dio un profundo suspiro mientras secaba sus lágrimas, aclaró su voz y dijo:

—Se lo agradezco, príncipe Tarium. Aquí siempre será bien recibido, al igual que sus compañeros.

Tarium se retiró tres pasos de la reina adelantando de nuevo su capucha. Entonces la reina dijo en voz alta:

—¡Capitán, que entre el consejo!

El consejo de ancianos entró en la sala con presteza quedando sorprendidos por Etharn, que permanecía en el hombro de Tarium.

—¿Qué deseáis, majestad? —preguntó el consejo.

—Haréis un salvoconducto de todo el reino para Tarium y sus acompañantes —respondió la reina con voz firme. El escriba de la corte se afanó en redactar todo lo que la reina dictaba y finalmente se lacraron los sellos, el del reino y el de la capital.

—Tenga, majestad —dijo el anciano entregando el salvoconducto a la reina. Esta a su vez se lo dio a Tarium que lo cogió haciendo una reverencia mientras decía unas palabras:

—Gracias, majestad. Su fuerza y sabiduría no tienen parangón; sin duda, mi rey estará complacido por su inmensa amabilidad.

Todo el consejo observó un atisbo de alegría y agradecimiento en el rostro de le reina, que desde la muerte del rey parecía haber palidecido como una flor con la llegada del invierno. Aceptó de buen grado el cumplido del montaraz.

—Dadles caballos a nuestros amigos y todo lo que necesiten para reemprender su viaje —ordenó la reina.

—¡A sus órdenes, majestad! —respondió el capitán sin cuestionar una palabra mientras hacía una reverencia.

—Que tengáis suerte, montaraz —dijo la reina mientras Tarium y sus dos amigos abandonaban la sala acompañados por el capitán, que cerraba las puertas de la sala tras él.

—Ahora lo puedo decir con orgullo —empezó diciendo el capitán—. Es un honor haber visto luchar a un caballero de la guardia negra, jamás lo olvidaré —Añadió—. Además, parece que ha conseguido usted revivir a la reina, llevaba meses muy apenada por la muerte del rey —comentó el capitán alegremente.

—Sí, su majestad es una persona inteligente y bondadosa, por eso le diré algo, capitán, que no ha de tomarse a mal. Para próximas visitas ante el consejo, siga usted su instinto y no deje jamás en presencia de la reina a nadie armado — comentó Tarium con suaves y aleccionadoras palabras.

— Comprendo — dijo el capitán mientras salían de la fortaleza —. ¡Ydred, trae tres de tus mejores caballos! ¡Rápido! — Boceó el capitán a un joven que estaba cerca de los establos —. ¡Decren, trae víveres de viaje para una semana! — exclamó esta vez el capitán dirigiendo su mirada a un soldado —. ¿Tendrán bastante con eso? — preguntó el capitán.

— Sí, gracias, eso será suficiente para continuar nuestro camino — respondió Tarium.

En poco rato estaban listos para partir. Subieron a sus monturas y echaron un último vistazo a la fortaleza observando a los jinetes y al capitán que permanecían en formación. El capitán levantó su espada en alto y todos ellos se cuadraron en signo de respeto. Tras el saludo, el grupo de amigos salió al galope, siguiendo a Etharn que volaba por delante de ellos.

— ¡Venga Etharn, llévanos hasta los muchachos! — exclamó Anstgar al galope.

Siguieron a su compañero alado hasta las afueras de la capital. Etharn describió un círculo en el aire y bajó tras unos árboles.

— Etharn, ¿ya estás aquí? ¿Qué ha pasado? — preguntaron Álerik y Gurvan a la vez, mientras se escuchaba el trote de unos caballos acercándose a toda prisa.

— ¡Ahora vienen, todo ha ido muy bien! — respondió.

Los hermanos, tras escuchar a Etharn asomaron las cabezas entre matorrales.

— ¡Mira, son ellos! — exclamó Gurvan que no podía contener la emoción.

—Menos mal, ya estamos todos juntos otra vez— comentó Álerik emocionado.

—Muchachos ¿estáis bien?—Preguntó Tarium.

—Sí, estamos bien—respondieron los dos hermanos al unísono.

—Etharn se ha portado de primera, nos encontró, se quedó callado en una de las ventanas y entró en el momento oportuno—dijo Tarium sonriente.

Los hermanos esgrimieron una mueca en sus caras, pues aunque todo el mundo lo veía como un inocente cuervo, ellos sabían que no lo era.

—¡Muy bien, muchachos!—dijo Ulfbar dando un apretón a los hermanos—. ¡Muy bien hecho!—añadió por segunda vez.

Anstgar puso una mano sobre cada hermano en gesto de aprobación y dibujando una sonrisa dijo:

—Habéis hecho lo que Tarium os dijo, incluso tenéis unas buenas monturas.

Gurvan parecía impaciente por contar su aventura en el camino y cómo habían capturado a los caballos, pero fue interrumpido por Tarium.

—No hay tiempo que perder, hay que ir al Este en busca del Valle Gris hasta el pie de las Montañas Aladas—dijo Tarium.

El grupo asintió con la cabeza. Los hermanos pusieron sus cosas sobre los caballos y subieron en ellos.

Los cinco cabalgaron hasta el anochecer, momento en el que se detuvieron para cenar y recuperarse. Durante la cena, Gurvan relató varias veces su heroica hazaña con todo lujo de detalles mientras Álerik, no paraba de recordarle el miedo que le hizo pasar. Entre risas y carcajadas se fueron a dormir hasta el día siguiente. La luz de un nuevo día despertó al grupo y mostró unas preciosas vistas a su alrededor. Tarium sacó el mapa y con bastante precisión determinó el lugar donde se encontraban.

—Mirad, estamos más o menos aquí. Comentó Tarium señalando una zona en el mapa.

—Coincido con Tarium—dijo Anstgar con voz firme, observando el mapa—. Creo que nos quedan unos seis días para llegar a nuestro destino—añadió Anstgar.

—Sí, coincido con tus cálculos, Malow—respondió Ulfbar, que también miraba el mapa con mucha atención.

—Espero que no veamos más enormes bestias— comentó Álerik recordando la batalla.

—¿Te refieres a los Trols?—preguntó Tarium extrañado por el comentario.

—Sí, las más grandes. A las otras con cara de lagarto no les tengo miedo—respondió Álerik.

—No creo que veamos más aunque, nunca se sabe. Sin embargo, el capitán nos dijo que las otras criaturas de la batalla y los jinetes que abatisteis son frecuentes por todo el reino—comentó Tarium.

—¿Cómo se llaman esas criaturas?—preguntó Gurvan muy atento a todo lo que decía Tarium.

—Las criaturas de la batalla eran Lughairt y los jinetes de huargo eran sus superiores, los Stelios— respondió Tarium.

—¡Vaya, con esos nombres es mejor llamarlos hombres lagarto!—exclamó Gurvan ante la imposibilidad de recordarlos.

—Jajajaja, ese ha de ser el menor de tus problemas, Gurvan. Lo más importante es que no te maten, se llamen como se llamen—dijo Ulfbar entre carcajadas.

Los demás miraron a Ulfbar y fueron incapaces de no reír con él. Una vez hubieron desayunado emprendieron el camino rumbo Este, solo descansando una hora al medio día y acampando al atardecer. A medida que avanzaban por los caminos, los bosques parecían más espesos, las montañas más altas y el aire más puro. El quinto día comieron junto a un gran río, cuyas aguas cristalinas bajaban embravecidas por las lluvias del invierno.

—Este lugar me recuerda a mi casa—comentó Tarium mientras comía—. Extremadamente verde, frondoso de aire frío y puro, con heladas aguas, transparentes y limpias—comentó Tarium pensativo.

—Pues para mi es demasiado tranquilo, yo echo de menos el bullicio, una buena taberna y su cerveza—comentó Anstgar.

—Os diré una cosa a ambos—replicó Ulfbar con voz seria—. Yo sí que echo de menos mi hogar. Llevo más de diez años rondando por los reinos del Este sin haber regresado jamás a casa. No sé nada de mi padre, de mis hermanos y hermana, o de mis sobrinos y la única familia que tengo ahora sois vosotros, compañeros. Será mejor que penséis en ello antes de hacer comparaciones que solo llenan de añoranza nuestros corazones. Quiero que sea por todos sabido que el día que Ulfbar, el buscador, cumpla su objetivo, habrá una llegada triunfal al reino de los enanos—dijo Ulfbar. Entonces cambió el tono de voz al ver las caras afligidas de sus compañeros y añadió:

—Claro está, vosotros estáis invitados compañeros, así podréis gozar de la hospitalidad de los enanos.

El grupo enmudeció tras esas emotivas palabras, pues cualquier pensamiento de sus hogares había empequeñecido comparado con la añoranza de Ulfbar. Acabaron de comer en silencio, recogieron las cosas y continuaron hasta el ocaso. El resto de los días siguieron a buen ritmo. La ventaja de cabalgar era evidente, recorrían largos trechos en poco tiempo y cuando quisieron darse cuenta, contemplaban el Valle Gris desde una colina.

—¡Muchachos, aquello es el Valle Gris! Las montañas que veis al fondo son las Montañas Aladas—dijo Tarium señalando con el dedo al horizonte.

—Hoy descansaremos aquí, es un buen sitio—comentó Tarium bajando del caballo.

—Ya estamos cerca—exclamó Álerik inundado por la visión del lugar que el viejo libro relataba.

—Es mejor de lo que había imaginado—añadió Gurvan.

Su conversación se alargó casi hasta la media noche recordando anécdotas que habían sucedido por el camino, haciendo crecer ideas de cómo sería el lugar que buscaban y como había impresionado a los dos jóvenes la visión del Valle Gris hasta que el sueño hizo presa de ellos. Las guardias se sucedieron como cada día que dormían bajo el cielo estrellado. Al alba, siguieron cabalgando adentrándose tras cada paso en el Valle Gris, mientras observaban ruinas de aldeas que habían sido destruidas y vestigios de campos abandonados.

—Aquí hubo una gran batalla y las gentes que habitaban el lugar murieron o salieron huyendo—comentó Anstgar.

—Eso parece. Está todo arrasado—añadió Ulfbar.

Los hermanos con tristeza en sus rostros contemplaron toda aquella destrucción, pensando que quizá se hubiese salvado alguien.

—Es cierto que está todo destruido y que los aldeanos no lo han reconstruido, pero hace mucho de todo aquello, por lo menos veinte años—dijo Tarium. El grupo siguió a galope dejando atrás aldeas y fortines calcinados, en busca del lugar que el libro relataba. Unas horas después, Tarium se detuvo y oteó el horizonte.

—¿Ves algo, Tarium?—preguntó Álerik desanimado.

—Sí, pero no estoy seguro. Podría ser allí—dijo Tarium señalando un punto lejano en el paisaje—. Nos acercaremos a investigarlo—añadió Tarium.

El grupo siguió a Tarium como de costumbre, aunque esta vez, Etharn se adelantó sobrevolando rápidamente la distancia hasta el lugar indicado.

—Parece que vuestro amigo ha querido adelantarse—comentó Anstgar mientras cabalgaban.

Unos minutos después, llegaron a lo que parecía un pequeño templo parcialmente destruido.

—Es aquí—dijo Tarium emocionado abriéndose paso entre los escombros—. ¡Pasad dentro, necesito ayuda!—exclamó poco después.

El grupo se adentró en una parte del templo que aún se mantenía en pie.

—¡Ayudadme con esta losa!—exclamó Tarium haciendo palanca con su espada.

Ulfbar sacó su hacha y afianzó la gran piedra mientras Anstgar, Álerik y Gurvan tiraban de ella. El peso de la enorme losa se hizo notar en las caras de todos ellos. Lentamente la retiraron lo suficiente como para mirar bajo ella, agotados, mientras un aire frío salía del hueco.

—¿Habéis notado eso?—preguntó Álerik que estaba más cerca de la abertura, acercándose los demás a mirar con curiosidad.

—Empujemos un poco más para observar mejor—exclamó Tarium cogiendo la enorme losa. Los demás le ayudaron y poco a poco consiguieron retirarla por completo dejando al descubierto un paso oculto.

—Álerik ¿puedes dar luz?—preguntó Tarium con amabilidad.

—Por supuesto. ¡Sphaera lucis exiguo!—dijo Álerik. Una esfera de luz iluminó la profundidad del templo y la tumba, dejando ver unas escaleras que descendían en su interior.

Todos entraron en la supuesta tumba y bajaron por las escaleras, menos Gurvan. Etharn le cuchicheó unas palabras en el oído a Gurvan, que hizo un gesto como si hubiese perdido algo.

—¡Claro! ¿Entonces, lo tienes tú?—Exclamó Gurvan sonriente.

—Sí, aquí está—dijo Etharn. Chasqueó los dedos y en el aire apareció el medallón de Whidrel—. Lo necesitaréis, cuélgatelo del cuello y baja con ellos—añadió.

—Gracias, Etharn—Gurvan bajó por las escaleras siguiendo a sus compañeros que parecían detenidos unos codos más allá—. ¿Habéis encontrado algo?—preguntó Gurvan aproximándose lentamente.

—Sí, hemos encontrado un papiro, Tarium lo está leyendo—respondió Álerik.

Tarium enrolló el papiro y dijo:

—Estaba claro que no iba a ser fácil.

—Explícate, Tarium. ¿Qué dice el papiro?—preguntó inquieto Ulfbar.

—El papiro dice que su dios sólo puede ser encontrado con el objeto sagrado y que todo aquel que intente encontrarlo en estas cuevas, encontrará la más terrible de las muertes—respondió Tarium preocupado.

—Lo encontraremos, ya verás. Indagaremos por estas cavidades hasta dar con él—dijo Ulfbar animando a Tarium.

—Sí, pero no sabemos el tiempo que esto nos puede llevar; días, meses o quizá años y vosotros tenéis otras misiones. Nunca os pediría que os quedarais conmigo, sería muy egoísta por mi parte—comentó Tarium desesperado.

Gurvan se aproximaba poco a poco al grupo con el medallón colgado del cuello. Álerik lo vio recordando lo que Etharn les había explicado sobre aquel objeto. —Gurvan, acércate más. ¿Tú qué opinas? ¿Nos quedamos a ayudar a Tarium? —preguntó Álerik guiñando un ojo a Gurvan, que casi había llegado a su altura. El grupo se giró esperando la respuesta de Gurvan que permanecía callado, este dio un paso más y el medallón empezó a brillar por un lateral iluminando tenuemente el suelo. Tarium se quedó perplejo, al igual que todos los demás.

—¿Ese es el medallón que encontraste junto al libro roto, Gurvan? —preguntó Tarium vigilando de cerca el medallón.

—Sí, es este. Me costó mucho limpiarlo ¿sabes? —respondió Gurvan descolgándose el medallón del cuello y entregándoselo a Tarium. Este lo volteó de un lado a otro comprobando que su brillo indicaba siempre la misma dirección.

—Malow ¿llevas tu brújula? —preguntó nervioso Tarium.

—Aquí está —respondió Anstgar entregando la brújula a Tarium ante la mirada atónita del grupo.

Tarium puso la brújula junto al medallón comprobando que indicaban diferentes direcciones y dijo:

—¡Por los dioses, Gurvan, has encontrado el objeto sagrado del que habla el pergamino! —exclamó con voz nerviosa.

—¿Quieres decir con eso que podremos llegar hasta ese dios? —preguntó Álerik sonriente.

—¡Por supuesto! —exclamó Tarium más calmado.

El grupo entero dio un suspiro de alivio y salieron de la gruta subiendo las escaleras que les llevaban al templo. Al salir, el medallón perdió su brillo. Tarium se lo colgó al cuello y dijo:

—¿Dejas que lo lleve yo, Gurvan?

—Por supuesto Tarium, quédatelo, por lo que veo es muy importante para ti—respondió Gurvan sonriendo.

Las Runas Olvidadas I

Capítulo 17

on el primer canto de los ruiseñores, el grupo se encaminó a la gruta bajando por las escaleras iluminadas por Álerik. Tarium caminó hasta el lugar donde encontró el papiro y se detuvo un instante. Los demás se agolparon a su alrededor, observando el misterioso medallón que Tarium sujetaba en la palma de su mano mientras guardaban silencio.

—¡Mirad, ya brilla de nuevo!—exclamó Ulfbar.

—Ahora estamos preparados. ¿Lleváis las antorchas y las cuerdas?—preguntó Tarium inquieto.

—Naturalmente, ¿nos tomas por principiantes?—respondió Anstgar alzando su ceja derecha.

—¡Pues vamos, no hay tiempo que perder!—exclamó Tarium guiado por el extraño medallón. Pasado un rato, Tarium dijo:—Parece que nos guía por esa cueva de la derecha.

El grupo siguió a Tarium, que a cada paso que daba estaba más cerca de lo que durante largos años había buscado. El aire de la cavidad era frío y húmedo. Un incesante goteo de agua glacial se precipitaba sobre las cabezas del animado grupo. Tarium se frenó de nuevo ante una bifurcación de la cavidad, observó con atención el medallón y pasado un instante, siguió caminando desviándose por la izquierda. Caminaron durante un buen rato mientras el grupo resoplaba por la brisa gélida que provenía de la cavidad. Tarium interrumpió la marcha y movió el medallón a un lado y a otro comprobando que seguía marcando la misma dirección.

—Creo que deberíamos encender las antorchas—dijo Ulfbar, mientras se frotaba con fuerza las manos intentando entrar en calor.

—No podemos, debemos mantenerlas intactas, si Álerik no pudiera iluminar el camino de vuelta, jamás saldríamos de aquí—respondió Tarium con seriedad.

—Tiene razón, Ulfbar. Imagina no poder salir de aquí..., prefiero pasar frío que verme atrapado bajo tierra—comentó Anstgar. Los hermanos siguieron sin añadir ningún comentario. Mientras daban tiritones de frío, Tarium siguió avanzando. Llegaron a una cavidad más cálida y recuperaron momentáneamente la moral. El grupo pareció avanzar más rápido al atravesar la enorme sala, de cuyo final salían dos cuevas más. Tarium se detuvo un instante y dijo:

—Pararemos un momento aquí para recuperar el aliento y que nuestras manos y mejillas cojan un poco de calor.

—¿Crees que estamos cerca?—preguntó Gurvan tiritando.

—No lo sé, pero no creo que sea mucho más lejos, llevamos caminando casi dos horas—respondió Tarium.

Las caras del grupo se animaron tras las palabras de Tarium, que pasados unos minutos se dispuso a continuar la búsqueda.

—Vamos amigos, seguro que estamos cerca—comentó Tarium sonriente. Entonces se desvió por la cueva de la derecha y un poco después, por la ramificación de la izquierda llegando a una sala llena de esqueletos cubiertos por la cal del agua subterránea.

—Estos no iban mal encaminados—comentó Tarium.

—Sí, pero no lo contaron. Parece que el pergamino no exageraba—respondió Ulfbar olisqueando la muerte desde cerca.

—Noto una corriente de aire—comentó Anstgar.

—Sí, yo también. Y un eco lejano como..., pero no puede ser—refunfuño Ulfbar en voz baja.

El grupo siguió por otra apertura escuchando un leve sonido como un murmullo de agua. Pasaron tres recodos más y vieron la luz del día. Entonces escucharon los graznidos de un cuervo y lentamente se fueron aproximando a él. Desde allí pudieron observar un río que se metía en las entrañas de la tierra y a su lado la salida.

—¿Nos hemos perdido? —preguntó Álerik asombrado.

—No. El medallón sigue indicando una posición. Sigamos, será más adelante —respondió Tarium intrigado.

—¿No te parece extraño? Si su dios está en el exterior de la cueva, ¿por qué diría el papiro de pasar por ella? —preguntó Anstgar.

—No lo sé. Pero está claro que lo que buscamos está más adelante, no pensemos demasiado en ello. Lo importante es que nos hemos librado del aire gélido — exclamó Ulfbar entrando en calor.

El grupo subió junto al río y salió por la cueva. Tarium se detuvo un instante y miró su alrededor mientras Anstgar hacía lo mismo con la brújula en la palma de su mano. Los muchachos se acomodaron mientras Etharn se posaba en el hombro de Álerik. Gurvan fijó su mirada siguiendo el recorrido del serpenteante río que cruzaba la pequeña planicie del solitario lugar.

—¡Mirad, allí hay otra cueva! —exclamó Gurvan señalando el lugar de donde salía el río.

—Vamos. El medallón indica esa dirección —dijo Tarium mientras caminaba con rápidas zancadas hasta el lugar que Gurvan había indicado.

Los demás tardaron un segundo en reaccionar, acortando la distancia que les había sacado Tarium con su repentino arranque. Antes de llegar, Tarium aflojó el paso mientras se volteaba y dijo:

—Perdonad, es que estoy tan nervioso por encontrar lo que busco, que me olvido de descansar.

—Tranquilo, es comprensible, pero casi es la hora de comer, podríamos hacer un alto aquí mismo y calentarnos bajo los rayos del sol—comentó Ulfbar.

Los hermanos dieron un suspiro de alivio y sacaron unos víveres de sus mochilas, a la vez que los demás se acomodaban. Después de haber comido y haberse calentado con el sol de aquel esplendido día, se dirigieron hacia la cavidad de la cual brotaba el río.

—¡Vaya! ¡El medallón brilla ahora con más intensidad!—Exclamó Tarium ensordecido por la corriente del arroyo. Mientras se introducía en la cueva, observó cuatro bifurcaciones.

—El medallón indica el centro—dijo Tarium señalando con el dedo.

—¡Entremos!—exclamó el grupo.

Aproximadamente a cien codos de la entrada, observaron una brillantez inusual que provenía del fondo de la cavidad. El grupo se detuvo avistando el medallón en las manos de Tarium, que parecía querer ir él mismo y sin ayuda de nadie hacia la resplandeciente luz. Los muchachos se sorprendieron al comprobar que aquella brecha luminosa, era muy parecida a la que hallaron meses atrás saliendo de los cristales que contenían en su interior a los reyes elfos, en El Nido del Cuervo, pero guardaron silencio entre miradas de complicidad. El grupo avanzó con lentitud y paró a varios codos de la potente luz.

—Esperad aquí. Me acercaré a ver qué pasa—dijo Tarium.

El grupo asintió con la cabeza mientras Tarium se acercaba corriendo hacia la fuente de luz. Los atentos rostros del grupo que observaban sin parpadear a su compañero, se tornaron atónitos al ver cómo Tarium parecía ir cada vez más y más lento hasta que parecía congelado, inmóvil y sin vida. Entonces, Ulfbar dio un fuerte soplido como si un peso enorme le oprimiera el pecho de repente—. ¡Maldita sea!—Gritó Ulfbar con rabia, cogiendo su hacha con fuerza y dando fuertes pisotones en el suelo—. ¡Tarium está muerto!— Exclamó una y otra vez mientras un destello en sus ojos hizo brotar lágrimas de ellos—. ¡Está muerto, esa maldita luz lo ha congelado para la eternidad!—gritó Ulfbar con todas sus fuerzas. Anstgar se acercó cabizbajo intentando calmarlo.

—Encontraremos la manera de sacarlo de ahí—dijo Anstgar intentando calmar la furia de Ulfbar.

—Aunque lo saquemos, seguirá muerto—respondió Ulfbar abatido, dejándose caer de rodillas en el suelo. Los dos hermanos miraron impotentes la situación, pensativos y extrañados por el curioso suceso. Pasado un rato, Álerik tuvo una ligera idea de qué había pasado.

—Ulfbar, no te preocupes. Tarium no está muerto— dijo Álerik con voz suave apoyando la mano en su hombro.

Ulfbar levantó la mirada y dijo:

—Muchacho, él era mi mejor amigo. Habíamos compartido infinidad de aventuras y jamás lo olvidaré, sólo espero un poco de respeto por tu parte. Este no es momento para bromas, comprendes.

—No es una broma, mira—dijo Álerik corriendo hacia la luz.

—¡Insensato!—gritó Ulfbar viendo que Álerik había corrido la misma suerte que Tarium—. Perdóname Gurvan, no quise ofender a tu hermano—dijo Ulfbar aún más apenado.

Gurvan se mantuvo serio unos segundos y se encaminó corriendo él también hacia la luz, dejando al pobre Ulfbar destrozado y a Anstgar atónito. Ahora ya eran tres los que permanecían congelados por el resplandor. Ante esa visión, Ulfbar sacó una vieja botella y le dio un largo trago. Después se la ofreció a Anstgar que la agarró con ganas y le dio un tiento y así continuaron hasta caer redondos por el suelo, como trapos viejos a los que nadie quiere. Álerik, Gurvan y Tarium salieron de la luz, Mientras Ulfbar y Anstgar permanecían en una embriaguez extrema.

—¿Qué ha pasado aquí?—se preguntó Tarium observando a sus compañeros sujetando una botella entre los dos y dando unos fuertes ronquidos.

—Creo que se han cansado de esperar—respondió Álerik mientras Gurvan lo escuchaba con una sonrisa de complicidad en el rostro.

—No he tardado más de dos minutos y mira... ¡pues sí que tenían ganas de beber, nunca lo hubiese dicho!—comentó Tarium pisando más botellas vacías en el suelo.

—Creo que han sido algo más de dos minutos, ya es de noche—respondió Gurvan entre risas.

Tarium observó a los muchachos asombrado por su respuesta y se encaminó a comprobarlo por él mismo hacia el exterior de la cueva. Al salir al exterior era de noche y la bruma hacía que las estrellas relucieran con intensidad en el cielo. Se sentó un momento para reflexionar mientras los dos hermanos se acercaban lentamente.

—¿Cómo sabíais que era de noche?—Preguntó Tarium intrigado.

—Al ver cómo te alejabas, nos dimos cuenta de que cada vez ibas más despacio hasta que llegó un punto en el que parecías congelado. Entonces, estuve pensando y decidí arriesgarme y averiguar lo que te había sucedido por mí mismo. Si tú estabas bien y los demás te veían congelado, es que el tiempo para los que te miraban pasaba más despacio que para ti—explicó Álerik.

—¿Con eso quieres decir, que el tiempo cerca de la luz pasa más lento que lejos de ella?

—¡Exacto!—exclamaron Álerik y Gurvan a la vez.

—Claro, por eso se habían bebido todas esas botellas. Menos mal, pensé que habían sido capaces de beberse ese arsenal en diez minutos. Volvamos dentro y encendamos una fogata, no vaya a ser que se queden congelados—dijo Tarium con voz preocupada. Los hermanos y Tarium recogieron unas cuantas ramas y se encaminaron de nuevo a la cueva. Arroparon con mantas a sus compañeros y comieron algo mientras charlaban.

—Mañana nos acercaremos todos a la luz o más bien dicho, al cristal. No me ha dado tiempo de buscar el objeto que necesito, habéis llegado tan rápido que apenas he tenido tiempo. De todas maneras, gracias. Si llego a estar mucho rato allí, Ulfbar se habría preocupado muchísimo—comentó Tarium.

Los muchachos esgrimieron una sonrisa disimulada y picaresca.

—Verás cómo mañana se alegra de verte—comentó Álerik aguantándose la risa.

—¡Eso, eso, será un día memorable!—añadió Gurvan.

—¿Por qué lo dices, Gurvan?—preguntó Tarium un poco extrañado por ese comentario.

—Mañana podrás ver finalizada tu búsqueda—respondió Gurvan con disimulo. El ruido crepitante del tocino sobre las ascuas sacó de sus sueños a Ulfbar, que extrañado se incorporó con rapidez dando un fuerte gritó:

—¡Tarium, por los dioses! ¿Eres tú?—se acercó a Tarium y le dio un fuerte apretón—. ¿Cómo lograste escapar de la luz? ¡Benditos sean los dioses! ¡Y que me perdonen por las blasfemias de anoche! —dijo Ulfbar con una sonrisa que ni siquiera su enorme barba podía ocultar.

Tras los gritos se despertó Anstgar, con aliento amargo, dando también un salto al escuchar las carcajadas de los muchachos. Ante la visión de alegría de Ulfbar, Anstgar se acercó a Tarium y le dio una palmada en la espalda diciendo:

—¡Estás bien, por las barbas del general!

—Sí, claro que sí, ¿y vosotros? ¿A qué viene todo esto? ¿Aún estáis borrachos? —preguntó Tarium estupefacto por el comportamiento de sus compañeros.

—Espero que no, Tarium —respondió Ulfbar, que atropelladamente intentaba explicar el extraño suceso mientras Anstgar, confirmaba con sus propias palabras lo que ellos habían visto.

Tras la explicación, desayunaron alegres por el regreso de Tarium, Álerik y Gurvan. Tarium explicó lo sucedido a Ulfbar y Anstgar y que esta vez nadie se quedaría a esperar, así dispondría de más tiempo para encontrar lo que buscaba. Una vez hubieron terminado, cogieron las mochilas y los seis se adentraron en la luz.

—¿Ves, Ulfbar?, no estamos muertos ni congelados —comentó Tarium tranquilizando a su compañero—. Ahora buscaré el objeto —dijo Tarium. Peinó la zona sin encontrar lo que buscaba.

—¿Cómo es el objeto que buscamos, Tarium? —preguntó Álerik, que estaba junto al cristal.

—Es una piedra verde de color muy intenso, supongo que la debían tener en algún tipo de caja, aunque la caja es lo de menos —explicó Tarium.

Álerik puso sus manos sobre el enorme cristal bajo la atenta mirada de Etharn que permanecía en silencio y al tocarlo, notó que estaba extremadamente frío y la superficie helada. Apartó la fina capa de hielo y quedó sorprendido. Gurvan observó la cara de asombro de su hermano y sin articular palabra, se acercó a mirar.

—Creo que lo que buscas está aquí, Tarium— dijeron en voz baja los muchachos. Este les observó y se acercó a ellos.

—¿Es eso lo que estás buscando?—Preguntó Álerik señalando el interior del cristal. Tarium miró con detenimiento un instante, comprobando que lo que buscaba estaba encerrado en aquel cristal, en las manos de Whidrel. Se giró en silencio mirando a los dos hermanos, que por primera vez pudieron verle cara. Una cara blanca, rodeada por cabellos anaranjados, adornada por sus ojos verdes como la piedra que buscaba y el ceño fruncido.

—Sí, esa es—dijo Tarium entre susurros. Su rostro reflejaba preocupación. Pasados unos instantes, dijo:

—Nadie debe saber esto ¿comprendéis? Los hermanos tragaron saliva tras las palabras de Tarium, que con presteza cogía una roca del suelo, envolviéndola en un trapo.

—¡La tengo, salgamos de aquí lo antes posible!— gritó Tarium con alegría mientras los hermanos nadaban en un mar de preguntas.

El grupo salió del lugar siguiendo a su amigo creyendo que había cumplido al fin su misión. Al salir de la proximidad de la luz, era de noche y no parecía hacer tanto frío.

—¡Álerik, Gurvan! echadme una mano, buscaremos leña seca para pasar la noche—exclamó Tarium, haciendo que los dos jóvenes le acompañaran al exterior de la cavidad.

—¡Escuchadme bien! Lo que habéis visto ahí dentro nunca lo diréis a nadie, ni siquiera a Ulfbar o Malow — susurró Tarium con dureza.

—No diremos nada, Tarium. Tienes nuestra palabra—respondieron un poco asustados los dos hermanos.

—Más con esta piedra no engañarás a tus amigos— añadió Álerik con voz triste.

—¿Qué harás si te piden que les enseñes el objeto?—Preguntó Gurvan.

—¿Cogisteis alguna esmeralda donde encontró el libro Álerik?—Preguntó Tarium preocupado.

—No, solo monedas—respondió Álerik.

—Eso será un problema—dijo Tarium angustiado.

Etharn se posó en el hombro de Álerik cuchicheándole cosas al oído.

—Déjame esa piedra que has cogido, quizá pueda ayudarte—dijo Álerik. Tarium sacó la piedra y se la entregó. Álerik recitó unas palabras en voz baja cerrando los ojos:

—¡Smaragdus lapis hanc! (convertir esta piedra en una esmeralda)

La roca se parecía enormemente a la piedra que Tarium había estado buscando. Tarium la observó y dio un suspiro de alivio y entonces Álerik lo miró fijamente y dijo:

—Eso no es todo, Tarium. ¿Cómo saldremos de aquí? El medallón sigue indicando al elfo—comentó Álerik viendo el brillo del medallón bajo los ropajes de Tarium.

—Realmente te estás convirtiendo en un mago, Álerik—dijo Tarium sin sorprenderse. Envolvió de nuevo la piedra y la metió en uno de sus bolsillos haciendo lo propio con el medallón y asegurándose de que el brillo de este no pudiera verse. Los hermanos lo vigilaron con caras serias.

—Lo que acabo de hacer también es un secreto, Tarium—dijo Álerik un tanto indignado por todo aquello.

—Además, nos debes algunas explicaciones—añadió Gurvan.

—Tenéis razón, muchachos—respondió mientras les invitaba a seguirle. Anduvieron un buen rato, mientras Tarium explicaba que si Ulfbar o Malow llegasen a decir algo de este lugar pensando que la piedra sigue allí, sus vidas correrían peligro.

—Ellos, al igual que vosotros, no han visto nunca un elfo, lo deduzco por las caras de sorpresa que habéis puesto ante el cristal —dijo Tarium.

—No, nunca habíamos visto ninguno—respondió Álerik.

—Es cierto, nos ha sorprendido—añadió Gurvan.

—¿Entendéis por qué no deben saberlo ellos?—preguntó Tarium con voz sincera.

—Sí, lo entendemos y guardaremos tu secreto. Espero que tú guardes el nuestro—dijo Álerik.

—Tenéis mi palabra—comentó Tarium con voz calmada.

—¿Entonces, la piedra de color verde que buscas es para los elfos?—preguntó intrigado Álerik.

—Sí, pero sólo os diré eso, ¿de acuerdo?—respondió.

—Comprendido—dijeron los muchachos—¿Qué harás ahora? No has podido conseguir la piedra—preguntaron ambos.

—Eso ahora no importa. Mañana cabalgaremos al Oeste. Debemos llegar a mi ciudad lo antes posible—dijo Tarium.

—¿Todos nosotros?—preguntó Gurvan ilusionado, intentando imaginar cómo sería el hogar de Tarium.

—Claro Gurvan, os habéis ganado un merecido descanso. Ahora regresemos antes de que esos dos empiecen a sacar botellas escondidas y se pillen una buena borrachera—aclaró Tarium bromeando.

Los hermanos se animaron tras las explicaciones de Tarium. Comprendieron que en el fondo lo único que quería Tarium era proteger a sus compañeros. La noche pasó entre vítores y celebraciones hasta bien entrada la madrugada. Por la mañana decidieron tomar el desayuno en el pequeño prado del exterior con la esperanza de que hiciera buen día. Al salir fuera de la cavidad, pudieron observar que los arboles brotaban verdes, que la temperatura era agradable y que el escaso río que cruzaba el prado había engrosado enormemente su caudal.

—Esto es muy extraño—comentó Ulfbar—. Ayer mismo hacía frío y hoy hay una temperatura agradable como si hubiese llegado ya la primavera.

—Sí—respondió Anstgar mientras observaba los arboles—. Parece como si el invierno hubiese pasado. Incluso el sonido de los pájaros es diferente—añadió Anstgar cavilando.

—No se vosotros, pero yo, no volveré por la cavidad—dijo Tarium señalando un sendero con voz alegre. Tarium sabía muy bien que si hubieran entrado en la cavidad, su secreto habría sido forzosamente desvelado, ya que el medallón seguiría indicando a Whidrel y no los habría ayudado a salir.

Capítulo 18

Capítulo 18

l salir del peculiar camino que rodeaba el exterior de la gruta descubrieron con asombro que los caballos no estaban.

—¡Nos han robado los caballos! ¿Quién en su sano juicio rondaría por aquí con la esperanza de robar algo? —exclamó Ulfbar entre refunfuños.

Álerik observaba un trozo de cuero que pertenecía a una de las riendas. Sabía muy bien que mientras habían estado buscando la piedra de Tarium, quizá habían pasado semanas en el exterior, más allá de la influencia del cristal luminoso, a esas horas los caballos estarían muy lejos de allí o quizá muertos.

—Creo que está pasando algo realmente extraño— comentó Anstgar señalando un prado cercano—. Esas flores de ahí solo salen en primavera, estoy seguro— dijo frunciendo el ceño mientras Ulfbar se acercaba a mirar.

—Tienes razón—afirmó Ulfbar, que también permanecía intrigado por aquel hecho.

—Eso ahora es lo de menos—exclamó Tarium que observaba a sus compañeros absortos por ese hecho—. Tenemos que caminar hasta la aldea más próxima o la ciudad más cercana. Necesitamos caballos y provisiones—explicó Tarium contrariado por la pérdida de sus monturas. Los demás se percataron en ese instante que tardarían varias semanas en llegar a un lugar en el que hubiera caballos, ya que durante el trecho, no había más que ruinas.

—Iremos al Noroeste. Hacia la costa—comentó Tarium apretando el equipaje en pos de la larga caminata. El grupo no dijo nada tras esas palabras, se ajustaron correas, petos, cinturones y empezaron a caminar. Los días se sucedieron sin ver ciudades o aldeas, solo vestigios de que una vez las hubo y siguieron avanzando por caminos tortuosos, polvorientos, secos y mojados.

Pasaron las semanas sin encontrar nada, seguían sin rastro de civilización, ni tan solo una casa permanecía en pie. Aquella paz mortecina era estorbada de vez en cuando por los dos jóvenes que con sus risas quebraban su siniestro silencio. Con el paso de los caminos y los bosques, los dos hermanos trataban de explicar a Anstgar y Ulfbar que un pequeño instante, en la cavidad cerca del cristal, equivalía a varias horas lejos de él. Los dos parecían disfrutar a modo de comedia con los soplidos y refunfuños de Ulfbar, que tras no entender el por qué, añadía:

—Entonces... ¿si me bebiera un barril de cerveza cerca del cristal, habría estado bebiendo durante semanas a ojos de los demás?—dando un toque gracioso a la explicación, con gestos de estar bebiendo como si estuviera congelado en el tiempo.

Unos días después durante el atardecer, mientras el sol daba su último destello, el grupo subió una colina cercana con la intención de orientarse y divisar el extremo Este de una ciudad indicada en el mapa. Al llegar arriba, la noche ya se hacía notar.

—Mirad allí. Mañana llegaremos a la ciudad—indicó Tarium señalando al Oeste. Los demás fijaron la vista entre la noche, viendo el débil titubeo de unas luces en el otro extremo del Valle Dhortz. Una mueca de felicidad se podía ver en el semblante de los muchachos. El grupo pasó allí la noche debatiendo la llegada a la ciudad de Scrug al día siguiente. Por la mañana el grupo recorría la distancia hasta la ciudad. Al aproximarse, la realidad de aquel lugar se hacía cada vez más patente entre sus comentarios. Era una ciudad sin demasiados lujos, según pensaron al ver el tipo de construcciones simples desde lejos. Además, la indumentaria de la gente con la que se cruzaban no era en absoluto ostentosa, apenas cumplía su función más básica y el aspecto de sus accesos, aun estando cerca de la ciudad, eran deplorables.

—Parece que la mayoría de sus habitantes deben ser refugiados de otros lugares empujados hasta aquí por el hambre y la guerra—comentó Anstgar.

—Eso parece, será mejor que pasemos lo más desapercibidos posibles. La hambruna y la frustración pueden llevar a los lugareños a cometer locuras—respondió Tarium. Los dos hermanos, lejos de preocuparse, quedaron sorprendidos por el oscuro mar que se veía tras la ciudad, repleto de pequeñas barcas de pescadores, formando un tupido velo multicolor sobre el agua, que contrastaba con la oscuridad de esta.

—Espero que tengan monturas—comentó Ulfbar con los pies un tanto doloridos por el fuerte ritmo de los últimos días y quitando hierro a las palabras de Tarium.

Los hermanos le siguieron de cerca, pensando en los caballos e impacientes por degustar una cerveza.

—La verdad es que una buena pinta de cerveza no estaría mal ¿verdad Álerik?—comentó Gurvan sediento.

—Sí, acompañada de un buen ciervo asado—respondió Álerik mientras la boca se le hacía agua.

—Pensad en todo lo que hemos visto. No creo que haya muchos lujos en esta ciudad, quizá no tengan ni caballos—dijo Tarium preocupado por su misión y sus compañeros, que sin recelos le seguían.

Poco después entraban en la ciudad. El grupo preguntó por una posada y la gente del lugar les indicó con amabilidad las tres que había en toda la ciudad.

—Iremos a La Posada de Gritz, todos a los que hemos preguntado, han dado buenas referencias de ella. Dejaremos nuestros enseres y podremos comer algo— comentó Tarium.

Sus compañeros mostraron su acuerdo y se dirigieron a la posada. Dos días permanecieron allí, el posadero les consiguió cinco caballos que harían bien su cometido. Al tercer día el grupo salió por las puertas de la ciudad rumbo Oeste, siguiendo la ruta hacia la ciudad de Gremlen, justo en la frontera del reino. De camino, el grupo se cruzó de vez en cuando con algún que otro comerciante, momento que siempre aprovechaban para rellenar las mochilas con alguna que otra botella, compartiéndola entre todos durante la noche cenando. Diez días se habían demorado ese momento para llegar allí.

—Ahí está. La ciudad de Gremlen... ¡esta noche lo celebraremos! —Exclamó Tarium alegre.

—Tengo tanta sed que podría beberme un río— respondió Ulfbar—. Vosotros dos, ¿qué?—preguntó éste viendo a los dos hermanos apretar el trote del caballo.

—¡Paga las rondas el que llegue el último a la ciudad!—exclamaron a la vez los hermanos mientras sus caballos relinchaban.

Al aproximarse a las puertas de la ciudad, aflojaron el trote para no llamar demasiado la atención pero aun así, los cinco seguían intentando llegar los primeros.

—Hoy, durante todo el día, pagará Malow— exclamó victorioso Gurvan.

—Una apuesta..., es una apuesta—respondió sonriente Anstgar, mientras Tarium se desviaba rápidamente por una calle adyacente. Al llegar a una pequeña plaza, Tarium se detuvo junto a un anciano y le preguntó. Éste, le indico con exactitud un lugar tranquilo. Pasados unos minutos, Tarium regreso, reuniéndose con los demás y dijo:

—Ese amable anciano me ha dicho que hay varias posadas, pero que si el tuviese que alojarse en alguna y no le importara pagar, se alojaría en La Posada del Gran Fresno, parece que es la mejor de la ciudad.

—¿A qué esperamos?—exclamó Anstgar sediento—. A nosotros nos importa la comida y la bebida, no lo que cueste—añadió Anstgar quejumbroso por la sed y el hambre.

—¡Vamos, seguidme!—exclamó Tarium atravesando la plaza mientras el amable anciano le indicaba la dirección con su bastón.

Llegaron a La Posada del Gran Fresno, que era tal y como el anciano la había descrito. Se detuvieron, ataron los caballos y entraron.

—Buenos días—dijo Anstgar mirando a un lado y a otro desde la tenue entrada sin ver a nadie.

—Buenos días señor. ¿Qué desea?—respondió una voz desde el fondo del comedor saliendo de la penumbra.

—Queríamos saber si tiene usted sitio para cinco—respondió Anstgar con educación.

—Por supuesto, pero sólo dispongo de tres habitaciones sencillas y una doble, si es que dos de ustedes no les importa compartir una hasta que algún otro huésped tenga que marcharse, claro—explicó el posadero, cuando fue interrumpido por Álerik y Gurvan.

—¡Nosotros compartiremos esa!—exclamaron los dos hermanos.

—Si están ustedes de acuerdo síganme, les mostraré sus habitaciones. El posadero se dirigió tras la barra para coger las llaves de las habitaciones—. ¡Ya las tengo!—Susurró mientras salía de la barra en dirección al pasadizo que conducía a las habitaciones—. Síganme por favor—añadió el posadero. Como en otras posadas, el recibidor daba a las habitaciones.

—Esa es la habitación de los jóvenes señores— indicó el posadero alargando la mano, dando la llave a Gurvan—. Esas dos de allí son sencillas y la que hay tras la puerta del fondo a la derecha, también. Acomódense en ellas como sea de su agrado—añadió el posadero entregando el resto de llaves al grupo.

—Gracias posadero, así lo haremos—respondió Tarium, que cogió las llaves y las repartió entregando una a çada uno de ellos—. Dejemos nuestras cosas y comamos algo—comentó Tarium sonriendo.

El grupo sonrió contagiado por la alegría de Tarium, que tras cada parada se acercaba un poco más a su destino. Después de una suculenta comida preguntaron por una taberna, siendo amablemente indicados por el posadero, al cual le extrañó un poco el tipo de taberna por el que inquirían.

—Hay un sitio como el que buscan. Aunque le repito que no es muy recomendable, es una taberna de caminantes ¿me comprende? Un sitio de dudosa reputación—explicó el posadero en voz baja, casi furtiva.

—Gracias, posadero—respondió Anstgar con una sonrisa de medio lado colgada de su cara.

El grupo salió de la posada y se encaminó por una calle en la dirección indicada. Unos minutos después llegaron al susodicho lugar. Tal y como el posadero lo había descrito, era una taberna de caminantes, bandidos, ladrones y viejos borrachos, justo lo que el grupo buscaba, pues con toda seguridad, allí llegaban los rumores más rápido que a cualquier otro rincón de la ciudad. Tomaron asiento y saciaron su sed. Los dos días que permanecieron en la ciudad frecuentaron la taberna a diario y consiguiendo un par de lugares más que marcar en su mapa. Al tercer día, salieron de la ciudad con sus nuevas monturas, unos bellos caballos que, sin duda, no estaban criados para tirar de ningún carro. El tiempo templado y el aumento de las horas de luz, situó al grupo en la capital del reino de Hellsea en poco más de una semana, desde donde partirían a Crownland. La majestuosa ciudad de Hellsea parecía estar anclada en el mismo mar, era una ciudad llena de puertos y de la cual la mayoría de sus habitantes eran marinos experimentados. El fuerte olor a sal y a pescado atestiguaba la antigüedad de tan magnífica construcción.

—Las calles son estrechas. Y en algunos lugares las casas parecen navíos—dijo Álerik sorprendido por todo aquello.

—Es cierto, pero hay demasiada agua para mi gusto—añadió Ulfbar, vigilante de no tener ningún tropiezo que pudiera llevarle de cabeza al mar, que asomaba de tanto en tanto entre las calles.

Tarium, hasta ese comentario de su compañero, había olvidado que Ulfbar tenía un pánico atroz al mar. Ulfbar le había explicado en varias ocasiones que el peor día de su vida fue cuando tuvo que subir en un barco para llegar hasta los reinos del Este, motivo por el cual no regresaría a su hogar hasta encontrar lo que buscaba.

—Como ha deducido Álerik, muchas de las casas son navíos anexados a la misma ciudad. Según tengo entendido, a medida que se unían los antiguos navíos al casco de esta arcaica ciudad, los puertos pasaron a ser calles, por lo cual, la ciudad ha crecido y se adentra cada vez más en la mar—explicó Tarium.

El grupo consiguió un buen alojamiento en La Posada del Barco Gris, una curiosa construcción en un extremo del puerto, junto a tierra firme. Después de alojarse, Tarium compró unos pasajes para embarcar al cabo de dos días, mientras el grupo le esperaba en La Taberna del Ancla Escorada. Dispondría entonces de dos días para urdir un plan en el que Ulfbar, fuera el invitado de honor. En aquellas tabernas oscuras se contaban historias sobre extrañas criaturas marinas, siempre temidas por todos aquellos que surcan el oscuro y desafiante mar. Tarium comentó con Anstgar su plan, urdirían entre los dos una estratagema para conseguir subir a Ulfbar al navío con ellos sin que a este le costase la vida. Anstgar, sorprendido por el plan, accedió gustoso a llevarlo a cabo. La noche antes de partir, Ulfbar no dejó de repetir:

—Yo os espero aquí mismo hasta que regreséis, por nada del mundo subiré a ningún barco.

—Vale Ulfbar, ya nos has dicho que te quedas unas cien veces. Lo hemos entendido, así que esta noche lo vamos a celebrar por todo lo alto—replicó Anstgar con picardía.

—De acuerdo. No pienses que los enanos somos unos cobardes, es que nunca escuché una historia en la que un enano supiera tan siquiera nadar—explicó Ulfbar mesando su espesa barba.

El grupo se dirigió a una taberna distinta a las anteriores.

—Vayamos. Aquella mesa está libre—comentó Gurvan abriéndose paso entre la gente. El grupo le siguió llegando hasta una mesa libre en un lateral del local y se sentaron. Poco después, un hombre de aspecto rudo se acercó a la mesa.

—¿Qué desean tomar?—exclamó el tabernero con un crudo tono de voz.

—Buenos días—dijo Tarium.

—Siempre son buenos para algunos—respondió el tabernero de mala gana.

—¡Queremos que nos ponga la mejor cerveza que tenga!—dijo Anstgar con entusiasmo.

—La mejor que tengo, es la misma que toma todo el mundo, esto no es una taberna de señoritas, ¿entiende?—respondió el tabernero clavando su mirada en Anstgar.

—Ah, claro. Esto es una taberna de cobardes...,—respondió Anstgar mofándose del tabernero, el cual apretó con fuerza su puño tras esas desafiantes palabras—. A ver, tabernero. ¿De cuántos barriles de cerveza dispones?—preguntó Anstgar.

Ante semejante pregunta, el tabernero se quedó un tanto desconcertado, pensativo, mientras el resto de toscos marineros permanecía en silencio esperando el más leve gesto para iniciar una pelea. Anstgar se incorporó lentamente, observado atentamente por todos los marineros del humeante local y exclamó:

—¡Ninguno de vosotros es lo bastante hombre para tumbarnos a mi o al enano bebiendo! —Ulfbar lo miró con cara desafiante y poco después se subió a la mesa y añadió:

—Nunca nadie me ganó bebiendo y para demostrar la valía de los enanos, competiré con cualquiera de vosotros, ¡o con todos a la vez! —Añadió Ulfbar sujetando en todo lo alto el mango de su hacha.

Tarium hizo un gesto de aprobación a Anstgar, este sonrío y continúo con el plan diciendo:

—Para demostrarlo, yo mismo pagaré la bebida— metió la mano en su bolsillo, sacó una moneda de oro y se la enseñó al tabernero, el cual esgrimió media sonrisa en su castigada cara repleta de magulladuras y añadió:—¡Bienvenidos de nuevo, señores navegantes! Tras las palabras del tabernero se escucharon un sinfín de vivas y las jarras empezaron a fluir sin descanso al igual que los competidores de Ulfbar, el cual estaba cogiendo la borrachera de su vida.

Cuando Ulfbar ya parecía más alegre de lo normal, Tarium susurró unas palabras a los muchachos y los dos salieron de camino a la posada. Bien entrada la madrugada, la taberna parecía un cementerio; sólo Anstgar y Tarium permanecían despiertos. Se acercaron a la barra y observaron al tabernero dando cabezadas sobre ella. Le entregaron la moneda de oro y le pidieron un carro para llevarse a Ulfbar, que daba fuertes ronquidos sobre una de las mesas mientras sujetaba en su mano una jarra vacía.

El tabernero accedió gustoso a la petición de Tarium y Anstgar, sacando un carro para mover cajas de la cocina y entre bostezos, dijo:

—Cuando terminen déjenlo frente la puerta de la taberna.

—Gracias, así lo haremos—respondieron Tarium y Anstgar.

Entre los dos subieron a Ulfbar al carro con gran trabajo; los enanos son pequeños, pero macizos como piedras. Al salir al exterior, los dos hermanos ya esperaban con las cosas dispuestas para embarcar. Recorrieron un par de calles hasta llegar al puerto. Tarium entregó los pasajes y embarcaron sus cosas y a Ulfbar. Tarium bajó de la embarcación con el carro que les había prestado el tabernero y se acercó hasta un grumete que custodiaba unos barriles.

—¿Grumete, esos barriles son de cerveza?—preguntó.

—Sí, así es ¿Por qué quiere saberlo?—preguntó intrigado el grumete.

—Quisiera, si es posible, comprar algunos de ellos y que los embarques en ese navío de ahí—respondió

Tarium señalando el barco que estaba a punto de partir.

—Sí, por supuesto. Están aquí para la subasta de la mañana, pero puedo venderle los que necesite siempre que pague un buen precio por ellos—respondió el grumete sonriente.

—¿Qué te parece una moneda de oro por los barriles y lo que sobre de ella, por llevar este carro a la taberna que hay dos calles más arriba?—respondió Tarium apremiando al grumete, que tras la excelente proposición abrió los ojos como platos.

—¿Cómo no, señor?, trato hecho. Con una moneda puede usted quedarse todos los barriles que ve—dijo el grumete.

Tarium subió al barco y fue a ver al capitán, al que ofreció la mitad de los barriles a cambio de un viaje sosegado y poder descansar. El capitán tras el regalo de Tarium prometió un viaje tranquilo diciendo:

—Será como un paseo en una mañana de primavera—y añadió:

—Espero contar con usted y sus acompañantes en mi mesa durante el viaje.

—Gracias capitán, será un verdadero honor—respondió Tarium mientras el barco levaba anclas del puerto rumbo a Crownland, momento en el que Etharn descendió del cielo posándose con gracia sobre el mástil más alto del barco. Cuando Ulfbar despertó ya estaban muy lejos de la costa y sus compañeros lo aplaudieron como a un héroe diciendo:

—¡Jamás hubo ni habrá un enano con tanto valor!—. A lo que Ulfbar respondía con plegarias a los dioses y diciendo:

—No recuerdo nada, ¡sólo me acuerdo de estar bebiendo en la taberna!

—La verdad es que fue una sorpresa para a todos nosotros cuando te vimos subir el primero al barco. Incluso tuve que sobornar al capitán con unos barriles de cerveza para que te dejara embarcar y tuvimos que pagar tu pasaje allí mismo—repitió Tarium cada vez que surgía la ocasión. Pasaron casi todo el viaje con viento favorable y el mar en calma. Unos días después estaban ante las costas de Crownland, una curiosa isla situada en medio del mar. Ulfbar fue el primero en desembarcar entre soplidos y refunfuños. Al llegar a tierra firme, se inclinó y besó el suelo. Luego se levantó y dio gracias a los dioses por no haberlo dejado morir en el mar.

Descansaron alojados en una taberna conocida por Tarium, La Taberna del Cerdo Braseado. Comida excelente y bebida aún mejor, ese era su lema.

—¡Esta taberna es excelente!—comentó Ulfbar que ya había recuperado el apetito después del viaje.

—¿Ves? no ha sido tan terrible como pensabas—respondió Anstgar sonriendo, mientras recordaba cómo lo habían tenido que subir al barco.

—¡Esta carne deshuesada es excelente!—comentaban Álerik y Gurvan relamiéndose los dedos.

Tarium se alejó del grupo un momento dirigiéndose con presteza a la barra.

—¿Thrit, has conseguido lo que te pedí?—susurró Tarium al tabernero.

—Sí señor. Aquí lo tiene, esencia de ensoñación. Me ha dicho el herborista que es un concentrado muy potente, una sola gota dormirá a su amigo un día entero aunque, por lo que bebe, póngale dos —comentó Thrit entre susurros.

—Eso haremos. La próxima vez que pida una pinta ponle una gota y así cada vez hasta que caiga redondo—respondió Tarium en voz baja. Se dio la vuelta y regresó a la mesa. Al principio el posadero siguió al pie de la letra lo que Tarium le había dicho. Con la primera jarra Ulfbar se animó, pero tras cuatro jarras más cayó desplomado sobre la mesa dando profundos ronquidos intercalados con armónicos soplidos.

—¿Cuántas gotas le has puesto, Thrit?—preguntó Tarium.

—En la primera jarra, una. Pero como vi que no se dormía, cada vez añadía una más que la vez anterior, unas diez gotas—respondió Thrit, encogiéndose de hombros.

—¡Vaya! eso le hará dormir por lo menos hasta Windzern—exclamó Tarium.

Por la mañana salieron de Crownland para navegar hasta los reinos del Norte a bordo de un navío que cubría esa ruta habitualmente. En ocasiones, mientras surcaban el mar, eran acompañados por delfines que guiaban la embarcación como si quisieran enseñar el camino de regreso a casa. La navegación por el oscuro mar fue tranquila durante los ocho días que duró. Al atardecer del octavo día el navío se detuvo y amarró en el puerto de Windzern. El grupo bajó al puerto con todas sus pertenencias incluido Ulfbar, aún dormido.

—Parece que esos jinetes con armaduras negras, controlan el comercio del puerto. Más que cuidar de la gente, la están desalojando—comentó Anstgar sorprendido. Un instante después, una guarnición entera de jinetes negros estaba en formación, inmóvil. Tras ellos llegó su comandante al galope. El grupo observó atónito el espectáculo dándose cuenta que solo ellos permanecían en el puerto sin ser increpados o desalojados por la guardia.

El comandante se acercó hasta ellos y a una distancia de unos diez codos, se detuvo frente a Tarium y se inclinó apoyando su rodilla sobre el suelo.

—Señor, bienvenido a casa—exclamó con voz firme el comandante.

Tarium indicó al comandante que se levantara y dijo: —No es necesario, comandante. El grupo era incapaz de cerrar la boca ante la sorpresa y mucho menos de articular una sola palabra. El comandante se incorporó de nuevo y se cuadró.

—¡Perdone señor!—exclamó el comandante.

—Dígame, comandante—dijo Tarium.

—Traemos monturas para usted y sus acompañantes—respondió, siendo interrumpido momentáneamente por Tarium.

—Buen trabajo comandante. Veo que el halcón de Crownland ha traído la noticia de que vendría acompañado—comentó con sarcasmo Tarium poniendo su mano sobre el hombro del comandante—¿supongo que ha sido el bribón del rey el que te ha enviado?—añadió Tarium en tono burlesco.

—Sí señor, su majestad me envía. Y me ha pedido que le dé un mensaje—respondió el comandante.

—¿Qué mensaje es ese?—preguntó Tarium.

El comandante dijo en voz baja: —"Tarium, maldita comadreja, esta noche la bebida la pagaras tú, bribón". Ese es el mensaje del rey. A Tarium le pareció que al comandante se le escapaba la risa un instante, pero consiguió mantener la compostura bajo un magnifico casco que ocultaba por completo su rostro.

—¡Ven aquí! ¡Hace rato que sé que eres tú, sabandija insensata!—gritó Tarium riendo.

El comandante se quitó el casco mientras dos guarniciones completas aparecieron bloqueando las calles que daban al puerto.

—¡Tarium! hace casi tres años que no regresabas a casa—dijo el supuesto comandante, que en realidad se había descubierto como el primo de Tarium.

—Será mejor hablar de ello en la fortaleza ¿no crees?—dijo Tarium.

—Sí, es cierto, aunque tenía la esperanza de poder tomar algo mientras me lo contabas—comentó el primo de Tarium.

—Más tarde querido primo, así será más divertido—respondió Tarium con voz risueña—. Te presento a mis amigos: Álerik, Gurvan, Malow y el que duerme es Ulfbar; del que tanto te he hablado. Amigos..., él, es Ilthar, el personaje más desvergonzado del reino de Windzern—dijo Tarium mirando al grupo, que se quedó en un incómodo silencio, sin saber qué decir.

—¿Ves? te lo he dicho mil veces y tú sigues con la misma bromita ¿Por qué no dices simplemente que soy tu primo?—Tras la reprimenda de Ilthar el grupo se quedó un poco descolocado hasta que Anstgar reaccionó diciendo:

—Es un placer, Ilthar. Seguido por los muchachos que dijeron lo mismo:—¡Es un placer, Ilthar!

En ese preciso instante empezó a despertar Ulfbar, que tras acostumbrar sus ojos a la luz del día se incorporó dando un gran salto y diciendo:

—¡Por los dioses! ¿Nos han hecho prisioneros?

Ante lo cual el grupo entero y el primo de Tarium se echaron a reír a carcajada limpia, sin que Ulfbar comprendiera muy bien porqué reían y sin percatarse de quiénes eran los jinetes ni el lugar donde se encontraban en esos momentos.

Capítulo 19

ras el recibimiento de Ilthar, el grupo descansó en el castillo de Windzern durante tres días. Momento que Tarium aprovechó para explicar a su primo los detalles de su viaje y para pedirle que enviase algún embajador al reino de Cliffsland.

—El rey de Cliffsland murió, Ilthar. Y ha dejado una joven y bella dama ocupando el trono—comentó Tarium.

—El viejo rey era amigo de mi padre, supongo que jamás se recuperó de la muerte de su esposa, fue terrible lo que hicieron aquellas horribles criaturas, debido a eso, no hay heredero a la corona—respondió Ilthar.

—Entonces no tendrás problema en enviar un embajador ¿verdad?—dijo Tarium.

—Sabes, Tarium..., empiezo a notar el peso de mi cargo desde que no estás por aquí. Apenas me divierto y de vez en cuando hago una escapada para ver a tu padre en Frostwind, esperando alguna noticia de tu regreso—comentó Ilthar mirando a Tarium.

—Vaya, has decidido cambiar de hábitos, eso sin duda nos traerá más de un problema, jajajaja—carcajeó Tarium un poco sorprendido.

—Sí..., pero lo que te quería comentar es que..., he decidido irme contigo. La próxima vez que pases por aquí con intención de irte de aventuras, seremos dos los que saldremos de Windzern. ¡Estoy cansado de estar siempre bajo el mismo techo!—exclamó Ilthar muy decidido.

—¿Por qué no haces algo mucho mejor? Ve tú mismo a conocer a la reina de Cliffsland en persona y pactas con ella un acuerdo comercial que nos beneficie a todos. He pensado un poco en ellos y he llegado a la conclusión que quizá sería bueno para nosotros tener un puerto alternativo en sus costas—comentó Tarium con voz seria.

—¿En serio?—inquirió Ilthar.

—Sí, estoy seguro. Tu ayuda y el apoyo de mi padre, naturalmente, le vendrían bien a esta preciosa y desvalida reina en apuros que se sienta en el trono de Cliffsland. Dijo Tarium enfatizando sus palabras.

—Ya veo...—respondió Ilthar dándole vueltas a la proposición de Tarium un buen rato. Luego dijo:

—De acuerdo... lo haré. Así no serás el único que habrá salido de los reinos del Norte en busca de aventuras.

—Además, reconquistar el territorio resultaría un entrenamiento excelente para la guardia negra y seguro que esa demostración de gallardía no dejaría indiferente a la reina—comentó Tarium con picardía.

—Es cierto Tarium. Seis guarniciones de la guardia negra de Windzern podrían acompañarme, incluso un par de la elite de la guardia negra de Frostwind—comentó Ilthar pensativo.

—Cuenta con ello. Cuando llegue a casa se lo comentaré a mi padre, seguro que prestará todo su apoyo si entre los dos le explicamos la situación—respondió Tarium sonriendo.

Al amanecer, Ilthar y el grupo emprendieron la marcha hacia la ciudad y capital de Frostwind, hogar de Tarium, resguardados por una guarnición de jinetes hasta la frontera del reino, momento en el que serían relevados por otra, del reino de Frostwind. Durante esos días Tarium se había desvelado ante sus amigos como el príncipe Tarium de Frostwind, suscitando un sinfín de preguntas en las mentes de todos ellos. Durante los cuatro días que tardaron en llegar se forjó una sólida amistad entre Ilthar y los componentes del grupo, era tal su apego que Ilthar parecía uno más de sus componentes. Los muchachos estaban realmente ilusionados con las historias que día tras día les explicaba

Ilthar sobre las anécdotas de él y Tarium, que en más de una ocasión hacían reír a todo el grupo. Llegando a la frontera observaron la guarnición de Frostwind que ya les esperaba en formación. Como era costumbre, los comandantes de ambas formaciones se saludaron informando sobre las novedades y pasado un minuto, se despidieron quedando la guarnición de Windzern acampada en el lugar a la espera del regreso de Ilthar. Por su parte, Tarium, Ilthar y los demás siguieron cabalgando después de hacer el saludo pertinente a los comandantes. Al pasar la frontera, Tarium retiró su capucha como era habitual, dejando al descubierto su enorme melena de tonos anaranjados y su suave y pálido rostro adornado por sus vivaces ojos de color esmeralda.

—Ya estoy en casa—exclamó Tarium sonriente mientras galopaba junto al comandante—. ¿Tienes alguna novedad?—preguntó Tarium mirando de reojo al comandante.

—No, mi señor, tan solo una orden—respondió.

—¿Qué orden es esa?—preguntó Tarium extrañado.

—Su padre, el rey, desea verle lo antes posible—respondió el comandante con voz seria—. Esta noche no ha pegado ojo pensando en su llegada, jeje—añadió el comandante carcajeando.

—Comprendo... ¿y vosotros, habéis tenido mucho trabajo sin mí?—preguntó Tarium bromeando.

—No demasiado, mi general, aunque también le echábamos de menos—añadió el comandante.

—¡Tengo una proposición para vosotros!—exclamó Tarium con voz seria—. Necesito un par de guarniciones que quieran ver mundo y pasar emociones, claro está..., recibirán buena recompensa por su trabajo—añadió Tarium mirando al comandante.

—Se trata de una broma ¿verdad? Cualquiera de esta guarnición lucharía hasta la muerte por el honor del reino o en nombre de usted o su padre, el rey de Frostwind—respondió el comandante con orgullo.

—Lo sé, pero me propongo ampliar un poco nuestros horizontes. Mi primo Ilthar va a enviar seis guarniciones al reino de Cliffsland y he pensado que un par de las nuestras como apoyo y exploración no les vendrían mal—dijo Tarium dibujando una mueca en la cara.

—¿Tiene usted intención de conquistar el reino de Cliffsland?—preguntó el comandante extrañado por el número de fuerzas que Tarium y el rey Ilthar pensaban enviar a ese reino.

—No. Por supuesto que no, sólo quiero ayudar a su reina y de paso, nuestro ejército podrá disponer de un puerto estratégico en ese reino. Nunca se sabe cuánto durará esta paz—explicó Tarium.

—Comprendo señor, pretende usted hacer tratos comerciales con Cliffsland y no quiere molestias en los caminos—comentó el comandante.

—No tan sólo eso, comandante. Quiero que este ejército pueda realizar maniobras en los territorios salvajes que están plagados de Trols, Grainfern y otras desdichadas criaturas. Como bien sabes, por aquí no queda casi nada de eso gracias a nuestros hombres y cada vez es más costoso hacer pasar la prueba de valor a los soldados principiantes que quieren unirse a la guardia negra.

—Es usted muy inteligente. Ayudaremos a la reina pero aparte de realizar intercambios comerciales, también usaremos el reino como lugar de entrenamiento.

—Veo que lo has entendido—respondió Tarium con una sonrisa certera mientras se alejaba para reunirse con el grupo.

Al tercer día, el grupo entró por las puertas de La Fortaleza Helada, hogar de Tarium y cuna de la guardia negra. En la puerta principal, esperaban más de quinientos jinetes sujetando los pendones negros con su inconfundible caballo blanco bordado en ellos. Los jinetes rindieron honores a Tarium y a los demás componentes del grupo. Tarium bajó del caballo y respondió al saludo con cortesía. En ese instante, Etharn descendió del cielo y se posó en el hombro de Álerik, bajo la atenta mirada de todos los jinetes. El grupo se acercó a la puerta principal donde permanecían los guardias en posición con sus espadas en alto. Tarium hizo un saludo y los soldados envainaron las espadas y abrieron la puerta, entonces Tarium y los demás se adentraron a ella en el interior del palacio.

—¡Alteza, bienvenido a casa! ¡Gracias a los dioses!—exclamó una voz de anciano desde el fondo del pasillo.

—Garold, ¿qué tal estas?—preguntó Tarium con amabilidad.

El anciano se aproximó con presteza hasta el grupo mirando fijamente a Tarium. Apoyó la mano en su hombro y guardó silencio.

—Bienvenido a casa, príncipe Tarium de Frostwind—dijo Garold emocionado.

—Gracias Garold, siempre es un placer volver a verte—comentó Tarium cogiendo la mano del anciano—. ¿Podrías alojar a mis compañeros en las habitaciones que hay junto a la mía?—preguntó Tarium sonriente.

—Por supuesto señor, será un placer—respondió el anciano. Dio una palmada y al instante, diez bellas doncellas se aproximaron desde el fondo del pasillo—. Acompañad a estos señores a sus aposentos en el lado

Sur, que se acomoden y dejen sus pertenencias—ordenó Garold a las doncellas.

—En seguida, ayudante de cámara Garold—respondieron al unísono. Custodiaron al grupo hasta sus cámaras mientras Tarium acompañado por Ilthar acudía a ver al rey.

—Espero que esté de buen humor—comentó Tarium en voz baja.

—Seguro que tiene muchas ganas de verte—respondió Ilthar sonriendo.

Al girar por un pasillo, se encontraron con el rey que venía de frente.

—¿El comandante no te dijo que vinieses a verme de inmediato, Tarium?—preguntó el rey nervioso.

—Así es padre, pero..., mírame..., aún no he podido ni asearme, acabo de llegar—respondió Tarium sorprendido.

—Perdona hijo... ¡bienvenido a casa!—dijo el rey dando un fuerte abrazo a su hijo y otro a Ilthar al cual quería tanto como a Tarium—. Seguidme, hay un asunto tremendamente importante esperando en la sala azul—comentó el rey.

—¿En la sala azul?—se preguntó extrañado Tarium. Esa sala estaba reservada únicamente a las reuniones de más alto rango para cerrar tratos con otros reinos o para dirigir campañas militares, rara vez para recibir visitas. Tarium y su primo siguieron al rey que andaba apresuradamente delante de ellos. Al llegar a las puertas de la sala, el rey se detuvo un instante, recobró el aliento y abrió la puerta de la gran sala.

—Pasad—dijo el rey. Tarium y su primo Ilthar entraron mirando a todas partes sin saber muy bien el porqué de aquella reunión hasta que clavaron su vista en dos encapuchados que permanecían sentados al lado de la chimenea. En ese instante, Tarium sonrió y luego lo hizo Ilthar.

—Claro, lo había olvidado—exclamó Tarium.

—Ya es el solsticio de verano. ¡Bienvenidos, amigos!—añadió Ilthar gratamente sorprendido por la visita.

Los tres se aproximaron a los encapuchados reuniéndose con ellos y estos se levantaron haciendo una reverencia.

—¿Cómo ha ido el viaje, Tarium de Frostwind?—preguntó con voz muy sosegada uno de ellos, mientras el otro le saludaba cortésmente.

—Muy bien, queridísimos amigos—respondió Tarium emocionado—. Lo que se perdió hace tantos años ha sido hallado de nuevo.

Los dos encapuchados retiraron sus capuchas tras esas palabras. Eran elfos y aunque eran difíciles de sorprender, esta vez estaba claro que Tarium, con su respuesta, lo había conseguido.

—Explícanos, querido amigo ¿lo llevas contigo?—preguntó uno de ellos.

—No, pero he traído esto como prueba—dijo Tarium metiendo la mano en uno de sus bolsillos y sacando el medallón. Los elfos lo observaron asombrados mientras Tarium se lo entregó diciendo:

—Linendril, léelo.

—Aquí pone: este medallón siempre conducirá a ti mismo y junto a ti, sólo indicará el camino a casa. Además, lleva la marca del gran maestro Glowing junto con otra marca que no reconozco—recitó Linendril. Este pasó el medallón a su compañero, diciendo:—Toma Nowindal, léelo tú mismo.

Nowindal lo leyó diciendo exactamente lo mismo y añadió:

—Es un objeto creado con mucha delicadeza y sabiduría, parece extraño que después de tres mil años siga entero.

—No solo eso, amigos. Funciona perfectamente— comentó Tarium.

—¿Entonces, encontraste la última morada de Whidrel el explorador?—preguntaron Linendril y Nowindal.

—No, encontré algo mejor—respondió Tarium haciendo que los elfos mostraran caras de sorpresa—. Encontré a Whidrel encerrado en un cristal sosteniendo la piedra—añadió Tarium sonriendo.

Tarium explicó con todo lujo de detalles el hallazgo, cómo había tenido que mentir a sus amigos para proteger su secreto y un centenar de cosas más. Pasadas un par de horas, llegaron a una conclusión: Tarium debería acompañarlos de regreso a Angorfin para informar de todo al gran maestro Glowing en persona. Los elfos devolvieron el medallón a Tarium para que lo custodiase hasta su capital, aunque sólo él podría acompañarlos. Sus amigos debían permanecer al margen. Tarium accedió, aunque no sabía muy bien cómo explicárselo a sus amigos. Ilthar prometió su ayuda ofreciéndoles que se quedaran en su castillo. Tarium debía informar de su importante misión al gran maestro Glowing acompañado por Linendril y Nowindal, los cuales partirían al amanecer del segundo día. En ese margen de tiempo, Tarium debería encontrar una solución. Todos ellos se despidieron ilusionados por todo lo que había explicado Tarium. Los dos jóvenes estaban más cerca que nunca de cumplir su misión sin sospechar el mar de acontecimientos que Tarium e Ilthar estaban a punto de desencadenar durante la cena. El tiempo en el interior del castillo parecía volar, ninguno de ellos hubiese soñado encontrarse alojados por un príncipe o un rey y mucho menos aquellos dos humildes muchachos de la pequeña aldea de Scorchedland. El aviso de la cena llego súbitamente y el grupo se reunió delante de las habitaciones para bajar al gran comedor. Tarium parecía contento y apenado a la vez, pues aunque llevaba toda la tarde hablando con Ilthar, no sabía cómo se lo tomarían sus compañeros. Las puertas se abrieron ante ellos y desde allí, el olor a comida llegaba inundando el ambiente. También se podía oír una suave música entonando viejas canciones de batallas ancestrales cuya melodía, hacía un efecto de tempo en toda la sala. El grupo se dispuso frente al rey e hizo su mejor reverencia.

—¡Bien venidos! —exclamó el rey sonriente—. Espero que un poco de música mientras cenamos no sea una molestia para vosotros —añadió mirando al grupo.

El grupo entero negó que les molestase esa dulce melodía que cualquiera hubiese deseado escuchar.

—Espero que sea todo de vuestro agrado, no sé de dónde venís pero así es como se recibe en los reinos del Norte al heredero de la corona —comentó el rey—. Además, Tarium me ha dicho que todos sois muy importantes y que le habéis apoyado en todo momento durante su complicada misión —añadió—. Por favor comamos, estaréis hambrientos —dijo finalmente el rey.

El grupo no tenía palabras, así que se sentaron junto a su compañero Tarium al otro extremo de la mesa como si se tratara de una mesa normal en una posada, pues ninguno sabía cómo comportarse en palacio. Ilthar guiñó el ojo al rey y este, se levantó y se puso al lado de Anstgar, quedando tres cuartas partes de la mesa vacía.

—Tú eres Malow, creo—dijo el rey—. Me ha dicho Tarium que eres comandante de la guardia real de Skywaveland—añadió.

—Cierto, majestad—respondió Anstgar muy respetuoso.

—Una vez estuve allí cuando era niño..., mucho antes de la guerra de los relámpagos. Mi padre tenía la costumbre de visitar los reinos para mejorar las relaciones diplomáticas, si no recuerdo mal, el rey se llamaba Cedrik—comentó el rey.

—Sí, majestad, ese fue el último rey de Skywaveland. Pero algún día encontraré a los familiares de la corona y restableceré la monarquía en nuestro reino—respondió Anstgar emocionado. El rey, al igual que su hijo, quedó conmovido por la sinceridad de Anstgar.

—Eres un buen comandante, sin duda. Tarium confía en ti—dijo el rey levantando su copa—. Quiero proponer un brindis... ¡por el comandante Malow!—exclamó el rey.

—¡Por Malow!—exclamó el grupo entero.

—Tú debes ser..., Ulfbar—dijo el rey—. Tarium no ha dejado de elogiarte estos últimos años. Según tengo entendido, también buscas algo de mucha importancia para tu pueblo—añadió el rey.

—Así es majestad, y he de añadir como enano educado que soy, que nunca nadie recibió así a Ulfbar el buscador. Le estoy muy agradecido a usted y a su hijo por dejarme compartir su mesa y jamás olvidare su amabilidad—dijo Ulfbar.

—Te agradezco tu sinceridad Ulfbar. Tienes mucha nobleza maese enano, disfruta de la comida cuanto desees—dijo el rey.

Ahora llegaba el momento de los jóvenes, que nerviosos fijaban su mirada en el plato lleno de deliciosa comida.

—De vosotros dos, no sé gran cosa…, aunque Tarium me ha contado que venís de Scorchedland. He mirado en mis mapas y me ha costado un poco encontrarla, esa aldea es muy antigua, casi tanto como el mismo reino en el que está. ¿Qué lleva a dos jóvenes de la aldea más antigua de su reino a buscar aventuras?—preguntó el rey, que ya tenía media sonrisa dibujada en la cara, sólo de ver cómo ambos hermanos daban buena cuenta de los trozos de jabalí que había en una de las bandejas que tenían delante.

Gurvan permanecía callado, en parte porque no sabía qué decir y en parte porque tenía un enorme trozo de jabalí entre dientes y no se atrevía a tragar por no desagradar al rey.

Álerik se dio cuenta y respondió con presteza diciendo:

—Verá, majestad, solo somos unos humildes campesinos que llevados por la mano del destino conocimos a su hijo.

—Sí, es increíble ¿verdad? Las cosas que el destino nos depara…, a veces te levantas sin saber cómo irá el día y este transcurre con normalidad, en cambio, otras veces… despiertas tranquilo y al anochecer estás en un campo de batalla o en algún lugar lejos de tu hogar, muchos son los hilos que el destino mueve y si tiras de alguno de ellos, pueden llevarte al otro extremo del continente o a la tumba. En fin, no me hagáis mucho caso, esas son las palabras de alguien que lee demasiado por las noches desvelado por su hijo—comentó el rey.

Tarium lo miró con gratitud mientras los hermanos estaban sorprendidos por las palabras del rey que sin pensar, le hizo saber a su hijo lo mucho que le añoraba.

Ilthar miró a Tarium y los dos levantaron sus copas en alto diciendo:

—¡Por el rey!—¡Por el rey!—respondieron todos al unísono.

—Amigos, tengo algo que anunciaros—dijo Ilthar—. Le he pedido permiso a Tarium para que me ayudéis con los preparativos para nuestra próxima campaña en los reinos del Este, pero me ha dicho que sólo depende de vosotros. Le he prometido que volveréis sanos y salvos a vuestras aventuras, quizá un poco más borrachos, pero a salvo para cuando el regrese del final de su misión. El grupo guardó silencio un instante hasta que Ulfbar lo interrumpió.

—¿Tarium, tienes que seguir sin nosotros?— preguntó Ulfbar un tanto triste.

—Desgraciadamente me espera un largo viaje. Primero sobre el hielo y luego en barco; no quisiera verte sufrir, amigo mío. Sé cuánto detestas navegar, así que he decidido ir solo. Por otra parte, Malow podría encontrar en nuestras bibliotecas el rastro del linaje del rey Cedrik; tan importante para él. Respecto a Gurvan y Álerik, sé que estando con vosotros estarán perfectamente—explicó Tarium apenado.

Ulfbar se frotó la barba un rato mientras todos permanecían en silencio, pensativos y dijo:

—Tienes razón, detesto navegar, puedo esperar con el rey Ilthar a que regreses. Anstgar lo miró y dijo:

—La verdad es que la oportunidad que me ofreces de buscar el linaje real, me vendría muy bien para llevar a buen término parte de mi misión. Si Ulfbar está de acuerdo y el rey así lo concede, te esperaré aquí o en el castillo del rey Ilthar.

Los dos hermanos no dijeron nada, pues no sabían cómo explicar su misión de la cual ninguno de sus compañeros tenía ni la más mínima idea.

—Dejadnos pensar. Esto es muy repentino para nosotros —comentó Gurvan viendo la cara de preocupación de Álerik.

—Muy bien, tenéis dos días para tomar una decisión. En cualquier caso, estaréis bien, ya sea aquí con mi padre o con Ilthar en su castillo —dijo Tarium.

La cena transcurrió entre planes de Ulfbar con el rey Ilthar y Anstgar explicando anécdotas del día que conoció a Tarium. Los dos hermanos reflejaron tristeza en sus caras al no poder explicar su importante misión y por miedo a perder la oportunidad de cumplirla.

Los dos días pasaron y llegó el momento de despedir a Tarium, el rey y al grupo. Se reunieron en la puerta Oeste del castillo mientras Etharn sobrevolaba el lugar. Poco después, llegó Tarium cargado con una mochila y se despidió de todos ellos. Después, se encamino sobre la nieve de Icesea, pues así se llamaba el territorio helado que durante miles de años había permanecido unido a los reinos del Norte. Con paso firme, anduvo unos cincuenta codos y se detuvo un instante. Junto a él aparecieron dos figuras como salidas de la nada, con ropajes blancos, que se confundían con el suelo hasta el punto de hacerlos invisibles. Sólo cuando se despidieron pudieron observar sus capuchas y sus manos en alto, entonces Etharn bajó del cielo azul describiendo círculos cada vez más pequeños hasta posarse en el suelo, dejando a todos sorprendidos.

—Curioso animal —comentó Linendril observando a Etharn.

—Sí, es el compañero de mis dos jóvenes amigos Álerik y Gurvan —respondió Tarium.

Etharn se acercó a ellos dando pequeños saltos hasta estar bastante cerca y los miró mientras decía con voz clara:

—"Ní mór duit a thabhairt ar an dá deartháireacha a bhfuil tú, a fheiceann siad an múinteoir, Glowing."

Palabras que los elfos entendieron como (Debéis llevar a los dos hermanos con vosotros, han de ver al maestro Glowing), tras el mensaje, los elfos se detuvieron en seco metiendo sus manos bajo sus ropajes y sacando unas magníficas espadas.

—Tranquilos amigos, no es más que un pájaro— exclamó Tarium.

—Esto no es un pájaro—respondieron los elfos.

—Ningún pájaro hablaría el lenguaje secreto y aún menos conocería al gran maestro Glowing ¿quizá viajas con dos hermanos, Tarium?—preguntó Nowindal.

—Sí, Álerik y Gurvan ¿Por qué? ¿Cómo lo sabéis?— preguntó Tarium extrañado.

—Este pájaro nos lo acaba de graznar—respondió Linendril.

—¿Están con el grupo de despedida?—preguntó Nowindal.

—Sí, allí están. ¿Queréis que los llame?—preguntó Tarium.

—Sí, hazlos venir hasta aquí—respondió Linendril sin quitar ojo a Etharn, que permanecía en el suelo frente a ellos.

Tarium se volvió atento a los muchachos y cuando estaba a punto de levantar su mano para indicarles que se acercasen, Etharn se esfumó del suelo y apareció volando delante de él en dirección a los dos hermanos. Ellos se avanzaron al grupo y Etharn se posó en el hombro de Álerik, susurrándole la orden al oído.

—¡Vamos Gurvan, Tarium nos llama!—dijo Álerik a su hermano, que le devolvió la mirada extrañado. Álerik empezó a caminar deprisa seguido por Gurvan, que le seguía de cerca. Al llegar junto a Tarium, los dos encapuchados parecían nerviosos—¿Qué sucede Tarium?—preguntó Álerik.

Tarium guardó silencio mirándolos y dijo:—Mis dos amigos os quieren preguntar unas cosas.

—¿Ese animal que está sobre tu hombro, cómo se llama?—preguntó Nowindal.

—Díselo—dijo Etharn, mientras Álerik lo miraba desconcertado.

—Sabía que nos meterías en un lio—dijo Gurvan. Álerik no comprendía muy bien las intenciones de Etharn pero finalmente dijo:

—Se llama Etharn.

—Te lo he dicho mil veces Álerik, es una hurraca traicionera—replicó Gurvan molesto—. Sabía que no podría estarse quieto—añadió.

Los dos elfos se sorprendieron por el comentario de Gurvan y preguntaron:

—Tarium, estos dos jóvenes, ¿de dónde vienen?

—Perdonadlos amigos, son un tanto alocados, pero son buena gente—dijo Tarium avergonzado por ellos—. Veréis, nos cono...—Tarium fue interrumpido bruscamente por los graznidos de Etharn.

—¡Elfos, Groac, son elfos!—repitió Etharn una y otra vez con fuertes graznidos. Los dos hermanos fijaron sus miradas en los encapuchados y se acercaron con lentitud preguntando:

—¿Lo que dice Etharn es verdad? ¿Sois elfos?

Los elfos se descubrieron mostrando sus ojos rasgados y largas melenas de las cuales salían con gracia sus orejas puntiagudas.

—En efecto—respondió Linendril.

—¡Lo hemos logrado!—exclamó Álerik abrazando a su hermano.

—¡Sí, los hemos encontrado!—exclamó Gurvan dando saltos de alegría.

—Pronto volveremos a casa, lo logramos—dijeron Álerik y Gurvan entre lágrimas.

Tarium y los dos elfos permanecían inmóviles observando la alegría de los dos muchachos. Pasado un rato, estos les pidieron una explicación; Álerik y Gurvan contaron a los elfos quién era en realidad Etharn y que debían acompañarlo hasta el gran maestro Glowing. Tarium, sumamente sorprendido, los envió a buscar sus pertenencias al castillo, cosa que hicieron inmediatamente. Poco después partían los cinco con rumbo Suroeste, en busca de la ciudad de Angorfin, en reino de los elfos, bajo la mirada de sus compañeros Ulfbar y Anstgar, que observan cómo se alejaban lentamente hasta perderse en la distancia, sin comprender demasiado bien lo que había sucedido.

www.ingramcontent.com/pod-product-compliance
Lightning Source LLC
Chambersburg PA
CBHW060814030726
47503CB00002B/485